文叢 295

私家偵探

紀蔚然 著

獻給我的母親
何玉香女士

「乾的地方，靈魂是待不住的。」

——拉伯雷《巨人傳》

目次

1 辭

1.

我辭去教職，淡出名存實亡的婚姻，變賣新店公寓，遠離混出名號的戲劇圈，和眾位豬哥軟性絕交（別找我喝酒、別找我打牌），帶著小發財便足以打發的細軟家當，穿過幽冥的辛亥隧道，來至這鳥不拉屎以亂葬崗為幕的臥龍街，成為私家偵探。

掛上招牌，印了名片，中文那面燙著楷體「私家偵探 吳誠」，另面印著「Private Eye--Chen Wu」，愈看愈發得意，反覆賞玩。搞了兩盒，沒數日便將告罄，倒不是多人需索或在紅燈下四處濫發給開車族，而是等候生意上門的空檔模仿賭徒把兩疊名片當成撲克洗牌，或以食指中指並夾作暗器練習，不過耗損率最高的是剔牙。

從奇想偶發到越獄般暗中醞釀一直到果敢實踐歷時半年，俟時機成熟才正告親友。反對聲浪一如預期傾巢而來，好似搗了蜂窩，任我掩體揮手力擋，下場仍是滿頭包。活該當災，千夫所指我早習以為常。明月高照，一干猥瑣小人刀劍在握隱身草叢，獨我一襲雪白勁裝疾風兀立曠野，時辰一到萬箭穿心，倒臥血泊中的我手裡沒有兵器，只有一支手電筒。言重了，戲劇出身的我老愛在腦海裡拍電影，胡亂編構淒絕泣血畫面，場景永遠在曠野，故事永遠是關於一名小丑的英雄情結。

這回可是來真的，決心忠於小丑本色。罅隙處處之滄海孤舟，滲入的水向是比掬出的多，人生不過爾爾。叱嗟風雲，抑或退隱於市？寧可選擇後者，不再夾窒其間以致胸懷瘀血，亦不再左右巴望落得兩手空空，且大退大進，揮別婆婆媽媽，掙脫世俗枷鎖，切斷江湖連線，一個人過自己的活，何其快哉！

笑傲遺世，我瘋了嗎？

年過七旬的母親最後得知，反應最烈。不准辭職、不准提早退休、不准孟浪行事！當我囁囁吐露一一做了以上，聲嘶力竭換成搥胸頓足——母親灑狗血功夫一流，我的戲劇天分早於娘胎便師承自她——但見她淌淚夾涕揚言要押我回學校，到校長辦公室請託伊收回成命，甚且跪求亦在所不惜！

未赴了，我說，系主任、院長、校長各個雙手微顫，捧著我遞上的辭呈，宛如天上掉下的禮物，一日內連過三級依極速件處理，執教十數載未嘗見識官僚體系這般神奇效率。他們敷衍慰留卻掩不住感激振奮，只差沒點鞭炮放煙火擊鼓列隊把我歡送出校。以上當然胡扯，我人緣不佳，可還不致惡劣到前腳踏出後邊就有人開香檳的田地。三位長官如何看待本人無預警出走我不得而知，一派瞎掰只為讓老人家死心。

母親頓時啞口，萎茬弓凹的身軀搖搖欲墜，手倚門廓，一會兒盯著她讚嘆多年的義大利進口瓷磚，一會兒仰望客廳牆上老爸的畫像，瞬間更形蒼老，正欲發作，我撂下一句仍會按月寄生活費便一溜煙走人。

不孝子我真是，且不單此回，前科累累犯例一堆，所幸她老人家堅毅如山，若無超人意志怎能獨立扶家一手撐起屋頂，安然度過風浪無數？何能招架不肖兒如我三不五時撒野耍賴竟不吐血倒地？雖已心口不同步、說話些許結巴斷續，母親仍思想澄明，聲音洪亮如沿街放送的廣播，動怒時口頭禪更熟極而流絲毫不斷續結巴。母親口頭禪多不勝數，乃一生育兒實戰的智慧結晶。「死囝仔賊」、「飼兒邑邑」、「氣死有影」、「氣到血冒湧而出」……假以時日我該自費為她出版嘉言錄，以報養育之恩。

走出家門，轉進三民路，「死囝仔賊」依稀可聞，心底一陣溫暖。

適才拎來孝敬老人家的一品香鮮蝦扁食恐怕已被丟棄垃圾桶，接下來我猜母親會打電話給正在上班的小妹，她呢，想也知道會佯裝不知情，好似青天霹靂：「阿誠，伊起痟了嗎！」

年幼我四歲的小妹從未喚過我「哥」或「阿兄」，不僅因年齡近、孩提時作伙嬉戲感情深，且因我沒大哥樣，基因少了「為兄」的陣頭。自從各自成家，兄妹倆便聚少離多，加之我不興串門聚餐去電問安，近來更為疏分，除了節日拜拜於母親住處不得不外，鮮有見面機會和必要。親情紙薄，倒非有何難以冰釋的嫌隙，橫豎代誌演變至此，毋需欷歔，台灣很多家庭據說都淪落至此。

我以手機「知會」小妹，刻意不用市話聯絡，以免過去的事扯不完。找個不頂安靜但不致喧嘈的街角，挑了深夜時刻，若無其事地丟下炸彈：「辭職了」。彼端傳來久久的沉默，只得耐心等候，給點時間讓她消化突如其來的衝擊。「媽怎麼辦？」語氣極其冰冷。小妹一向坦直，對於我花招頻出早有防禦機制，完全省略「怎麼啦」、「發生什麼事」之類制式反應。哀莫大於心死，這點可能性最大，她早不在乎任何關乎我的狗屁倒灶。

「我還是會按月給她一萬。」

「那不是我的意思。」話語方落，電話便掛了。

家人好辦，自大學便混在一塊的麻友們可沒那麼容易「按奈」。半年前我便點滴吐露退隱口風，他們起先不以為意，只當間歇性牢騷聽聽，爾後發覺事態嚴重便不斷找機會與我喝酒，不斷以勸說為由找喝酒機會。有陣子一干人車輪戰術，啤酒屋油膩矮凳上從未缺席的卻是我。平時聚會我甘居配角，不跟風、不帶頭是我奉行不悖的作風，可這會兒卻難得當上了主角。幾隻嘴混聲合唱一曲勸世老歌，啤酒下肚專屬欲求不滿已婚男人的台灣藍調。

——中年危機嘛忍著點兒掐緊老二晃眼兒就過了。

——創作瓶頸嗎？切忌將寫作和人生混成一談。

——找管馬子貼身肉搏一番，不，找個女學生談戀愛待東窗事發被解聘還不遲。

最扯的應是，倦勤是吧？不想教就隨便教還不簡單。天地良心，我一向隨便教。

事情沒那麼簡單。

總是當他們搭腔搶詞忘情提點——為時僅限於剛坐下咕嚕喝下的兩瓶，一旦酒過三巡臉頰泛豬肝色後便把邀約的主題，我，給忘了——總在他們烈切分享危機處理心得時想到一句老話：友人的災難帶給我們的黑色慰藉往往甚於敵人毀滅的訊息。榮幸之至，個人生涯的巨大丕變竟為與我同等身心俱疲的哥兒們心靈注入一股宛如再造重生的能量，縱然僅僅維持一個菸臭酒臭濃濁如痰的夜晚。

偏執如我原本無意聽勸，管他朋友、親人、同事。自從妻依親到加拿大流連不返，我前一刻萬念俱灰下一秒舒爽暢快，心緒兩極晃蕩如鐘擺，從懮懮慼愀到英氣勃發，從窮途末路到海闊天空，從「蝦米攏去了」到「大幹一場」，直到發條鬆脫，鐘擺凝止於中界。猶如平生第一次學會深呼吸，吸—入—呼—出，徐徐吐納間我找到安靜，以安靜思索下一步。爾後，心底日漸埋下幽微坦蕩根深入魂的退隱之念，先如滴水般涓涓滲泌，繼而一瀉如注勢不可擋，向親友宣告「辭了」！可絕無兜攬可茲轉念的人生哲理的渴望。

但想向他們告別，道一聲珍重。

但望另築一段未知人生，破釜沉舟放手一搏。

骰子擲出，十八啦！BG啊！不上天堂且下地獄。

2.

我寄居於白晝和黑夜無甚兩樣的水泥洞穴，雖腳踏實地，卻不見天日。

臥龍街一九七巷是條死巷，宛如由盲腸內壁延伸而出的一道闌尾。裡面住了五十幾戶人家。地狹人不親，很少看到鄰居之間互動。這條死巷白天時已夠沉寂昏昧，唯一的光源來自一小片上空，到了夜晚因沒街燈更是黑壓壓，若非自住屋窗戶透出的微弱燈光，可真要伸手不見五指了。之所以落腳於此除了租金便宜外，且因為它夠隱密。為了掛牌做生意，我特意選擇自有門戶的一樓。房東為了防賊，用雨棚與鐵柵把前院遮得密不透光。看屋時問房東可否拆掉雨棚，他不假辭色地告訴我，拆掉你就不用租了。

屌斃的招牌掛在一棟中古四樓公寓底層的大門邊石柱上，長方形木板鏤刻質感的「私家偵探」。

小小招牌引來坊間動員不小、不怎麼掩飾的竊竊私語，顯然久廢的「守望相助」因怪咖入侵而再度開張，不時可見午睡方醒的公嬤叔嬸、騎著機車的少年郎、足蹬叩叩作響踏著露趾矮人鞋的美眉、早熟討打的孩童，幾乎所有周遭鄰居排好班表似地輪流徘徊於招牌近處交頭接耳，即便我出入大門，也未曾基於禮貌暫且移開視線。

某日，條子終於找上門來。身為私家偵探，自當料到。

「這是什麼？」管區仔指著木板。

「招牌。」我遞上名片，未及抹去沾在角尖的肉渣。

「有這種職業嗎？」

「沒有，我是台灣唯一，算是台灣首席私家偵探。」

笑話沒引起任何反應。只要一個，誰能找出一個值勤時帶著幽默感的警察，我自願坐牢十天。

「有執照嗎？」

「沒有。我到徵信公會申請，對方說要入會申請書、會員代表身分證影本、公司執照影本，還有營利事業登記證影本。我不想入會，不想開公司，所以沒資格申請。」

「怎麼可以？」

挺著啤酒肚的條子兩隻拇指勾在肚臍下掛著手槍的皮帶上，自以為是小號的約翰韋恩。

「有犯法嗎？」

「這是做啥？」

「救人一命。」

2 跟監

1.

我想救的人其實是自己。

搬來這兒無異走到盡頭，亦無退路。

在一個屋簷下隱居獨住對我而言既新鮮又驚悚，完全違背醫生叮囑。無論多麼厭煩人群，盡量避免獨處，他說。偏偏我反其道而行，決心克服此生最大罩門。不想一直生活於恐懼中，決心在形式上和痼疾硬碰硬。手段看似激烈，心態卻是謙卑的。

2.

我生於基隆八堵，家裡附近有家鐵工廠，名字忘了，雖然取名某某鐵工廠，它其實是村裡首富的造船廠。

小時常和妹妹以及老闆的小孩們在造船廠裡嬉戲，玩些什麼兒戲全忘了，只留下一幀照片：妹妹、老闆兩個兒子和穿著深藍短褲和繫上蝴蝶結領帶的白色短袖襯衫、儼然小紳士的我站在船頭前合影。父親是個讀書人，因此常把我打扮成紳士模樣，那也是我這輩子唯一看起來像個「尖頭曼」的時期。父親因病去世後，母親變賣房產，帶著七歲的我和妹妹搬到台北。因此我對八堵的記憶少之又少，最深刻的就是那個鐵工廠。

有件事我毫無意識，先是透過家人，事後自己又添加想像而烙印為永久記憶。某日，我玩累了，躺在工廠裡的長木凳上睡覺，期間有宵小潛入，竊走一些臭銅爛鐵，睡夢中的我渾然不曉，直到有人大喊：「小偷！小偷！」方驚醒過來。事後，大人們繪聲繪影，把小偷說得很可怕，還恐嚇我：「還好你不值錢，否則就把你偷了。」自此，我午後獨自睡在陰暗死寂的廢鐵中，身旁站著一個不懷好意的賊仔，一時拿不定主意，不知該偷小孩還是工具這個畫面一直沉澱在記憶深處，疲憊時、困頓中便會冒出來攪亂心緒。這大概就是我晚上不喜歡一個人睡覺的原因吧，就怕在無意識當中有什麼怪物怪事會發生，有人會把我所知的世界偷了，把我給偷了。

但這不是我夜裡不敢獨眠於一屋簷下的最大因素。

十九歲那年寒冬改變我一生的事件於毫無預警下發生了。事件發生之前我鮮少意識到自己或世界的存在。自小不乖不壞，不好表現也從未惹麻煩；念書但求及格，對自己沒信心，對未來沒野心，和課本裡的「小明」恰恰相反，「小誠」毫無志向。我活在自己的內心世界，但它其實極其蕭索貧乏，沒有小王子，沒有維尼小熊，與其說它是天地，毋寧稱之為不具空間感的桎梏——軀體和魂魄猶如被鑲嵌在壓克力面板裡扁平而不具真實性的圖像。當時只隱約感覺，時間站在我這邊，我會長大，老師會老，一旦高中畢業，便得以逃脫那個教條世界，扁平的圖像自然會如咒語解封般掙脫禁錮，翩躚起飛，幻化成立體、有血肉的人。

十九歲那年大學新生的日子再好不過，英文系課業糕餅一片，班上同學陰盛陽衰（令人振奮！），校風相對自由，每位老師言行舉止都像個人，夫復何求？然而就在那年寒假、我生日前兩禮拜，一件怪事發生了。

我睡不著。

夜裡躺在床上，無論如何就是睡不著。剛開始以為只是一時怪象，試圖理出各種因素（沒運動、太過閒散、想念學校生活、家裡太悶等等），然而如此情況竟一直持續到第五天、第六天……太陽西下時，我的心也跟著隕落，兩眼透著不安，臉上被一抹陰影籠罩，心想，又是漫長無眠、數了上千隻羊亦未見效的夜晚。會過去的，會過去的，我一再安慰自己。同時，我一直想著：到底什麼毛病？什麼心事困擾著我？

記得很清楚，第七天晚上，我採取拖延戰術，看電視看到沒電視看後，拉著妹妹玩紙牌遊戲，直到她喊累了、要睡了、再玩就要翻臉為止。之後，家裡寂寥得令人發顫，彷彿在嘲笑我。不得已，只好走進臥室。先做體操，之後躺在床上做深呼吸，接著專注地數羊，羊數完後數豬……慢慢，慢慢，失去意識。

半夜，我被自己的叫聲吵醒。張開眼睛，剛開始視線模糊，好不容易才能聚焦，那情狀頗像手術過後、麻醉藥效隱隱褪去，病人逐漸恢復知覺。眼前有三個人頭，母親、妹妹和一個陌生男子，三張臉不斷搖晃，但其實是我的身體不斷搖晃。母親和中年男子各立於床頭兩邊用力壓住我，因為我彷彿《大法師》裡被惡魔附體的女孩那樣挺著腰力不斷弓起上身，還一邊「啊！啊！啊！」鬼叫著。

早上醒來，走出臥室，母親和妹妹坐在沙發上盯著我直瞧。她們憂心的眼神讓我立刻意識到那場半夜驚魂不是夢，尚於耳際幽幽繚繞、彷彿發自洪古深井的綿邈啊啊聲是真的。

母親問我好一點沒，我問她發生了什麼事。

「我也不知，就是三更半夜突然聽到從你房間傳來尖叫，我以為你受傷了，衝進去看，只見你身軀又起又躺，一直搖晃。」

「他怎麼說？」

「那個把我壓住的男的是誰？」

「張醫師。我半夜打電話給他，請他馬上過來。他打了一針鎮定劑後，你就睡著了。」

「他說可能是壓力太大。你到底有什麼心事？是不是功課太重？太重就不要讀了。還是有人在學校欺負你？失戀了？還是身體哪裡不爽快？」母親把她想得到的可能性一連串說出。

「沒有，只是最近一直睏不好。」我坐下來。

「睏不好為什麼不早點跟我說？我這安眠藥隨時有。」

近午時，我到張醫師那。步出公寓大門時，一時不適應光線，感覺一陣暈眩，眼睛半睜半瞇著。這應是鎮靜劑殘留的副作用，我想。

「怎樣，好點沒？」張醫師問。

「好點了。」

「什麼事困擾著你嗎？」

我想回答，想對醫生傾吐這些天所受的折磨，但口張開了卻說不出話，得了失語症似地啞啞咿咿。這時整個人崩潰也同時獲得解脫，像隻受傷的狗，時而嗚咽，時而哀嗚。最後，勉強說出，沒有，真的沒有，就是睡不著。

「我開些藥給你，晚上睡前吃，自然就會改善了。」

然而我的病情比家人和張醫師所能想像的還要嚴重。

3.

轉角左起算來第六間「咖比茶咖啡」儼然本人臨時事務所。

每日午後三點半happy hours買一送一時段，我便坐在米黃塑膠椅上吞吐著七星中淡，捉摸這座令人睹爛卻愛不忍離的城市。

公車泊在路邊買檳榔。紅燈下的機車以抽搐的節拍催著油門，其中一名騎士以生產線作業員的熟練，從掛在右把手的塑膠袋裡掏出花生，啃食後的殘殼丟進掛在左把手的塑膠袋裡。腳踏車一手握著龍頭一手持著手機，淫蕩哈拉中逆向行進。一對爺孫擅闖紅燈，神情自若地「散步走車路」，從自家客廳走到灶腳也不過那麼從容。超載回收物資的三輪鐵馬歪斜、頑強地蹭蹬徐行，對周遭騷動視而不見，宛如行動藝術，對崇尚速度的現代生活作出以慢活美學為訴求的抗議，更像是求死的呼喚：死了快活，撞吧！

坐在這，和平東路三段、富陽街交界，沒有圓環的圓環，六條道路宛如幾隻交尾蟒蛇虬蜷疊結，七組燈誌交替閃爍下，馬路如騎樓，騎樓如馬路，人車爭鋒拼貼成一組逃難畫面，火燒森林群獸攛竄亦不過如此；坐在這，我的視神經耳鼓膜受到極限刺激，好似電影院前排近距離目睹生死一線的搏命演出，身歷聲感受討生活引擎發動下眩目聾耳的奔騰，我隨時預期意外發生，比如會車不當引發口角、煞車不及的碰撞或車毀人亡的慘劇；然而，意外地，多少令人失望地，什麼事故都沒發生，起碼自我蟄居於此月餘來無緣見識。台北，是詛咒，亦是奇蹟。我不禁好奇，究竟是什麼力量維繫這暫容我棲身的混沌宇界，是何方魔幻的緩衝機制保護這水晶體般的文明使它每於一髮千鈞之際化險為夷？

「易碎，小心處理！」

台北人猶如一派事不干己的送貨員，毫不憐惜。

只能說，既樂天且悲情的台灣人藉由「狀況」展現韌性，無論轉彎、過街、違規、貸款、炒股票、貪汙，總先預設「安啦」，一旦危機乍至便施展苟活絕技，左避右閃和毀滅玩著擦肩而過的遊戲。時到時擔當，沒米煮番薯湯，頭破血流時還有路邊燒冥紙、對著攝影機哭爸哭母最後一招。

這是一座拒絕被文明徹底馴服的城市，處處展現「到此為止」的現代化，是紊亂與秩序、原始與文明、冷媒與溼氣爨雜的混體：後現代的「沒啥不可」、現代的「去你媽」，以及前現代充滿人情味的「恁娘卡好」。

混著滾滾塵埃、廢氣以及一股無以名狀的餿腥，我喝著飲料，如魚得水。

「單名誠，吳誠。」腦中反覆演練。

詹姆斯・龐德只喝「馬丁尼；輕搖，不攪」，我也是，只喝「紅茶；少糖，去冰」。007的招牌飲料成分複雜（三份高登琴酒、一份伏特加、半份利雷酒），調製過程更是講究，徹底搖晃至冰鎮後盛於飾著檸檬皮的深度香檳杯。我的紅茶不過是葉渣，舀入保麗龍杯，搖幾下起泡就成了。

開張後第一個案子便是在這兒接下的。

說來慚愧，林太太透過街坊流言得知我的存在，尋線探得本人出沒作息，為了確保耳語中的偵探不是歹徒、淫棍或瘋子，尾隨觀察了三天後才決定與我接觸。那三天，我全無警覺被人跟監。

她忍者般挨近桌邊，猛可把我從意識亂流中揪回現實。從坐下、婉拒泡沫紅茶一直到說出原委前，林太太面試般地問了一堆問題。她打量我，我打量她。面試是雙向的，顧客並非永遠是對的，即便生意清淡也不可飢不擇食胡亂接案。瘋子最怕遇見瘋子，總要有一方尚稱正常，世界才能運轉。

淡妝淡抹，白皙膚色透著幾分粉紅，稜角分明卻不緊繃的線條。一張節制溫柔、不常和麻煩打交道的臉龐，沒有神經質的皮肉抽搐，沒有騷躁的肢體語言。她過關了。

我大可說她眼神透著憂鬱，但這俗爛形容毫無意義。行走在台北街頭的人們個個眼神透著憂鬱。小說家擅寫眼神，一筆入魂直搗人物核心。在我而言，眼神只是眼神，充其量傳達了瞬息萬變的表象情緒，和內心扯不上邊兒；甚至，眼神乃靈域魂界的忠誠守護者，一則對外防堵不安好心的窺探，一則對內嚴禁流竄於底層的意念的曝光。

人的內心深處是永不見光的深海底層，蟄泅其中的千年水怪可未曾如無害的鯨豚偶爾騰越出水面透透氣。我早已放棄探索自身或他人闃暗刁鑽的靈魂——那個不存在卻隱約可感、超乎人類語彙的「東西」。我不只一回界臨絕望的深淵，自丹田深處硬生生托起最後一絲勇氣，俯身下望：或爾幽邃不測，一片黑密密黯鎖鎖，什麼都不見；或爾如臨水照鏡，瞧見到的居然是凝視深淵的我的倒影。

透視人心不是私家偵探的任務，若能為人解謎揭密，吾願足矣。畢竟偵探乃過濾表象的職業，可供我們揣測的動機僅限意識層面，至於深邃的，就交給宗教家、道德家、心理醫師吧。通常這三種人都語焉不詳，狗屁不通。

多年來，我曾狗屁不通地執迷於關於靈魂和命運的探索。驚聲尖叫那夜後，除了恐懼失眠外，更害怕會於睡夢中驚醒、叫喊。即使白天也處於驚慌之中，這驚慌不只出自「黑夜總會降臨」的隱憂，還根源於從外表看不出蛛絲馬跡的蛻化。

我變成另一個人，或者說，我於一夜之間換了一雙眼睛。

同時，世界也變樣了。彷彿有人把過去的我或我曾經熟悉但不察其存在的世界偷走似的，一切是那麼陌生。我和「我」之間，我和世界之間出現了裂隙。我不時凝視、觀看著「我」，而世界更以嶄新面貌向我襲來，昭告它的存在，要我看見它。我的意識彷彿從完全睡眠的階段中覺醒，但覺醒後的暈眩卻讓我措手不及，幾乎無法招架。時常精神不濟，頭腦昏沉，容易緊張，尤其在最該保持鎮靜的公共場合，焦慮反而不請自來。焦慮上身時捏體、打頭頂，藉肉軀之痛抵消心理不適。一場奮戰下來，瘀青處處。

我生活於不祥的預感中。焦慮來襲時，深恐發癲癇或腦袋爆裂，亦可能於失控嘶喊中變形為一隻怪獸。甚至在相對鎮靜的時刻，也惴惴不安，呼吸著不祥，總覺得危機躲在轉角，焦慮即埋伏在下一個念頭。

存活本能驅動下，我往外尋求解救途徑。偶然間，在報紙生活版角落讀到一篇討論精神疾病的文章，看完之後便決定瞞著家人去找那位撰文的醫師。我來到馬偕醫院，第一次在精神科門診掛了號。門診室裡，醫生只問我哪裡不舒服，我把能想到症狀一一道來。聽完之後，醫生說，你患的是憂鬱症。那位醫生有沒對症下藥我不敢說，但主動求醫並按時吃藥這舉動無異讓我吃下了定心丸。之後，日子變得較能忍受，雖然癥狀並未完全消失。

尤其，該睡時清醒異常、該清醒時昏昏欲睡這情況未見顯著改善。我於是想出因應之道，調整作息。夜裡，母親和小妹走進臥室打算就寢時，我正好相反，準備徹夜工作，在床上擺一堆書，有些是學校課業，但大部分是與課業無關的文學、哲學書籍。我改變了心態，不是老子睡不著，是老子不想睡。吃了安眠藥後，不再閉目數羊期待睡神降臨，而是在床上閱讀小說、散文和一些譯文聱牙的志文版哲學書。在床上，我認識了白先勇；在床上，我認識了張愛玲（這樣說有點怪）。那段時間，除了大致讀遍台灣重要作家的作品外，還閱讀一些翻譯小說。躺在床上看書，心神完全進入文字世界，忘了存在，忘了失眠的恐懼，即使焦慮感隱隱作怪時，也能邊捏著身軀邊閱讀。在最好的情況下，於不知不覺中睡著了。同時，我於不知不覺中跨過文學啟蒙門檻。

在精神煎熬與文學啟蒙的雙重洗禮下，我開始思考存在的問題，思考這個世界。首先冒出來的無非是，為什麼得到這個病？它代表什麼意義？是天譴，還是意外。剛開始，我傾向天譴說。焦慮中浮浮沉沉幾度跡近滅頂的我一開始就認定：天譴！忘了在哪讀過，作者以嘲弄的口吻寫道：「沒有上帝的旨意，人是連一根頭髮都掉不來的。」我當時深信這個說法，沒有上蒼的旨意，我不致受此生不如死的磨難。藉此苦難上蒼要向我透露什麼玄機，是我最該思考的課題。

既有天譴，必有原罪，也必有天啟。所謂原罪，可以是基督教義裡的原罪，亦可是佛教裡的前世輪迴。慌亂困頓中，我對宗教的態度極其狡猾而圓融，忮求從宗教尋覓慰藉，卻不願忍受教條束縛。因此我但求一知半解，搞騎牆派，膜拜所有大聯盟教派的「上蒼」，管它耶穌基督、釋迦牟尼、阿拉，只要不是異端邪說一概誠服，就怕拜錯神明或厚此薄彼，有朝一日上蒼顯靈，押錯寶怎生了得。最理想的狀態就是我升天時，耶穌基督、釋迦牟尼、穆罕默德三大教主同時立於天堂入口迎接，對我說：「人類歷史裡最識相的非你莫屬，其他人不斷以我們的名義打打殺殺實在可惡。來吧，我們正好三缺一。」

說來幼稚可笑，但我企盼的正是猶如三合一即溶咖啡的大同世界。沒錯，我得到的天啟就是幼稚可笑的大同世界，而所謂原罪，則源自於那個境地尚未實現於人間。這並不意味我要以殉道之姿改變人間，不，這不是苦思所獲的訊息。我的任務很單純：於有生之年，於苦難煎熬中，於理智與瘋狂之間，「看見」天堂。它可能是基督教的伊甸園，或佛教無我無欲的境界，或者是伊斯蘭教裡容善靈復生的天園，最好是三者合而為一。一旦「看見」了它的樣貌，我的病自然不藥而癒了。

從「為何是我」第一個提問到「大同世界」的啟示，中間的過程迂曲盤折。我對自己有了新體認，對於世界也有了新感受。如前所言，我換了一雙眼睛。這對新眼顯然需要送廠修理，因為它們看到的現實竟然有點傾斜失衡。我的病既是詛咒，也是恩賜。恩賜來自於我似乎於一夜之間被換了靈魂或被賜予一具足以穿透表象的「私眼」——它讓我看到事物的核心。我學會讀書、讀人、讀世界。私眼所及，盡是雙重影像。我既看到事物的表相，同時「看見」它們的原貌；既看到人的外在，亦「看見」他們內心。所有表象都只是掩蓋實像的簾幕。暗喻真理的象徵無所不在，一片樹葉可以是宇宙縮影，一滴淚珠也可以是存在的蒸餾。

世界傾斜，人們失衡，兩者攜手並進，一同往脫離原貌的方向奔赴。我既不仇視他人，亦不憎恨世界，只是為我看見的感到惋惜——人可以不必這樣，世界可以不必如此。

私眼不僅讓我看清事物，它同時讓我從抽離狀態中進一步抽離，以局外人的眼光審視我的疏離。因此，對於自己的感悟，有關人，有關物，有關表象，有關本質等等，我一直處於認定與懷疑的雙重思緒中。這一刻我認為看到了「真理」，下一秒我懷疑自己精神錯亂。

4.

「你是……徵信社？」林太太似乎察覺我意識渙散，問話時上身前傾。

「私家偵探，不是徵信社。」我回神答道。

「有差別嗎？」她略略問道。

友善的好奇，不帶揶揄，我已經喜歡她了。

「徵信社是公司，一種組織，我跑單幫的。吃得開的徵信社在警政情資單位都安插了暗樁，賄賂也好，論件計酬也罷，靠管道取得資訊。身為個體戶兒，我啥內線也沒。他們擁有最新科技，無論竊聽、拍照、錄影、GPS定位追蹤，這些器材讓冷戰年代的spy看了只能怨嘆生不逢時。我反科技，不用錄音機，只靠眼睛、耳朵和一雙腿。」

我巧妙變換腔調用字——比如江湖味的「跑單幫」、官商勾結的影射、北京腔的「個體戶兒」、冷戰年代、賣弄英文、反科技宣言——以便從她的反應探她底細。然而她一語不發，面無表情，惟逕以生物學家面對查無此類異物的眼神瞟瞠著我。嗯，比我想像中內斂許多。不是好兆頭，我更加喜歡她了，恐因此失去該有的客觀。

「你能提供什麼樣的服務是徵信社沒有的？」

「應該倒過來說，徵信社能給的，我全辦不到。但是，我的出發點不是賺錢，大半是為了助人。」

「另一半呢？」

「另一半涉及個人因素，不提也罷。妳知道徵信社收費價碼嗎？」

「我上網查過，很貴。」
「合法搶錢。行蹤調查一天一萬，尋人五萬起跳，外遇蒐證五萬起跳，以下省略『起跳』：抓姦十五萬，婚姻挽回專案二十萬，脫離不幸婚姻二十萬。這意味什麼？意味窮人只能祈禱他的人生燦爛光明像晾在太陽底下的褻衣沒有昨夜殘留的祕密。」
「你平常都這麼講話麼？」
「盡量。」
「我就是覺得太貴，而且我的問題並不嚴重，說不定沒什麼問題，應該是自己胡思亂想，所以想不必找那麼專業的。」
剛入口的紅茶差點噗嗤噴出。
「專業是骯髒的頭銜，它少了人性。徵信社只把妳當作有錢沒地方撒的冤大頭。我，這個私家偵探，是妳託付祕密的人，而妳，是一個信賴我的人。換言之，我不會把妳當成『客戶』。」
「也不是朋友。」
「不是朋友。這麼說吧，我能保證的是樸直的善意，雖然還是要收費。」
「當然。」
「告訴我妳的麻煩。」
「……」眼神透著憂鬱。
「沒關係，即便只是庸人自擾。」
「我的家庭很單純，只有先生、女兒和我，一家三口過得還可以吧……有些事沒事的時候都沒事，因為你很少去想它，更不會去分析它；可是一旦出事了，人就會胡思亂想，甚至懷疑以前原本很篤定的東西。三四個禮拜前開始，女兒每次看到爸爸就像看到仇人似的，眼裡帶著不屑，拒絕和他說話，我先生試著跟她溝通時，她甩頭就回房間，碰的一聲用力把門關上。我問先生到底怎麼回事，他滿臉無奈，說不知道。我問女兒，她有時一直哭一直哭，什麼話都講不出來，有時還罵我是世上最智障的白痴，要我離開她的房間，使得我憂心忡忡，有一種這個家快垮的感覺。於是我試著回想，一夕之間的轉變就發生在五月二十三號那天。在那之前一切都很正常，一定是那天發生了什麼事導致現在的局面。」

「暫停。妳女兒幾歲？還有，她對妳和對爸爸的態度有沒有明顯差異？」

「我知道你為什麼這樣問。我也想過，女兒念國三，課業壓力很大，加上青春期，情緒不穩本來就很正常，有了明治紅豆冰淇淋就覺得人生美好，和好朋友吵架就覺得天要塌下來，這些我早就習慣了。問題就在她態度上的不同，她不但不跟爸爸講話，只要爸爸在家，她就把自己關在房間，連晚飯也在裡面吃。對我呢，只要不問『那件事』，她偶爾還有心情跟我聊天，她討厭誰啦，哪個老師最白目啦。比較奇怪的是，她這陣子出門前都會抱我一下，抱得很久，有點緊，在我耳邊說：『我沒事。』我覺得她指的不是功課，好像是講別的，等她離開後，我只能胡思亂想。」

「妳應該想到了最恐怖的可能。」

「想到了。要是那樣，我會殺了他！」柔和的臉龐露出尖銳線條。「但不太可能。我跟他認識快二十年，結婚也十六年了，若他對女兒做出那樣骯髒齷齪的事我不可能毫無警覺。可是我腦子裡一直回想女兒聲嘶力竭那句『妳是世上最智障的白痴！』難道我真的那麼盲目？於是我暗中觀察我先生，希望能從他的眼神舉動找到蛛絲馬跡。我趁他出門時打開電腦，看他有沒有上那種戀童癖的網站，結果什麼也沒發現。email也沒有奇怪信件，大部分是是樹友寫來的。」

「什麼？」

「他喜歡植物，最常查的資料都跟花草樹葉有關，在網上交了一些同好的『樹友』。」

「妳們家有很多植物嗎？」

「我們住頂樓，在屋頂加蓋了一間。我先生在那養殖了很多盆栽，他很寶貝那些植物，把加蓋的空間弄得密不透風，像個溫室。」

「我是植物殺手，養過的盆栽沒活過一個禮拜，不是愛心太多把它們淹死，就是完全不顧把它們渴死。」

這資訊和她的故事毫不相干，林太太略皺蛾眉，白我一眼，使我有點心虛。或許她已洞悉，我談的不只是植物。

「我後來每天比我老公晚睡，比他早起，而且睡前還會把一本書靠在門邊，萬一他晚上起來開門，就會發出聲音。這樣我還是不放心，這幾天乾脆躺在客廳靠近女兒臥室的沙發上半睡半醒的看守。」

「有沒有想過家裡加裝監視錄影機？」

「想過，什麼都想過，但我不想卑鄙到用針孔攝影監視家人的地步，何況我確定如果有什麼事情發生，一定是在外面。一個上課，一個上班，兩人一大早出門，傍晚才回來，而且他們回來我都在家。」

「五月二十三號那天，妳女兒有沒有比平常晚回家？」

「沒有。有時放學後她會和同學到一家速食店喝飲料，但不會待太久，總是晚飯前就回到家。那天她準時回家。」

「最好的辦法當然是逼問妳先生，問出個結果。」她八成試過未果，否則不會坐在這兒，但一些辦案初期的笨問題乃例行公事，不得不問。

「他有時欲言又止，有時只聳聳肩，說女兒正處叛逆期，過一陣就沒事了。所以，我今天來找你，請你幫我查出真相。」

「能不能冒昧請教一個問題？」

她狐疑地看著我，似乎已經知道什麼問題。

「妳怎麼形容你們夫妻間的性生活？」

半晌之後，「在這之前，正常。」

作為判斷依據，涉及隱私的問題總免不了。如此直截了當打探陌生女子的性生活尚屬平生第一回，我再如何正經八百，也無力抑遏隱隱泛起的變態快感。

「這案子我接了。」

「謝謝。」

「給我基本資料。」

我從背包拿出筆和記事本，裡面還有每天必買的四份報紙，以及出門必備的皮夾、漁夫帽、藥盒和一把手電筒。

不確定手電筒何時能派上用場，但誰曉得。

我記下資料。龍飛鳳舞的筆跡掩不住生意上門的欣喜。

「我們還沒談到收費問題。」林太太神情平靜許多。

「沒查出真相不收費，一旦達成任務，妳付我三萬。這期間我會看狀況跟妳報告偵查進度。」

「看什麼狀況？」

「有時候只知道一半的真相對委託人是不好的。」

「懂了。」

「差點忘了，妳先生開車嗎？」

「有啊。」

「有的話，我跟蹤他的計程車費得跟妳報帳。」

「喔……好……你不開車？」

「我不開車。」

「機車？」

「我不會騎摩托車，只會那個。」我抬手指著停靠一旁的腳踏車。

它的左側是一株嚴重歪斜、危危欲傾的白千層，腰身被公園路燈工程管理局掛上樹鏈，編號4341CA0028，底部囚圍著它的方形水泥砌已有一邊迸裂開來。

林太太半已離座的身子猶豫不決地懸著，一時不知該坐下或起身。我大致猜得出她心思，「完了，我僱用一個只會騎腳踏車的私家偵探。」

人走了，帶來的愁緒卻悠悠不散，紅茶變得有點苦澀。看著她匆匆過街的倩影，才注意到一雙極其纖秀的小腿。

落單的白鷺鷥倉皇涉過湍急的溪流……

猛地緊捏大腿，甩掉無濟於事的傷感，回神後於記事本上寫下：招子放亮，別讓客戶嚇著了。

5.

胡亂吞下１６８魯肉飯、肉羹、燙青菜解決晚餐後，踩著腳踏車返回住處。

交錯羅列的建築和捷運高架把天空切成碎塊。原本狹窄的富陽街因崢嶸競比的看板更顯侷促。鋸齒狀的連棟公寓像一排不齊致的牙齒，急凹暴凸高矮肩並，一幅台式哥德風的景致。過了加油站，轉進臥龍街，天空好不容易贖回大片容顏，另一半卻被橫亙延綿的福州山給攬走了。

臥龍街和辛亥路三段交界一帶位屬大安區邊陲的「死區」，穿過辛亥路就是第二殯儀館。死區曾因死人生意而繁榮，極盛時葬儀社和紙紮店林立，後因火葬普及和喪葬企業化之故，生者已鮮少僱請樂隊吹著嗩吶送死者一程，更甭提焚燒紙製豪宅、庭院、朋馳，以供化成骨灰的逝者享用。如今只剩十幾家轉業無門的老店苦撐著不合時宜的傳統殯儀業，取而代之的卻是機汽車修護廠。不知不覺中，紙紮祭品搖身變為網路上的紙紮精品，若師父是同一批人，倒不失為完滿的轉折。

自幼懼陰怕鬼，每遙見喪家布縷草履，圍成圓圈，見證一對紙糊的金童玉女煙滅為火鳥，便覺毛骨悚然，寧可繞遠迂迴而行。如今死區卻是我棲居之地，不僅房租便宜、鬧中取靜，乃大隱於市的絕佳藏處。而且，它隱含置之死地而後生的象徵意義。在大安區公所辦妥戶籍遷移，立於和平東路與新生南路交界，我強烈感受一種消逝人間、入了鬼籍的解脫。

有時覺得，我是象徵的奴隸。

鶺鴒尚存一枝，再自甘落魄也得找個避風躲雨、足堪棲身的窩，哪怕是陽光照不到的角落。所謂家，猶似不供外借、唯我獨享的租書店。兩房一廳的格局，可用的牆面皆以磚塊及合板拼裝成由地及頂的書架，將這輩子擁有的書本不分類胡亂擺著。除了書以外，家具少得可憐。我需要書，很多很多書，倒不是為了嚥爛的高尚理由，而是它們可轉移我的意識，讓我少想到自己，多思考身外事物。除了安眠藥外，我需要書本助我入眠。狀況佳時三頁康德《純粹理性批判》便可奏效，狀況差時徹夜換了十幾本書仍焦躁難平，只能眼睜睜看著臥室向東的窗面徐徐由黑轉灰。我害怕漫漫長夜，但更痛恨通宵無眠後姍姍來遲、帶著訕笑的天光。

回到家，梳洗一番，看了一會兒電視。

「台灣怎麼啦？生病了嗎？一點道德是非都沒有了嗎……」

媒體名嘴乃羨煞死人的職業，公然放屁還有車馬費可拿。他們的厚顏魯鈍更令人興嘆莫及，似乎從未意識到「拿車馬費只為了放屁」正涉及道德問題。

「他這句話剛好講到了一個很重要的重點——」

這是什麼語言？真正值得探討的重點是：有沒有不重要的重點？設若有，它會是幾斤幾兩的重點？有一點重但不是很重的重點？正當快要失去知覺、即將陷入「不頂重要的重點」的弔詭玄思的漩淖時，我趕緊抓回意識。

關上電視，從背包拿出記事本和報紙，走進書房。

書桌前，我盯著攤開的記事本，推敲林太太的案子，沒多久便得出結論。

女兒對老爸的激烈反感不外乎父親性侵女兒或女兒撞見老爸外遇。另一個可能性是：女兒目睹爸爸在公開場所做猥褻動作，如偷拍或套著風衣「露餡」。

除此之外想不出其他。

我的推理功夫談不上高明，和非專業人士一樣依常理和經驗法則判斷，或有不同之處在於兩點：第一、我讀過不少推理小說；第二、個人對台灣獨到的體認和恨鐵不成鋼的喟嘆。

我從推理小說獲得最大啟示就是，虛構的推理總把情節搞得過於離奇詭譎，把犯罪過程刻畫得過於玄奧；換言之，小說裡尋奇探密的複雜心理解析或哲理揣臆均不適用於單純、直腸子、無城府的台灣人。別誤會，台灣人心機忒重，但設若一切欲望都那麼乾脆地鋪在臉上或流泄於字裡行間，就談不上心機了。數據會說話。近兩年台灣重大刑案共六十七件，已偵破其中四十四件，而未偵破的二十三件裡，主嫌身分多半已確認，只因潛逃境外，難以緝拿。兩年內偵查陷入困境的刑案算不上多，其中涉及兇殺案件者更屬少數。這並非意味警界辦案功夫了得，而是台灣的兇手大都屬衝動型罪犯，愚昧淺薄笨到天邊，其動機不出金錢、感情、宿怨三個俗套因素：財殺、情殺、仇殺。除了政治謀殺，台灣鮮有破解不了的懸案。

咱們以一天的社會新聞為例。上週三，台灣發生兩起命案。其一，一名男子因情人提分手，揚言「分開就作伙死」，拿水果刀刺傷女友後，自己開車到甘蔗園燒碳身亡；其二，一名男子不滿被設局仙人跳，夥同友人找到仇家住處砸車洩恨，卻反遭斧頭砍殺到肚破腸流而亡。兩件慘劇令人扼腕，然其中之鬧劇成分卻沖淡了起碼悲憫。反觀同一天的日本，該國警方終結一起連續殺人案件，兇嫌刺死兩人並重傷一人後投案，聲稱行兇動機乃「十分氣憤保健所三十四年前殺害我的寵物，且至今仍每年不斷屠殺沒有任何罪過的五十萬隻寵物。」同為命案，同等荒謬以極，但動機之抽象層次高低立判。這起來自日本的殺人事件令人駭然起懼，餘韻隨著東海的波浪淫漾而至，如潮汐般勾引著我心底黏稠的異質動能。它教我一件事：兇案與時尚、藝術、文化並無二致，須有祕奇莫測的格局才有資格登上國際媒體的版面……

針對林太太一案，我寫下幾項步驟後，便收起記事本，開始看報練功。自從改行當起私家偵探，細讀社會新聞、追蹤各個兇殺案件的發展是每晚必修課業。

截至目前，該破的都破了，不出意料，然而一樁嶄新命案勾引我的好奇。

一名男子陳屍家中兩天後被親人發現，案發地點離我住處只有二十幾分鐘的路程。

3 絕緣體

1.

六月九日傍晚，我漫步至林家住處——不遠，林寓就在通化街雜雜錯錯的巷弄裡——出發前已熟記林太太用email寄來的照片確認目標長相。在路邊攤吃了一碗蚵仔麵線後便開始守候。

當林太太說她先生有飯後散步的習慣，無比敏銳的直覺便如火車到站似的在腦中噹噹響個不止。莫非是散步惹來的禍？如此聯想其來有自，新店曾經流傳一則真人奇事，事關一名有婦之夫每天清晨早起爬山，爬了五年後，竟跟住在另一條街上的女子生了兩個小孩。顯然這位仁兄爬的是另一種山。

七點三十分正，分秒不差，林先生穿著休閒服和球鞋走出公寓。

一路上，他避開熙攘夜市，走的盡是晦暗陋巷；不僅如此，行徑路線分明經過精心擘畫，無論左拐右彎，都不是隨性而為，且步履穩健、同一節奏，不四下張望，亦無視周遭形形色色。尾隨至半途，我終於了悟：這可不是吃飽撐著肚皮、醞釀打嗝的蹓躂，而是運動，不，就他高度專注研判，應說是自我砥志的行軍。絲毫看不出他懷著什麼心思、帶著什麼情緒，而是像絕緣體似地快步穿越暗巷，三十分鐘內繞了一圈，走回家門。

有一則故事難以忘懷，不時在腦海推敲。這極不尋常，通常我看書過目即忘，有時甚至不記作者是誰、書名為何。話說一名住在池塘邊的隱士，半夜受屋外滴漏聲所擾以致無法入眠，索性跑出屋子往池塘那兒查看究竟。因一片闃暗，只得聽音辨位，踉蹌間不時跌倒於地。幾經折騰後終於找到源頭，原來不過是泉水滴漏於竹片的聲響。翌日清晨，他醒來往窗外一望，赫然察覺昨晚凌亂的腳印竟在鬆軟溼地上踩出了一隻白鸛的身形！

我不禁起疑，摸黑捉瞎竟可踏出明晰可辨的圖樣，而林先生刻意避開市儈紛擾的路線又暗藏著什麼不欲人知的玄機？

而我的一生呢——這輩子和疾病搏鬥，一路踉蹌顛狽，跌跌撞撞，又胡亂走出什麼驚人的圖形？從具有社會地位的大學教授淪落成職業欄裡查無此項的私家偵探，這中間的曲曲折折又如何分說？

2.

我的狀況時好時壞，有一陣子竟然消失得無影無蹤。我恢復正常人的生活，過著不用吃鎮靜丸和安眠藥的日子。若非後來病癥全消，致使憂鬱症被拋諸腦後，我也沒膽做出赴美攻讀學位的舉動。前一兩年安然無恙，忙著讀書、寫報告，忙著談戀愛。我愛上一位同是來自台灣的女孩。論及婚嫁時，覺得此事非同小可，有向她坦承病史的必要。我大致透露一些，但她聽完只聳聳肩膀，以為沒啥大不了的。這可能是因為當時的我實在很正常，毫無異狀。

然而，就在赴美後第三年冬天，癥狀接連出現，我再度墜入與病魔纏鬥的輪迴。

妻帶我上教堂祈禱，鼓勵我讀《聖經》。她不致天真的以為我的病情和沒有信仰有關，但她認為信仰可以助我度過難關。為了保命，我都照辦。閱讀《新約》時深受感召，有一陣迫切想要成為教徒，但缺臨門一腳——我始終到不了把全副身心付託給上帝的境界。妻說，你太頑強，見到了光卻不願走向它。問題是，我沒見到光。我不是指肉眼看得到的光，妻說，上帝不會拿著手電筒為你打光，那道永恆之光在你心裡。喔，我說，我以為真的有肉眼可見之光。為此，我向牧師討教，他的回答再上道不過了：「不要為信教而信教，這樣會把自己逼瘋。要來的自然會來，信仰是勉強不來的。給自己時間和空間，不要那麼用力。」這一席話讓我得到解脫，從此沒再用力。

我同時尋醫求救，遇到了一位耐心熱情的年輕醫師。台灣的精神科醫師沒時間跟病人聊天，他們只問「最近怎樣」之後便開藥了事。這位醫師對我的病史感到興趣，於多次看診中，問了一堆問題，我也毫不保留地回答。一個月過後，他跟我分享他的診斷。首先，他說，你患的不是憂鬱症，而是恐慌症，所有憂鬱或焦慮的症狀都是因為恐懼恐慌來襲的副作用。（什麼？搞了半天，這些年我在內心擺出憂鬱王子的pose完全錯了！原來我真實身分是恐慌小生。）再來，他繼續說，你的描述帶有太多的自責，這是不必的。要之，你的症狀充其量是遺傳生物學上的意外。

「和天譴無關？」我如獲大赦地問著。

「和上帝一點關係也沒。」

「這不是懲罰？」

「地獄，不！」（「Hell, no!」）

「我一直以為我是約伯。」

「我的老天，約伯是考驗信仰的原型，你何苦來哉自比於他？你是基督教徒嗎？啊？不是，而你還這麼想，這不是瘋了嗎？喔，對不起，我沒那意思。」

「沒問題。」

「這麼說吧，希伯來『約伯』的原意是遭痛恨、受逼迫。我跟你保證，你沒受逼迫亦不遭痛恨，所以不必自討苦吃往那角尖鑽。約伯的引申意義是堅毅、忍耐。你若要自比約伯，乾脆把自己想像成一個堅毅無比、不輕易被病痛擊垮的強者。」

「它既然有雙重意涵，我們可以接受其一而不接受其二嗎？」

「只要對我們有利有何不可？聽著，我們不是在討論宗教吧，對不？我們討論的是如何與你的狀況和平共處。容我再次強調，它只是意外。以憂鬱症來說，憂鬱症和神經傳導有關，當人體缺乏不飽和脂肪酸，可能會引起神經傳導物質的功能失調，引發情緒困擾。每個人都會遇到挫折，都會有恐懼感，為什麼這個人可以睡大覺，而你這毫無挫折的可憐蟲卻焦躁不安，感覺天崩地裂？因為你的生理構造先天性不良。這和那個人是否比你堅強或他的童年是否比你快樂一點關係也沒。我不是說佛洛依德可以下地獄，而是說治療恐慌症、焦慮症這些疾病時，心理分析隔靴搔癢，無法救急。一個神經傳導功能失調的人即使讓他住在伊甸園，即使他的名字叫亞當，他也會患憂鬱症。憂鬱的亞當會說，天啊，這理想世界多麼令人窒息，咱們吃顆蘋果吧！不對，那是夏娃的提議。不，我並不是說成長環境或社會因素不在圖像之內，更非意味精神疾病不致影響心理。地獄，當然會。但就起因而言，那可是純屬生物領域的現象，所有憂鬱感、焦慮感、恐慌感都只是體內化學分泌造成的。」

「化學分泌？」

「正確地說，是化學分泌失衡。因此我要你從今天起不要再把恐慌症看成是一種病。不是，它只是現象。」

「現象？」

「現象，正如頭痛是生理現象，胃痛是生理現象。你有沒有見過頭痛或胃痛的人感到自責？地獄，當然沒有。他們大聲嚷嚷，喔，我的上帝，我頭痛欲裂，我胃痛難耐！那麼你為何要為恐慌症感到羞愧不堪？我當然不是鼓勵你到處廣播，逢人便大聲嚷道，你知道麼，我有恐慌症。那才真是瘋了！對不起，我沒那意思。我要說的重點是，你一定要試圖摒棄對於這個現象的負面聯想。」

咯吱一聲，年輕醫生為我開啟一扇大門。因為他，我重建心理，內疚減輕了；因為他，多年後我會跟好友提及我的狀況，但都只輕描淡寫，點到為止；因為他，我把天譴論丟進腦袋的資源回收筒。

回到台灣後，似乎空氣、溼氣、臭氣全對味了，連細菌也對了，病情自動好轉大半。教書的日子忙碌而充實，我也陸續發表文章和劇本，賺得一點虛名。對自己充滿信心，對未來充滿期待，我終於學會和恐慌症和平共處，不再奢望它永遠消失，而且不斷自我洗腦，沒錯，它只是意外。沒有上蒼的旨意，命運是自己的，頭髮是自己掉的。隨著狀況好轉，我逐步忘了吃藥，藥吃完了也懶得到醫院拿藥。

我再度痊癒。

然而「意外論」讓我陷入另一種迷失。我從自卑轉為自負。我曾經是鬥士，如今自比強人，以強者之姿大放厥辭，厭惡虛情假意，對那些屈就權勢的弱者不假辭色，對那些急於功利之徒更不屑一顧。本來自我意識已夠鮮明，後來變本加厲，對外標榜我行我素。我痛恨時局，藐視學術界，看不起戲劇圈，為整個社會的膜拜物質、追求時尚，為葡式蛋塔、日本甜甜圈、百貨公司週年慶大排長龍的愚行不以為然，為那些汲汲營營只為混口飯吃的大眾感到悲哀。多麼虛妄啊，那時還真以為，眾人皆迷唯我清醒。

十多年過去了，我結交了一些朋友，但得罪不少人。妻說我變了，她覺得我比從前更加「憤世嫉俗」，但最令她難以接受的是我對溫暖的排斥。我在家的時間愈來愈少，浪費很多時間跟朋友喝酒砍大山、數落他人，也花了不少時間在劇場瞎混。妻不只一次最後通牒，不只一次說，幸好我們沒有小孩。

不知不覺中，我變成一隻矛盾的怪獸，時而淡泊冰冷、時而激情鬱躁。對妻的虧欠不知補救，但對於其他事物，諸如文化、文學、戲劇、馬路上的狗屎等等，卻勤於發表高見，宣洩義憤，可謂火力全開。我嘲諷敵人，亦傷及朋友，以致一些朋友如今形同路人，老死不相往來。後來才察覺，一個人崩潰往往不是一夕之間，其過程就像氧化生鏽、樹葉變黃那麼緩慢。我的靈魂出了問題，但那時渾然不知。

然而反省這段時日，我若一逕自我鞭撻反而有點虛偽。其實，不只我變了，周遭的人事也變了。是時代的關係，還是年紀的緣故，是台灣局勢使然，抑或全球化歪風作怪？我認識的人愈來愈功利、世故、鄉愿，卻滿嘴仁義與愛。在我偏激的眼裡，這些人已悖離理想，個個「披著一件刺不穿的謊言鎧甲」，既蒙蔽自我且欺騙世人。或許，以前宣稱的理想只是口號，逐名求利一直是他們真正所要的。

致使我辭去教職，落到今日田地的導火線發生在去年冬天。又是冬天，我何時才覺悟！

去年十一月，妻到加拿大陪伴年邁父母，家裡只剩下我一人。臨行前夕，她和我在客廳懇談，那是我們許久以來難得一次的交心，也是最後一次。兩人離得很遠，她坐在飯桌的椅子上，我坐在沙發。聲音於客廳迴盪，流瀉到窗外，隱逝於暗夜。

「你知道你變成了什麼模樣嗎？」妻說。

「我知道。」

「為什麼會這樣？」

「我不知道。或許是中年危機或更年期。」

「這時候你還有心情開玩笑？真的，我想知道到底為什麼你對家庭冷漠，對世界充滿敵意。」

「我心裡有個惡魔。」

「不能化解它嗎？你所說的惡魔以前並不存在，為何不能趕走？」

「也許以前就存在，一直蟄伏在我心裡。」

「這是藉口。你不願承認，但你喜歡失敗給你的感覺。你喜歡毀滅，毀滅自己，毀滅別人。你沒有愛。」

「對，我沒有愛。」

「沒有愛的人，不需要愛。」

她剛出國時，我有一種解脫感，鎮日在外飲酒作樂，成了酒鬼，內心充滿暴戾之氣。一次劇團的聚會中，我藉酒裝瘋，發飆開罵，把在場的朋友跡近得罪光了。因為地點是安和路龜山島海鮮店，圈內人士稱之為「龜山島事件」。第二天醒來，宿醉當然免不了，但醒來第一個意識就是悔恨。完了，我果真說了那番話，傷害了合作多年的親密戰友。老天應景似的下起暴雨，我出不去，無從釋放負面能量。憂鬱、焦慮，成天惶恐不已。

檢討這些年的作為，只能說我的憤怒與刻薄來自於無法遏抑的毀滅欲望。我心裡容不下雜質，亟欲追求純粹，純粹的藝術，純粹的意圖、純粹的心靈。這都是妄執的惡果。至於妻「沒有愛」的診斷讓我最為恓惶悚懼。我怎會沒愛！有時自我辯解道，所作所為所想，一切發自於愛，雖然表面看起來和實質效果似乎是恨。有時不得不承認，我自稱的悲憫感早已異化、變質，用最簡單的方式形容就是我的認知從「我和眾人生活於苦難中」轉變為「我要引領眾人走出苦難」。

在漫無目的散步的機緣下，我隨意翻開一本置於山中步道旁紙箱裡的結緣佛書，從此一頭栽進佛法世界。就我粗淺認識，佛教真諦比基督教更難理解。很多人說信仰不全然依靠理解，我也知道許多教徒是在無知的情境下信得要死要活或不死不活。我冥頑不靈或理性過甚或自我太強，就是無法五體投地地膜拜一個無法全然理解的事物。之於宗教我向是抱持投機心態，毫無忠誠度可言。就在我即將變成廢人的端點上，我在佛教找到脫身的藉口。無我、無常、空性、寂靜、涅盤，這些字眼令我著迷。佛教教義裡沒有個人或自我這檔事，那是「無明」的產物。萬物皆空，世事無常。

「但是即使我們理解，可能還是會對難以預期的事物感到恐懼。恐懼和焦慮是人類心智中主要的心理狀態。恐懼的背後是對確定性不斷的渴求。我們對未知感到恐懼。人心對肯定的渴望，是根植於我們對無常的恐懼。當你能夠察覺不確定性，當你確信這些關聯的成分不可能保持恆常與不變時，就能生起無畏之心。你會發現，自己真正能準備好面對最壞的狀況，同時又能容許最好的發生，你會變得高貴而莊嚴。」

這段無異針對我一生煎熬而寫的文字，深深打動了我，在我內心撒下和合的種籽。我從此不再虛妄的以為看見了事物核心，也從此不再浪費力氣思量恐慌症。天譴論、意外論或現象說，全屬無稽之談。我要過得「高貴而莊嚴」，但隨時準備面對最壞的狀況。

歷經半年醞釀，終於下定決心放棄掙扎，拋開以往所知所識，來到臥龍街死巷，至於這項行動將把我引領至福地洞天的寂靜之界或靈魂躁動的煉獄之城，只能說，走著瞧吧。

為何選擇「私家偵探」這份行當，坦白說，我不是很清楚。它或許是瘋狂直覺驅動下的瘋狂舉動。我相信直覺，將所有衝動鹵莽、無理可循的行為皆歸因於直覺。至於這份直覺從何而來、因何而起，還頗難自圓其說。年輕時便嚮往擁有這個頭銜，對電影裡的偵探或刑警有很多浪漫的幻想，而大量閱讀推理小說後對於料事如神的名探更有無限崇拜，但誰會當真？多少嚮往成為消防隊員、以滅火救人為己任的小朋友長大後真正成為消防隊員？即使已掛上招牌、印好名片，仍覺得這彷彿一齣鬧劇，多少帶有嬉戲和自嘲的意味。

總該有些正面誘因吧。可以這麼解釋，我不想從事固定工作，但為了身心狀況可不能一味閒晃，否則真會鬧出病來。只要省吃簡用，五六年內尚無經濟壓力，因此我需要的工作和賺錢無關。基於為過往荒誕行徑贖罪的心態，我選擇成為私家偵探，有意藉此幫助別人，同時解救自己。作為私家偵探，我不再推理自身際遇，只想推理他人的疑難雜症。或可這麼說：長年從事解讀戲劇的工作使我之於情節、布局、懸疑與動機浸淫多年，在我荒謬的想像和基於姑且一試的心態中，或可結合這項「專才」與「私眼」，在現實生活施展一番。

以上虛晃一招的理性分析仍無法全然解釋非理性行為。一本推理小說這麼寫著：「人們行事真的有理由嗎？他們真的需要理由嗎？生命，畢竟，不是一個邏輯上的問題。就算想出答案來，也得不到獎品。」

無論如何，林太太的委託不啻認證，我終於成為名副其實的私家偵探。

既躍躍欲試，又深怕穿幫。

4 精神潔癖

1.

盯梢工作曠日持久，無趣，腦殘，要是對象是朝九晚五的上班族就更累人了。目標到了定點不動，我只能隨之不動，原地釘樁如稻草人，死盯著他走進的那道玻璃自動門，直到他再度出現為止。這期間近乎三四小時之久，我啥都無法做，不能讀書看報或東張西望，也不能縱情滿足近年養成閱讀這座城市及川流不息的人群的遣興。薛西佛斯至少有塊巨石，我一個玩具也沒。我開始懷疑自己適合這個行業。

好萊塢警匪片的盯梢場景可浪漫些許。子夜時分，一對男女刑警坐在車裡守候，男警抽著Marlboro，女警喝著Starbucks咖啡，先是閒聊，談談工作倫理，交換生活點滴，不覺中話題愈趨私密，關鍵時刻兩人停格對望，電光石火之際兩張嘴像章魚的吸盤啪地互撞，唇舌綿纏，津唾瀰渲，一面緊擁一面摩挲，恨不得有八隻手；男人掀起女的T恤，女人拉下男的拉鍊，正要搞起車震時，媽的，不識趣的嫌犯有了動靜……想著，想著，起了生理反應。

本人應是跟監史上唯一因胡思亂想而在街角泛起淫念的私家偵探。

2.

六月十日早上八點五十分，目標走進坐落於公園路上的健保大樓。

林先生任職於中央健保局台北分局聯合服務中心，職務不大不小，為稽核處副處長。稽核處在八樓，一般民眾上不去。我對健保局所知無幾，但知其財務體質孱弱，歷來虧損以百億計，卻年年發放三四個月的年終獎金給員工，宛如一隻貧血卻不斷往外輸血的怪獸。

林先生乍看不甚起眼，虧他擁有一米七多、精瘦結實的身軀，可惜卻被那張小號、略嫌煞白的四方臉破壞了對稱，而他的衣著——灰色長褲配短袖白襯衫——更幫了倒忙。林某顯然熟記「公務員服飾手冊」。

然而他和一般人有著細微、意義可大可小的差別。引起我注意的不是平價服飾，更非那雙介於地攤和名牌之間的黑色皮鞋，而是他走路的儀態。是的，迥異於周遭忘我的行人無款無樣、蟹兵蝦將的身形，林先生走路確有儀態可言。無過肆甩手，沒輕浮外八，亦不趿趿然趿拉著鞋後跟，雙腿平穩正直地一步步踏出，彷彿一隻隼鷹精確的滑翔與著地。然而這份優雅似乎少了點自在，卻多了一股「隱耀」的克制力。這並非意味優雅是硬撐出來給人看的；正好相反，他刻意隱藏優雅。

孤高傲物的公務員？我的目標難以歸類。即便在光天化日之下人群中，「絕緣體」仍是對他最為貼切的形容，至於為何一個喜愛植物的人會令人搭起猛禽的聯想，我一時也說不出個子丑寅卯。

如上直觀或是我勉強夠格混充私家偵探的卑微證明。既無專業素養，亦無精密推理能力，對物理、化學、機械只有中學程度，之於武器、肉搏、擊技更一竅不通，唯賴以仗恃的便是與生俱來、禍福參半的神經質。彷彿詛咒，亦如中了樂透。自小便如潛伏牆角的壁虎，之於世事紛亂，之於周遭擾攘，大半悶不吭聲，靜靜觀看，心想，還能搞出什麼花樣？如此打著哈欠的不屑，既針對世人，甚且衝著愛搞神祕的造物者而來。猶如一生倒掛樹枝暗中窺視卻從未出手的忍者。十九歲生病後，神經質變本加厲，見人所不見之「私眼」更為敏銳。私家偵探的英文private eye加個s不正是這意思？

除外，我是天生賭徒，從小到大賭性堅毅如鋼，非僅彈珠、泥球、尪仔標、橡皮筋、麻將、梭哈、擲骰等無一不通，更以學業、前程、情感、人生押注。唯有於博弈時縱情吆喝或專注布局，我方能暫且忘卻自我及周遭的存在。少了惶惑，便可盡情投入瞬間即可決定輸贏的零和遊戲。那當下，我處於有我無我、非我即我之中界地帶。

關於高中同學老爸張伯伯活生生的教訓非但沒讓我心生怯意，反而引發豪賭即應如此之鴻志。一九四九年之前張伯在上海開餐館。每晚收攤後，必取出當日進帳的現款，前往地下賭場玩牌九。以往無論輸贏，張伯總能適時收手，體面回家。某晚，他竟徹夜未歸，直到隔日清晨家人才盼到他薄弱的身影被一輛手拉車給送回來，身上只裹著汗衫和內褲。原來，張伯昨晚先是大贏，彷彿吃了狗屎運，把把好牌，可惜好景閃逝，下半場節節敗退，最後以大輸收場，連身上那套西服也賠上了。經此教訓，張伯隨國民黨遷台後再也沒走進賭場。初聞此事，我嘖嘖稱奇，上海賭場真夠人道，把輸家清光、羞辱之餘倒不忘恭送上車，而張伯「輸到脫褲」的魄力更令我感佩動容。張伯的負面教訓之於我無異勵志啟示。此回毅然切斷過去，遁世隱身於死區，正是輸到脫褲的實踐；然而，說實在，不管如何嘴硬，還真怕會落得體無完膚、萬劫不復的境地。

除了旁觀的習性讓我保持冷靜、幾近刻薄地監視人世，我還自賭博中習得閱讀破綻的能耐。以麻將為例，一個玩家手氣如何、聽牌否、要哪掛的，在在流露於他的眼神、呼吸節奏，於他拿牌、摸牌的架式，於他聲東擊西的扯淡，尤其那些自以為聰明、特愛掩飾破綻的賭徒——比如進一張中洞卻嗟噓興嘆，或已然聽牌卻一副陷入苦思的蠢樣——更是破綻百出，像一本攤開、明列細目的帳簿。正如每個賭徒必有弱點，凡人皆有破綻。多數人的破綻就像一件反穿的襯衫，其縫隙自是一目了然。

然而，林先生不是多數人。

從停車場一路尾隨林先生，我儘可能模擬他的步伐，融入他的節奏，就在他即將抵達健保大樓時，我掌握到一個細節。林先生在人來人往、擠滿了上班族的人行道上竟能做到不和他人有任何身體接觸，即便是衣袖間的摩擦也讓他避開了，彷彿一艘尊貴的船隻於濤浪中巧妙躲過足以讓它粉身碎骨的岩石。就在那當下，我身子陡然微顫，一絲幽微的恐懼從他的身後瀰漫而至，滲入我心。我分擔著他的恐懼。他怕什麼？難不成個個面目模糊的陌生人被他當成了帶著威脅的荊棘芒刺？

我幾乎確定，這小子有精神潔癖。

3.

一天下來，毫無斬獲，除了背脊僵直，腰際痠疼。

四十歲起便因坐姿不良而患脊椎側彎的毛病，以致久立、久坐甚至久臥都會腰痠背疼，近年更因每天長時散步，導致左膝關節退化，到醫院打了五劑玻尿酸卻未見顯著改善。我老了，說真的。我倒不怕老化，但近五十歲才幹起私家偵探似乎是和逐漸老邁的身軀鬧玩笑。

午休時，林先生帶著一份報紙，獨自走進一家日式咖啡館，叫了一客橙汁雞腿簡餐，吃完後便走回大樓，直到下班時分才再度出現，驅車返家。

毫無插曲的盯梢。唯一調解單調的時刻是母親來電。我辭職後，母親的怒氣只維持兩個禮拜，之後便彷彿沒事了。我就欣賞她乾脆爽朗的性格。

「後悔了吧？」最近母親總以同一句台詞開場。

「有一點。」我據實以答。

「死好！」

接著她告訴我今天打牌發生的趣事。母親每週打三次麻將，倒不是為了預防老年痴呆症——她不信這套——而是很享受看著別人從口袋掏出錢來的姿勢。她的牌局固定，每週一三五，風雨無阻，除非讓她遇上了倒楣徵兆。母親是我見過最不迷信的賭徒，但她仍有罩門：搭計程車前往牌局途中，若看到送葬儀隊迎面而來時，那天必勝，若與靈車同一方向則輸局已定，便當機立斷叫司機掉頭回家睡大覺了。屢試不爽，她說。

除了時間固定，牌搭子大致同一班底。其中之一的銀行協理特愛「臭彈」。今天那傢伙又在自吹自擂，說他在苗栗買了一塊地皮以供退休養老之用，那塊地說多大就有多大。「對啦，很大，」母親冷冷說道，「大到死鳥飛不過。」協理一聽，得意得搖起尾巴，原來他把「死鳥」聽成「四鳥」。四隻鳥接力都飛不過的領地的確夠大。但是其他人聽懂了，笑得前翻後仰，唯獨一名三十出頭的少婦毫無反應，過了三分鐘，等別人笑完後，她才一陣爆笑。

「哈哈哈，吳媽媽，妳怎麼這麼好笑，死鳥要怎麼飛啊！」

「有沒看過這麼笨的三八查某？」母親邊笑邊說，我也笑得花枝亂顫，引來路人側目。

母親是我心目中的勇者。日據時代，基隆女中只收日本人，不收台灣人。母親決定報考宜蘭的蘭陽女中，但遭到父母反對，理由是「查某人不必讀那麼多冊」。所幸，母親獲得來自更高位階的支持，那就是阿嬤，亦即我的曾外祖母。不過，阿嬤認為這個孫女貪玩不用功，「天天二十四點」，根本不可能考上。考試前一天，母親隻身坐上駛往宜蘭的火車。出門時，阿嬤笑著對母親說，妳儘管去考，考得上恁祖嬤兩耳割下來讓你博筊！兩個禮拜過後，榜單寄來了。母親揮舞著榜單，興奮地跑進廚房，要阿嬤把耳朵割下來給她博筊。

自我七歲時父親因心臟病猝逝，母親便隻手撐起家計，將牌桌上贏來的錢投資房地產。「麻將博士」的封號可非浪得虛名。她不但供我兄妹倆上私立大學，甚至標了一筆為數不小的會款把我送到美國。有一回，六十多歲時，母親為了趕赴賭約而誤踩地上的坑巴，傷到了右腳踝。她不以為意，仍一跛一跛的走到朋友家，坐上賭桌，直到四圈過後、換位時，才發現踏步時右腳跟疼痛欲裂，整個人摔倒於地。幾個牌友趕緊把她送到醫院。「妳真厲害，」急診醫師看著X光片對母親說：「右腳骨折了，還能打完四圈。」那陣子，右腳小腿部位上了石膏的母親只能成天躺在床上看電視，麻將沒得打了。基於孝心，我探視母親時特別買了兩大包成人紙尿褲，卻沒想到碰了一鼻子灰。

「死囝仔賊！你以為我殘廢麼？恁祖嬤用爬的也要自己去便所，這些紙尿褲你拿回去自己穿吧！」

4.

傍晚時分，確定林先生回家後，我踏著疲憊的腳步蹣跚步向六張犁，轉進富陽街時才記得今晚該到阿鑫家走一趟。

臥龍街上的鑫盛修車行仍燈火通明，老闆阿鑫和他家人是唯一願意和我打交道的鄰居。初搬來時，最不友善的眼神來自壯碩黝黑的阿鑫，其他鄰居許是把我歸為無害的怪人，不多時便把我當空氣，走在路上保持安全距離，避免任何視線接觸。唯有阿鑫，每當我經過修車廠他便一副管區仔的鳥樣，隨著我的動線盯梢，毫不掩飾地釋出敵意。事後他向我坦承，家裡有兩個小孩，為了做生意門戶開敞，可疑人物得事先防範，以鷹眼傳達「你敢安怎，恁爸就安怎」的警示。

「看起來像是讀過冊的羅漢腳」是他給我還算貼切的標籤。「這款人，」他跟瘦小、雙頰略微凹陷，頭髮總是套著髮箍以便勞動的鑫嫂說，「不是神經病就是變態。」

入住後，我實踐新生活計畫。但凡天晴，爬山乃醒來第一要事，完全遵照醫生囑咐。「動！依你狀況，靜不如動。」某早，方步出一九七巷便看到阿鑫在街上破口潑罵，「是哪個俗辣？塞你娘的，敢做不敢當！」聽他一連串髒話嘰哩呱啦個不停，我猜想八成是有人A到他停放在對街的寶藍中古Toyota。我睨目偷瞄：不但左前燈碎裂，還在引擎蓋前端撞擦出不小凹痕。

心底一陣暗爽，但不敢喜形於色，自顧往富陽生態公園的方向走去，來到萊爾富，走進買了四份報紙和一瓶礦泉水。走出時，阿鑫仍在罵街，聲音震天，全台北都被他吵醒了。

這時，一名臥龍派出所的警員疾步奔向阿鑫，也就在這時，正好在兩人之間後方，我注意到位於臥龍街與辛亥路交界的7-ELEVEN。

我走向他們。

阿鑫氣急敗壞地向警察控訴，從公德心扯到教育，從治安敗壞一路罵到政府無能。以民主自傲的台灣人就有這種見微知著的智慧。

「你要報案嗎？」警察問道，那語氣顯然希望阿鑫不要報案。

「報案敢有效？上次我家遭賊偷也是跟你們報案，結果呢？」

「你要不要報案？」

「當然要報案。」

我這一插話，兩人都吃了一驚。

警察轉過身來。不是別人，正是月前上門盤查戶口的小約翰韋恩。

「你講啥？」條子雙手叉腰，以三七仔的站姿覷我。

「我講要報案。」

「這沒你的代誌。」

「稍等，」阿鑫狐疑地看著我：「聽他講。」

「不但要照相，還要鑑識。」

「見蝦米四？」兩人同時瞇著眼，齊聲問道。

「找鑑識科的來，查看有沒有指紋，不過我猜一定是沒，但是這——」我屈身指給他們看，藉機細查車燈裂痕和凹陷部位。

「凹下去的地方一定殘留著對方車身的烤漆，把它刮下來作為物證。」

「你不要來亂場好嗎？肇事的車子根本找不到，有物證有什麼路用？」條子抱怨道。
「誰說沒有路用？」我轉頭問阿鑫，「車子大概是什麼時候被撞的？」
「應該是暗時一點到早起六點之間。」
鑫嫂因娘家有事，忙到半夜才開車返家。
「時間確定了更好辦。」我轉頭問警察：「派出所的監視器，一台對著辛亥路那邊，另一台對著一九一巷，對吧？」
未等條子點頭，我便像放連珠炮似的一咕嚕說下去：
「台灣是監視器天堂。派出所有監視器，斜對面的SEVEN有監視器，靠近富陽街這邊的萊爾富也有監視器，它的斜對面麥當勞也有監視器。最重要的，臥龍街和富陽街口一定有監視器。只要把所有監視器從一點到六點的畫面拿來交叉比對，把快速通過臥龍街和半途轉進一九一巷的車子排除在外，剩下的就是夜歸找停車位的。依凹陷部位判斷，它不是從外面，而是從內側被撞的。我猜對方八成停車過猛，發覺撞到了就趕緊落跑，因此我們要找的應該是看起來像是路過，但來去之間花了將近五到十分鐘的車子。」
我給他們時間理解以上神速精湛的研判。半晌過後，阿鑫仍一臉霧煞煞時，條子的眼神已透出啟蒙曙光。
「我懂。可是這要花多少時間、多少人力啊？」
聞此，阿鑫和我不約而同叉腰、凸出雙眼瞪他，構成一幅蟾蜍瞅著活得不耐煩的螻蛄的自然景觀。
五天後，在我和阿鑫催促下，警方鎖定了兩輛車：一輛是深色馬自達32.0S，另一輛是淺色福特New Mondeo，但因光線不足只能辨識部分牌照號碼。不過我向阿鑫保證，半夜在這停車的想必住在附近，遲早會找到那個俗辣。

約莫一個禮拜後，我騎車時無意間瞄見一輛停放在信安街、牌碼吻合的銀灰福特，確定其左後邊角有凹痕後，便火速騎回阿鑫家通風報信。

兩人帶著警察找上了車主。

從此阿鑫和我成了朋友，「騎鐵馬的神探」是他給我的封號。偶爾我會在他那坐坐，泡茶聊天，修車廠收攤時還會喝點小酒。

5.

阿鑫什麼都好，就是愛談政治、將人生諸般不快不爽之事全歸咎於政治這點不好。他老是站在托起一輛汽車的單柱頂高機下方，一面彎腰敲打車底，一面妄譫無肆的開砲。那畫面教我看得心驚膽戰，總覺得頂高機隨時會卡嗤一斷把他壓成肉餅。每當他譙聲訇訇、罵盡檯面政治人物時，我大都瞇眼皺眉，神經兮兮地幻聽起骨骸碎裂的聲響。

很早就發現政治不可理喻。與理念大致相同的人針砭時事無異打手槍，圖的不過一時之爽，毫無長進的能量；反過來說，和意見分歧者大小聲不但傷神且浪費生命。與其和意識形態南轅北轍的人士爭辯得臉紅脖子粗，還不如各拿一把西瓜刀廝殺互砍一頓來得乾脆。如上結論是否具普遍性，可否適用其他國家，我不得而知，至少在非黑即白的台灣，情況便是如此。

對於阿鑫的牢騷，我恪守一個原則。儘管阿鑫論及政治不免偏礙狹慳、忿忿難平，和那些讓他痛恨的政客、名嘴沒甚兩樣，我不但不澆冷水，不但不說中肯、中性、中庸但其實是廢話的道理，反而在一旁敲邊鼓瞎起鬨，跟著妄言妄語。他幹譙誰我加倍幹譙誰。

「無效啦塞恁娘！我跟你講，」顯然今天生意忒差，阿鑫炮火比往常猛烈，連珠串似的謾罵一會兒後，喘著氣嘆道，「那些俗辣沒效啦，一邊生得像流氓，一邊長得像太監，台灣靠他們還有救麼？」

「既然如此，」我說：「我建議蓋個監獄把流氓和太監配對關起來，不出三天保證他們過著相親相愛的日子。」

阿鑫正側頭想像流氓抱著太監的溫馨畫面時，鑫嫂帶著兩個小鬼——大女兒小慧，小學五年級；么兒阿哲，小學二年級——從通往臥室的通道走出。

今晚要為兩位小朋友上課。

約莫兩個禮拜前，我和下工的阿鑫坐在門口喝酒閒扯時，阿鑫嫂載著孩兒倆，騎著摩托車回到家門。小慧、阿哲兩人臉上充滿對於未來的憧憬，手裡各提著一只黃白相間的小書包，上面印著英文字——Big Bird English，大鳥英文。我一眼便猜著，完了，鑫嫂想必花了一筆冤枉錢讓小孩上英文補習班，不假思索便說：「不值！不值！不要浪費辛苦錢。」給我這麼一說，鑫嫂面子有點掛不住，略有慍色，等我察覺多管閒事時，接下來的話已飛出口了：「趕快把東西退給補習班，把錢要回來，我免費教他們英文。」

「這是你講的喔！」和錢有關的事阿鑫反應比誰都快。

「你會教嗎？」鑫嫂滿臉不信。

「當然會，我以前教的就是英文。」

鑫嫂尚猶豫未決時，阿鑫已從小孩們的手臂裡劫走書包，自顧騎車往補習班的方向騁馳而去。自那時起，我成了小慧、阿哲的英文家教。

怪自己多嘴。然而於此蕭條年代，阿鑫辛苦修車、鑫嫂在娘家苦撐經營、隨時要倒的火鍋店幫忙，要我眼睜睜看著他們花兩三萬把孩子們送到「大鳥」由一個八成是來自祕魯的傢伙教他們英文，還真於心不忍。

我沒教過最初階的英文，但教小孩「ＡＢＣ狗咬豬」需要什麼資歷？既然專業補習班教不出什麼春天，我這個義務家教若搞砸了又會造成什麼無法彌補的傷害？雖然如此，我仍花了心思設想該如何著手。最後我決定採另類教法，不教他們看圖認字，如書是book、狗為dog、桌子是desk、鉛筆是pencil，亦不教他們一輩子用不上的白痴句子如「How do you do?」，以及更白痴的「I'm fine, thank you.」。

我從音標教起，要他們牢記各個音符的正確發聲，並學習辨認長短音的區別，從母音到子音，從簡易到高難度，而且我跟他們約法三章，不准「偷吃步」，把注音符號寫在音符旁輔助記憶。上課時我拿著一枝細鐵管作為教鞭，用它指著寫在修車記事板上的音符，要我的學生repeat after me，i為長音，I為短音，u為長音，U為短音（阿鑫一度以為我在教日文），如此反覆演練，半把月下來我的學生對於所有音標已掌握得八九不離十了。

一開始小慧和阿哲怨聲連連——「沒學到英文字」——我要他們別急，等音標和輕重音搞定後，一定會教他們許多一般人不懂的生字。

就在今晚，我們的進度從音標晉升到單字。

我一共教了十個艱深、又臭又長的單字，其中一字引起阿鑫的興趣。我以洋基捕手Jorge Posada打擊時左右開攻為例，解釋ambidextrous的意思，不過無論阿鑫如何模仿，聽起來就像日文。下課前，我叮嚀兩位小朋友，下次上課時會考試，他們得牢記每個字的意思、發音和拼法。我的策略很簡單：由難而易，先要他們囫圇硬吞一些冷僻生字，將來回到簡單的日常用語，自然就小事一樁了。

那十個字是我即興想到的。例如，我在白板上寫下gobbledygook，標示出音標、音節、重音、輕重音，要兩人試著發出讀音。一陣胡唸瞎猜後，姊弟倆已些許抓到訣竅，最後由我示範正確讀音，讓他們跟著唸了幾遍。

「這個字什麼意思？」小慧問道。

「gobbledygook的意思是，」我指著在矮凳抽菸看著夜色、猶似一隻忠誠看家土狗的阿鑫，「形容你爸爸在罵政治時所說的話。」

「我不懂？」阿哲說。

「你爸爸平常講政治的時候都說些什麼？」

「胡說八道！」一旁忙著善後，準備打烊的鑫嫂隨口說道。

「對，gobbledygook的意思就是胡說八道。」

「喂，」土狗回頭警告我，「不要教壞我小孩。」

他的抗議猶如耳邊風，孩兒倆起勁地指著爸爸，重複說著gobbledygook、gobbledygook，我則在一旁提醒他們不能省略尾音，那輕聲的小k。

之後我再教他們另一字。

「idiosyncrasy，意思就是怪僻、搞怪。」

「那就是你！」阿哲馬上會意。

「媽媽呢？」小慧問道。

「媽媽是perseverance，堅毅。」我把它寫在白板。

學會了這三字，小慧和阿哲促狎嬉鬧地在三個大人之間跳來蹦去，用英文為我們點名，孩兒倆表情誇張，似說似唱，恍如天使般賦予三個凡人各自的特質。

5 一種隱花果

1.

坐在麥當勞面向公園路的角落，透過窗戶往外望去，健保大樓的自動門一覽無遺。幾小時內三杯可樂咕嚕下肚，胃酸逆流而上，我試著打嗝，差點沒把早餐吐出來。

信陽、南陽街一帶寸土寸地皆抹著買賣氣息。從一九六〇年代建國補習班首開學店之風到現今百家爭食的市場大餅，補習街似乎沒多大改變，即便多了新光大樓，多了捷運和迷宮般的地下道，補習街依舊是補習街。

時間並未留下顯著痕跡。它不變的躁動總讓人有呼吸迫促之感，一旦稍微舒緩後，人也漸漸麻木了。

這一帶我曾經熟透。高四重考那年，幾乎天天在此出沒，先後換了三家補習班，讓學店賺了不少銀子。那是一段渾噩慘澹、沒心情看天空的日子。時間好似被凝結切割，獨立於外界流質線性的真實人生，或者說時間被暫時擱置，生命被典當了。

關於那段日子，我甚少回想，似乎也無啥值得留念，只對一段為期三週的初戀和之後的糗事有殘餘印象。對方的姓名、長相全忘了，只記得兩人尚未進入親嘴階段便一躍跳入談判分手的儀式：雙方對坐於咖啡廳裡，女方提出分手要求，理由是我上課時老偷看另一位女生。向來乾脆的我沒做無謂辯解（何況她指控屬實），只說，祝妳考上理想大學，然後站起來付錢，頭也不回的走了。回家後，胡亂編個理由（師資爛），從母親那詐了一筆錢，隔天便轉到另一家補習班。後來之所以又換了補習班和髮禁有關。

補習班之於我們這群身分尷尬的重考生而言無疑是化外之地，少了機歪教官、狗屁校規，我們逕可穿著褲腳長鬚的牛仔褲，蓄著及肩長髮，一副嬉皮打扮，儘管未來仍是問號一個，走起路來可是比大學生拉風得多呢。可我萬沒料到第二家補習班為了討好家長以及響應教育部反頹廢呼籲，竟仿效正規學校實施起了髮禁。我只好再度編個理由（師資很爛），再度從母親那拐了一筆錢後便又轉到一家師資真的爛極、聯考錄取率奇低的放牛補習班。

然而我終究沒逃過髮禁的魔爪。有一回和一堆同學走在一塊，前一秒大夥還有說有笑，後一秒眾人唰一聲呈輻射狀散開，反應遲鈍的我正納悶發生了什麼大事時，已被少年隊逮著，像豬似的推進一輛軍用卡車，不多時便將我和十幾個倒楣鬼送到一家理髮廳。那位師傅一夫當關，手持電動理髮刀活像屠夫，前嚕後剮地三兩下便把我們的長髮夷為平頭。

至今仍對補習街恨得牙癢癢的。

2.

接下來三天，查無異狀，彷彿一再重播的電影。我像個機器人跟蹤著另一個機器人，一切是那麼按部就班。

林先生同時間上下班，同時段在同一間日式咖啡館用午餐。我對公務員的刻板想像多少獲得印證。索然無味，日復一日，才跟蹤某人四天，我已感覺和他過了一輩子。

「我們需要見面。」趁空檔打電話給林太太。

「有結果嗎？」林太太緊張地問著。

「剛好相反。妳先生分明就像不發光的天體，循常軌運行。」

「你在說什麼？」

「妳先生除了輕微自閉外，其他一概正常，看不出能搞什麼鬼。」

「這也算是好消息吧？」雖這麼說，語氣透著失望。

第五天，正當轉行的念頭在腦海醞釀、擴散，正當我懷疑整件事多半出自林太太妄想症或某種病態玩笑時，行星脫離了正軌。

當天中午，林先生照例拿著一份報紙，走在信陽街騎樓裡。當他右拐正要轉進館前路時，突然順勢往後回望，雖然只瞬間一兩秒，這一望可把我嚇得心往上吊、血往下沉，頓時腿軟，正踏出的右腳彷彿踩在沙地似地歪瘸，差點沒踉蹌跌個狗吃屎。或許從外表看還算鎮定，但我心裡一陣羞愧，咒罵連連。

他到底在看什麼？是不是在看我？難道他早已察覺被人跟監？一堆問號紛至沓來，但我無暇理會，等他消失於轉角後，我加快腳步，從騎樓移向街心，到了館前路口時並不急著右彎，待穿過馬路後才拐進左側騎樓。

一時間，我找不到他的身影，以為媽的跟丟了。我藉著樓柱隱匿形跡，兩眼快速梭巡對面騎樓。有了！林先生正站在一根樓柱旁，眼神如鷹的左右掃描。我一時有攬鏡自照的錯覺。

少頃，一輛公車駛來，等它開走時，林某也不見了。我奔出騎樓，衝到對面，揮手招來一輛計程車，上車後對司機說：「往前開！跟著前面那輛公車！」

「哪輛公車？」司機問。

「二三六號那輛。快！它要右轉了。」

「安啦，交給我。」

讓我沒想到的是，才過了兩站，林先生便下車了。「慢一點，在這邊停一下。」我對司機說。

「怎麼啦？」

林先生下車沒多久，一輛淺藍BMW駛向公車站，停下。林先生走向BMW，左右迅速看了一下後，拉開前座車門，鑽了進去。

「跟著那輛BMW。」

「OK！」運將和我同樣興奮。

「跟上，但不要太靠近。」我一面記下牌照號碼，一面叮嚀。

「放心，跟車我是pro。幹！剛才一緊張，忘了按錶。」

「沒關係，等一下補給你。」

我們一路跟著ＢＭＷ，從忠孝西路右轉，走中山南路。

「看得出來嗎？駕駛是男的女的？」我問道。

「是查某。」運將說。

「你怎麼知道？」

「有沒有看到後座上兩隻可愛的熊寶寶？小姐才會喜歡這些東西。」

這位運將不但跟車經驗豐富，推理能力也不差，見解卻有點老派，但那節骨眼我無暇和他爭辯這年頭不只女人要可愛這檔事。

「對了，你跟蹤他們是為了什麼？要害人嗎？告訴你，害人的代誌我不做。」

「我沒要害人。」

「還是要捉姦？」眼神透過後視鏡綻放異彩。

「我是私家偵探。」

「私家什麼？喔，你是徵信社的。」

「差不多。」這不是解釋的時機。

運將跟車確實有概念，一直和ＢＭＷ保持安全距離。從掛在右前座椅背上執照得知，運將名叫王添來，約莫三十五、六歲。矮小身軀幾乎整個陷入駕駛座，我懷疑他是否看得到路況。話雖如此，他開車技術一流，超車、換道，滑溜如蛇，剽疾而精準，比電玩裡的賽車還要順暢。

前陣子美國商會公布一項心得報告，意指台灣駕考制度荒謬可笑，完全不切實際。這些美國人顯然外行，即台語所謂「巷子外」。他們永遠搞不清楚，在台灣紅燈代表「準備衝刺」，綠燈代表「趕緊衝刺」，黃燈代表「笨蛋，還不衝刺」。而且，台北交通賴以維繫的並非紅綠燈，更不是猛勁吹哨的交條，而是喇叭聲。吾人早已研發一組精密喇叭碼，依輕重長短傳遞層次分明的訊息：有禮的「多謝」、「歹勢」，警告的「小心」、「醒醒」，挑釁的「好膽試看」、「門兒都沒」、「路是你家的嗎」，詫異的「我塞」、「哇勒」、「靠背」，以及那憤怒之母：操你媽開快點！

台灣任何制度規章均僅供參考，嚴禁叉叉的招牌處處可見，但通常可在招牌旁看到被明令禁止的叉叉活動。擺攤、紅線泊車、路霸、攜帶寵物、餵猴、養鱷魚，我還漏掉什麼？大凡被政府明令禁止的事，人們都可理直氣壯地做——我深深以為這是台灣最適合人居的關鍵因素。巴黎是所有不管法令細節人士的天堂。坐地鐵不想付錢可縱身一躍跳過旋轉閘，找不到停車位可並排停車，可隨地亂丟菸蒂，可霸占人行道喝紅酒，可任意插隊……和法國人相較，台灣人的無法無天絕對有過之而無不及，不同之處在於巴黎人重視美，台灣人不知美為何物。務實的台灣人壓根兒懶得理會美或不美，任由事物依討生活邏輯有機地繁衍，以致台灣的風貌散發著別有一番風味的情趣，甚至它的醜都有一種奇特親切的美感。不幸的是，自從美化的概念植入某些人的腦袋後，台灣真的醜了，只因那些負責美化都市的混蛋都是政客、自以為是的雅痞和三流藝術家。

壞藝術比沒藝術糟糕就是這道理。

3.

BMW轉進和平西路。

「看來他們要去板橋。」添來說。

「怎麼講？」我問。

「他們要去板橋『休息』。」添來挪動身軀，準備發表高論：「ＢＭＷ很貴，只比賓士便宜淡薄，前面這輛雖然是中古車型，也值一兩百萬。有錢開名車為什麼不去市區高檔的摸得魯（motel）爽一下？因為他們是巷子內的，不會到薇閣那種名店，免得被狗仔隊或勒索集團偷拍。偷情不用搖掰，不過是一張床兩人睡。郊外的摸得魯不但便宜，還有震動八爪椅，根本用不到床。」

添來果然鐵口直斷，ＢＭＷ聽命似的上了華江橋。

「你去過？」我對這種事特別感興趣。

「什麼去過！不知幾次了。你不要看我小小一撮像猴山仔，其實我很有女人緣，以前常會遇到主動邀我上賓館的女乘客。有一次……」

故事香豔刺激，意象生龍活虎，瀰漫都會露水姻緣的Ａ片風情，我一時入神，彷彿身歷其境，差點忘了當下目的。

果不其然，ＢＭＷ進入板橋、經過嶄新高鐵車站後旋即右轉往市區外圍駛去，十幾分鐘後來到一家獨棟賓館。

和一般市外賓館設計相同，這家僻靜的賓館於入口處設有柵欄和警衛兼收費亭，來者只要透過車窗付錢、領取鐵門遙控器，交易便完成了；換言之，尷尬羞赧的時刻不超過一分鐘。多麼體貼窩心的發明啊，人類偷情技術史上值得好好記上一筆。

除了等，沒別的。

下車後我掏出一千元給添來，請他找錢並開收據。他問我待會要如何回去，是否還需要他服務。我說可以找別的計程車，不好意思讓他陪我乾等。他說，無所謂，時機歹歹，這種長途很補，狗屎運才會遇到的機緣，他願意等。於是，兩人蹲在賓館對面一家檳榔攤旁，喝飲料、抽菸、瞎扯。

「生意真好，」添來朝賓館那方指去，「又有人客上門。」

一輛深綠Toyota駛於賓館入口稍作停歇後，開進那條由兩道樹籬構成的小徑，消失於轉角。車胎緩緩輾過碎石的窸窣聲隱約可聞。

「咱們有的等了，」添來說，「休息一節九十分鐘，再如何快速也要一個鐘頭。」

「你為何說跟車很有經驗。」我問。

「不怕大哥見笑，」添來略微沉吟後，說：「我今年三十七，看不出來我知，人矮就有這好處。自從三年前娶了比我年輕十五歲的越南某，我常常跟蹤她。不要誤會，我還是一尾活龍，這點我信心滿滿，但是咱某實在是足少年、足水的。平常在一起時，兩人有說有笑，但是我有時偷偷注意她，發覺她不講話的時陣看起來有點憂愁，好像在想什麼。」

「廢話，每個人不講話時看起來都很憂愁，其實腦袋空空如也。」

「你才廢話，這道理誰不知？可是我每天開車沒生意的時陣就會黑白想，感覺不對時我馬上車子掉頭，衝回土城，看看她在我背後做啥，是不是一個人躲在家裡哭泣，還是出門在外流連。我發現她在家時就很高興，順便跟她來一下；她不在的時候，我心就慌了，開著車子在鎮上找她，一旦看到她騎著摩托車，就一路在她屁股後跟著。」

「結果呢？」

「沒什麼。她沒事喜歡騎車四界走走。有一次她一路騎到樹林城柑橋下，一個人蹲在斜坡，像我們現在這樣，看著三峽溪，不知在看什麼。」

「想家吧。」

「大概吧，可是我對她真的很好。」

接下來，可想而知，我以過來人口吻，說了一堆遇到這種情境我這年紀該講的屁話。當我侃侃而談夫妻之道時，心虛氣虛，手心緩緩滲出汗水。輪他問起我的婚姻狀況時，我只淡淡的說，唉，妻不需要我，我的婚姻大概完了。這時換成他曉以大義，苦心相勸，一副深知婚姻真諦的鳥樣。兩個相識不久的陌生人於扯淡中提及私密話題，在台灣常發生。

先前那輛Toyota從賓館駛出，右轉，朝我們所在的方向而來。

「這麼快！」機伶的添來看看手錶。「才四十分鐘，真沒擋頭！」

「浪費錢！」我跟著起鬨，一邊瞄了一眼駕駛。駕駛大約三十出頭，戴著時髦銀框眼鏡，一副斯文模樣，但不知為何，臉色很臭。

順此話題，兩人退化成年輕小夥子，就男性雄風、「擋頭」交換心得。添來的訣竅是在心裡做算術，例如「１９８７加２６７４等於……」，我的則是倒背英文字母，ｚｙｘｗ一直回溯，錯了就重來。兩人正吹噓誰的方法較有效時，ＢＭＷ竟不預期地出現在出口柵欄之後。

我和添來如彈簧似跳起，飛奔至停車處，倉皇中我瞄一眼手錶——四十七分鐘，他們動作也很快。

等ＢＭＷ進入視線時，我才意識到兩件事。第一，添來又忘了按錶，而我人已不自覺地拉開前門，坐在副駕駛座了。第二，印象中那輛Toyota除了憂鬱的駕駛外似乎沒有別人。

我下意識地轉頭往後望去。誰會獨自到賓館開房間？

ＢＭＷ開回補習街，林先生下車，我要添來繼續跟蹤ＢＭＷ。從髮型判斷，車主正如添來猜測，應是女子。

BMW一路開到三重，轉進一條熱鬧的大街，來到一間中型診所的停車場。

女子下車，從側門走進診所。我決定下車，跟進。付錢時，添來遞出一張名片，說：「有需要隨時找我，我很靠得住，就像大同電鍋。」我也給他名片，臨走前開玩笑地叮嚀道：「不要再跟蹤愛妻了。」

這是一間介於小診所和大醫院之間的中型醫院，門診項目真不少，除了外科，一樣不缺。基於習慣，我同時注意到，沒精神科。

步入大門時，看到那個女子先和一名醫師哈拉說笑，之後便走入一扇門。我不作多想，跟著走進，映入眼簾的是好似俄羅斯方塊的隔間辦公區，在我還沒找到女子身影時，一名女職員急忙走來，對我說：「先生，這是辦公室，不能進來。」「對不起，我走錯了。」女職員把我送出門，關門前還來個回馬槍：「門上掛有牌子，『辦公室　請勿進入』。」

「是，是，我真有眼無珠。」

走回診所大堂，斟酌下一步。堂裡，從我的視角，右邊是胃腸科門診部，左邊有兩個長形櫃台，靠近大門的櫃台處理掛號事宜，靠近我這邊的則設有兩個窗口，分別負責計價和給藥。大堂中央有八列並排、底座相連的淺綠塑膠椅：一半面對胃腸科，一半面對櫃台，中間則空出一條走道。

我在面對櫃台的區域找個空位坐下，靜靜等候，一邊想，既然已確定對方工作單位，跑得了尼姑跑不了廟，我何苦非得今天查出她底細不可？

不行，縱使一無所獲，我要多看她幾眼，我得感覺她。

不久，似乎為了回應我的期待，女子有時出現在左側櫃台的後方，但大多時她在右側掛號處忙進忙出。從衣著研判——沒換成白制服——她應是行政人員，且依她和同事說話的口吻，想必層級不低。我仔細打量這位年約三十的神祕客：捲曲的髮型襯托著略嫌寬大的臉龐，豐腴但不致臃腫的身材被緊身純白襯衫和褐紅窄裙包得更為突出，尤其雙峰一帶，那只脆弱的鈕扣予人隨時會迸裂的恐懼，或期待。

這就是林先生的外遇對象？我見過林太太，怎麼可能？這些疑問有點無聊，顯示我沒見過世面。外遇這檔事涉及太多不可解因素，任誰也說不準。

女子正對同事交代事項時，一名肥胖老嫗拄著拐杖，踽踽跂行地從自動門走到掛號區。

「阿婆，妳來了。阿有卡好莫？」女子親切地問候。

「有是有啦，阿就夭鬼，偷呷淡薄甜的，胃就會脹脹酸酸這樣。」

「稍等給醫生看看，妳那邊先坐一下。」

阿婆辦完手續後，走過通道，在胃腸科候診區那坐下。

三分鐘後，我若無其事的坐在她旁邊。

「阿嬤，妳也是來看胃腸的？」我問道。

「是啊，我本來有胃潰瘍，現在醫好了，但是有時候呷一點不對的，伊又發作了。」

「我也是，但是我第一次來，不知哪個醫生卡好？」

講到這話題，阿嬤精神就來了，對診所內的胃腸科醫師如數家珍，為我一個一個介紹。

兩人就此聊開了。

「剛才櫃台那位小姐對人真親切。」我突然說。

「豈止親切，人又能幹……」

我從阿嬤那得知，目標姓邱，負責會計部門，是院長外甥女。

4.

案情已有突破，真相即在轉角。

前些日的鬱悶與自疑一掃而光，踏著輕盈腳步走回臥龍街時，吹著口哨還覺不過癮，竟唱起歌兒來。我相信我能飛，我相信我能觸摸青天……沒啥我破不了的疑案，放馬過來吧！

才拐進回家的巷口沒幾步，突然改變主意，回兜，朝臥龍派出所而行。

台灣各地派出所入口的設計是同一個模子鑄出的。一張偌大長形櫃台後面，坐著一名基層員警，他的工作是服務、接洽，但那沉重、土褐色櫃台，加上不夠明亮的打光，在在令人聯想古代縣衙陰森的審堂，頗具嚇阻作用，彷彿意味「沒事不要來煩，有事自行解決，否則保證讓你進得來出不去！」

「請問有什麼事？」當值警員用語客套，口吻卻是另一回事，以潛台詞翻譯，他的心底話其實是：這位刁民，又有什麼碗糕代誌找碴來著？

「我找陳耀宗，陳警員。」

陳耀宗即前述盤查戶口那小子，自阿鑫A車事件後，我跟他越混越熟，已進入可以互虧的交情。

「吳老師！」陳警員從裡邊走出，看到我有點訝異。「要不要進來喝茶？」「幾點了，喝什麼茶？」我沒好氣的說。

「三八囉，喝茶對身體好，還管時間看時辰的？」他回嗆道。

美國警察酷愛甜甜圈，台灣警察喜歡喝茶。我步入警察局的機會不多，屈指可數，每次都看到三五個警察圍坐於長方形矮几旁泡茶聊天。

「走啦，我請你吃涼的。」我說。

我們在附近的涼飲攤買了兩杯愛玉冰。

「前幾天發生在辛亥路的命案有沒有線索？」我問道。

「什麼？」陳耀宗裝傻的樣子很白痴。

「少來，為什麼沒有後續報導，是不是消息被你們封鎖了？」

「你是說……」

「還假！就是中年男子陳屍家中兩天後才被人發現的案子。」

「關你什麼事？」

「我好奇。」

「吳老師──」

「不要叫我吳老師，我不是老師。」

「大哥可以吧？」

「你以為我黑道嗎？我不喜歡被叫大哥。你叫我大哥，我就叫你陳Sir。」

「幹，半路遇到痟仔。」

理著平頭、身材略微肥胖的陳耀宗幹警察近十年，位階還只是剛出道的一毛三。據本人說法，平生胸無大志，凡事低調，調查戶口的事搶著做，碰到和暴力相關的任務能躲則躲，可不想壓力太大落得飲彈自盡的田地。他最慶幸的是，截至目前尚未開過槍，也盼望退休前不要破例。這種烏龜哲學令我想起司馬遼太郎小說裡的一句話：兵為兇器，一生不用，誠屬大幸矣。旁人取笑他是永遠的基層，他一點也不在乎，但遇到我這種無賴，動不動以「陳

Sir」調侃時卻會臉紅，搞得他拜託我用他的綽號「小胖」稱呼他。

「我現在講的絕對不能傳出去。」小胖面色凝重地吐出這句話。

「我有耳無嘴。」

「那起命案的調查目前呈膠著狀態。我們，我是說他們，他們調查了親友和鄰居，也過濾了監視錄影帶，可惜很少，因為他住在一條小巷裡面的公寓，和你住的地方很像，沒有街燈，也沒監視器，所以到現在還無法鎖定嫌疑犯。」

「死者身分呢？」

「離婚獨居、五十幾歲的中年男子，退休前是小學老師。死者朋友很少。換句話說，他們從社會關係著手，但調查不出可疑之處。」

小胖已進入狀況，口吻愈來愈專業，然而我注意到他右嘴角略微抽搐，一副要講不講的神氣樣。

「不要吊胃口，話只說一半。」

「其實……還有另一起命案。」

「你是說台北，還是？」

「六張犁這帶，發生在犁弘公園。」

「捷運站旁邊那個？」

這一帶有數個「犁」字號的小公園，都是我散步時休憩的場所。

「報紙為什麼沒登？」

「消息被我們封鎖了。」

不管我如何追問，小胖不說就是不說，他愈守口如瓶我愈發覺得事態嚴重，但當時倒沒聯想這兩起命案有何關聯。

5.

三天後林先生再度坐上情婦的ＢＭＷ。

那天他們換了地點，一路直奔三峽，更妙的是，連會合路線也變了。這回林先生從公園路走到襄陽路，在台灣博物館前的車站坐上二四九，過了三站後下車，由ＢＭＷ接應。我全程尾隨，因事出突然，來不及找添來，只好隨手招車。這次跟監少了第一回的激昂，加上司機嘴巴像是用針線縫死似的從頭到尾不吭一聲，更少了趣味。整段路程不時得忍受運將透過後視鏡飄來的狐疑眼神。

林先生和邱小姐顯然打得正火，四天內趁午休時刻跑到市郊偷情兩次，頻率不可謂不高。令人納悶的是，兩人會合的方式太像諜報片，不似一般男女幽會那麼乾脆俐落，其中必有玄機。

向委託人做初步調查報告的時機到了。

一開始林太太在電話上略微遲疑，不解我此行目的。我對她說：「有事報告，而且為了徹底調查，我需要看看妳先生的居住環境，尤其是屬於他的空間。」

林太太打開門時，我一時錯亂，以為是為幽會而來的。素淨的臉龐脂粉未施，一襲輕便的淡黃洋裝優雅地襯托出勻稱的身材，但讓我為之傾倒的是她那一縷既緊束又晃蕩的馬尾。我向來對女人燙髮不敢領教，對齊眉劉海更覺得礙眼，唯獨對紮髻位置接近耳朵上緣的中馬尾辮特有好感。若要深究，恐怕得問佛洛伊德；若要胡謅個理由，我會怪罪瓊瑤。年輕時翻過她的《窗外》，讀完後發誓不再碰這種垃圾，但之後無論我讀多少書、接受多少政治正確思潮的洗禮都沒用，小說中俊男美女的標準形象早已如水蛭般深深吸附在我幼小柔軟的心靈裡了。在一般中產階級擺飾的客廳裡，我和林太太隔著壓克力茶几，面對面坐在沙發上。我向她稟報目前的發現，從約會方式到郊外賓館，以及情婦的身分

——唯獨漏掉邱小姐的年紀、長相及穿著。我等林太太自己發問。沒想到林太太對邱小姐不顯一絲好奇，若有，她的掩飾可謂天衣無縫；反而，她單刀直來，切入要點：「這發現是可預期的，但是它和我女兒有什麼關係？」

「很可能妳女兒無意中發現了，」我說。

「怎麼發現？你說他們都是午休時候才約會，我女兒整天在學校上課，她如何撞見？」

「這以後再查，目前先把調查的重點放在妳先生上。」

「他在外面有女人了還調查什麼？」林太太的臉神第一次流露妻子被丈夫背叛的痛苦表情，但只一瞬間。

「聽我說，算是直覺吧，我認為妳先生這邊的狀況尚未明朗。我可能多心了，但還沒查清楚前，我必須相信我的直覺。」

「什麼直覺？」

「第一，妳先生這個人有點奇怪，如何奇怪目前我沒具體答案，所以稱之為直覺。第二，他和邱小姐約會的方式過於複雜，不像只是男女偷情，搞得有點過頭像諜報片。除了藝人、政客或社會名流外，一般人偷情不用那麼謹慎。當然，這可能和妳先生的奇怪個性有關。第三，邱小姐不像是林先生搞外遇的對象。」

「那句俗話怎麼說的？」

「家花不比野花香？不，我指的不是邱小姐沒有妳漂亮，或沒有妳迷人。」打進門起我便一直想找個適當時機把這句話塞進報告中，現下終於逮到機會了，可惜林太太毫無反應。

「而是，無論怎麼看，邱小姐和林先生不像是會產生電光石火的動物性激情。當然，這也只是直覺。」

「唉！」林太太長嘆一聲，不知是拿我沒辦法，還是對整件事感到不耐。「現在怎麼辦？」

「我需要看看妳先生在家工作的空間。」

「我們有間書房，但我和我先生共用，會有什麼祕密？」

「電腦呢？」

「各有一台。」

「帶我去。」

井然有序的書房除了兩張書桌和兩張上了滾輪的旋轉電腦椅外，還有兩個書架。在此先招了，我擁有一雙讀書人的勢利眼。每回初訪別人家裡，引起我注目的並非沙發是否進口高級品還是通化街貨色，是牛皮抑或麂皮，亦非地板瓷磚每一塊值多少錢，說實在，瓷磚到底是舶來品或土產，給我用放大鏡品評也看不出端倪，呃，扯到哪了，對了，我只關心主人的書架。

每個自視不低的中產家庭——中產家庭定義之一即「自視不低」，其二就是他們想像自己比所屬的社會位階還要高級一些——布置家裡時總會隔出一些空間放置書架，用來顯示咱們家可不是文盲。然而我們不難察覺，書架在台灣中產家庭多半徒具裝飾作用：幾本零散的舊書歪斜攤垮在書架一側，剩餘的空間大都被一些雜物（如加框的照片或旅遊購得的紀念品）占據了。只要看看那些書名或翻翻出版年分，你大致可以猜出主人的閱讀習慣終止於何時，而那時大致就是主人已然安於中產階級行列之伊始。自那時起，書架和其所代表的意義退隱成記憶，與塵埃共處，彷彿一具曾經浪漫青春的屍體。

兩座書架分為「她的」和「他的」，涇渭分明。「她的」書架擺著一些讓我備覺親切的人文書籍，小說、散文、遊記、傳記以及一些零星的烹飪工具書。轉身面對「他的」書架，我有一頭撞牆的暈眩，瞬間從柔軟的世界進入硬邦邦的國度。「他的」書架彰顯了主人的專一、執著，裡面盡是關於植物與盆栽的書籍，無一例外。

「電腦好了，」林太太坐在林先生的電腦椅上，抬頭問我：「你要查什麼？」

「進入郵件信箱需要密碼嗎？」

「要。不過我們兩人的電腦都已設定自動登入，所以有密碼等於沒密碼。」

「看看吧。」

我一隻手搭在椅背上，另一隻搭在桌沿，俯身看著螢幕，和林太太靠得很近，很難專心閱讀。她大概也感覺尷尬，站起來，把位子讓給我。

「妳先生有刪除郵件的習慣嗎？我是指除了垃圾郵件以外。」

「不清楚。我以前從沒開過他的信箱，是女兒開始怪怪的之後，我才偷看他的郵件。我覺得裡面沒有祕密。」

「也許。這樣吧，我們把他最近兩個禮拜的往返郵件列印出來，我回去慢慢研究。」

單從電子郵件判斷，林先生的交往情形並不複雜，印出來的資料不過五六十頁，而且我已大致瀏覽，大部分郵件是「樹友」間互通有無的訊息，看來是死路一條。

「往返信件實在少得可憐。」我想到自己同樣生意清淡的郵件信箱。

「他朋友不多，不太跟人來往，而且跟公事有關的信件都是透過公司的電腦。」

這時，我注意到窗戶旁及腰的四方木几上的一只盆栽。

「真漂亮。」我不自覺輕聲讚道。

「這是鵝鑾鼻蔓榕。」

「它天生這麼長的嗎？先是往上，然後突然向下俯衝，像瀑布。」

「這要靠後天培栽，不但要人工強制剔葉、疏葉，還得用鐵絲紮起來調枝，才有可能讓它長成你要它長成的模樣。」

「這不是違反自然麼？」

「所以是一種藝術吧。」

「也是。」

短暫的沉默。

「鵝鑾鼻蔓榕是一種隱花果。」

「什麼？」前面提過了，我和植物毫無緣分。

「隱花果，和桑葚、無花果一樣。蔓榕開的花很小很小，小到用肉眼看不到，等到你發現時已經結果了。」

「喔！原來『開花結果』是有順序先後的意思。」這句話很白痴。

然而，無心的白痴反應有時會有意想不到的效果。她笑了，我也笑了。我看著她，就在我的笑容逐漸變得不那麼天真之前，林太太改變了話題。

「這是他的寶貝之一。還有更多、更高檔的在屋頂的工作室。」

「我想看看。」

單從外表，占據屋頂三分之一面積、近十五坪的「工作室」毫不起眼，不過是一般加蓋違建，然而一旦步入後，你會發覺它的內部已被改造為一座密閉式的空中園地，內裡除了數不清的奇花異卉，還有所費不貲的進口花器，這不打緊，屋頂更裝置了長形人造燈管，其中一個牆面還架上了溫溼度調節器。

這個芬多精過盛的合法違建顯然是林先生的祕密花園。

一陣微風徐來，略有涼意。

「風從哪裡來？」我才說完便想到萬沙浪的成名曲。

「那是風扇冷卻設備。」

「哇，你們家電費一定很貴。」這是我驚訝之餘的唯一反應。

「這是他的工作桌。」

林太太指著室內居中一張長方形原木桌，兩側堆滿了各式盆景和被修剪過的殘枝敗葉，但正中卻騰出一個潔淨、寬敞的工作空間。鶴頸狀歪曲的設計專用燈具前置有一張真皮觸感、纖維細度極微的暗藍桌墊，桌墊右側擺著一些工具：鐵鉗、鐵鑷、電刻刀、土壤瓢和各式凹凸或鋸齒狀剪刀分成上下兩行，整齊排列在一張淡紫色布面上，彷彿外科醫師分門別類的手術工具袋。

不難想像，夜深人靜時林先生獨處工作室，埋首於柔和桌燈下，以外科醫師的專注為心愛的盆栽整容。外在世界悄悄淡出，被封鎖於心思之外。

林太太打開桌燈。登時，桌墊上那座古意儼人的盆景亮青了起來。

扶疏細嫩的枝幹朝上齊發，好有禪意！

莫怪，與雅好絕緣的我實在詞窮。

「這又是什麼？」

「管他去死！」林太太忿忿地說。

林太太難得失態，這是第一回。我的左手不自覺地輕輕觸撫她右肩，看著她，意味事情永遠不致演變到值得我們詛咒人或植物的地步。我不是佛教徒，不信造口業那套說法，但總覺得詛咒他人無異自認失敗。

「對不起。」林太太完全領會我無聲的安撫。

「這間工作室，它的設備器材，以及電費、維護費，應該花了不少錢吧。」我的問題夠直接了：一個職位不高不低的公務員哪來這些閒錢？

「是很花錢。他的父母過世後，留下一筆錢給他。這棟公寓也是我公婆留下來的。」

「多少錢？」

「不知道。我對錢沒概念，他也沒明確告訴我。我公公婆婆兩人都是公務員，很節儉。感覺上，不多但也不會太少，何況他是獨子。」

一對公務員夫妻養出一個公務員兒子，我一點都不感覺奇怪。

之後，林太太送我出門，關上鐵門，正要闔上內門時，我突然在樓梯間轉身問道：「差點忘了，妳先生週末出門嗎？」

「運動算嗎？」

「算。」

「他六日通常會出去運動，比平常散步久一點。」

「多久？」

「有時兩三個小時，有時更長。他有機會就會去看花卉展。」

「以他的級數應該對建國花市沒興趣吧。」

「我不清楚。反正他常常會帶回一些植栽，在哪買的我也不知道。」

我轉身往下走，這回輪到她把我叫住。兩人透過鐵門說話，構成一幅探監的畫面。

「吳先生。」

「什麼？」

「希望你動作快一點。我越來越受不了家裡的氣氛，今天聽到你帶來的消息，我不知還能忍耐多久。有時候我真想帶著女兒一走了之，不想管那個人有什麼祕密。」

「我瞭解，再給我一個禮拜。不過我想提醒妳，若真到出走的地步，不管房子產權在誰名下，該走的不是妳和妳女兒。」

兩人的對話在陰暗狹窒的樓梯間進行，頗具超現實荒謬感。離開那棟公寓，走在路上，不聞車聲人聲，回音還在我耳際旋繞不散。

回家後，我一面吃著Subway六吋全麥火腿三明治、吸啜可口可樂，一面研究從林先生電郵信箱印出的信件。我先將資料分為兩落，左邊一落為來信，右邊是回覆，然後盡可能地依發信時間按序交叉放置，最後彙整為一疊，一封封閱讀，目的只有一個：查出林先生和邱小姐的密聯管道。

百思不解。為何多了一道搭公車程序？而且站牌、車號和過幾站下車，兩次都不相同？這是謹慎過度或另有隱情？當然，兩人或許只是愛搞角色扮演的遊戲，但搭公車能扮演什麼角色？何況要玩也得兩人一起上公車才有意義，不是麼？無論如何，電子郵件是重要的一環，值得一查。

一個鐘頭的努力只獲得失望。

林先生的往返郵件乏善可陳，大都是「極品」盆栽的廣告。有些進口盆栽貴得驚人，其中一件光是盆缽就要價一兩萬，另一件進口自日本的盆栽總價三萬四千。其他信件，除了樹友間流通訊息和交換心得外，只有極少數屬私人信件。其中兩封發自一位過度熱心的大學同窗。第一封是群組信，通知林先生及其他人，年度同學會又要舉辦了，竭誠希望大家共襄盛舉；第二封只寄給林先生，問他近況如何，幾次聚餐均不見身影，亟盼他這次撥空參加和老同學敘舊云云。兩封信林先生都沒回覆。

上身往後靠，雙腿一伸，頹靡地坐在沙發上。這些信件雖然進一步證實我對於林先生孤僻個性的直覺，但它們未能提供新線索。不知過了多久，我一動未動，仍保持束手無策的投降姿態，軟趴趴地癱在沙發上，身子兩側的手要是往上一抬，擱在靠背之上，那畫面就有點基督受難的模樣了。

我也許基於無根無憑的直覺把對手想像得太過偏執，或許我受虛榮心驅使而偏執地想把平生第一個案子搞得比原貌複雜。恐怕，我把人生當成了小說。

突然，啪的一聲，我右手猛猛拍打額頭。還有其他可能！看看手錶確定時辰後，我拿起手機打給林太太。響了好幾聲，對方終於接電話。

「喂？」

「是我，吳誠。」

「什麼事？怎麼這時候打來？」不耐煩語氣夾帶著緊張。

「他是不是出去散步了？」

「到底有什麼事？」

「妳是不是查過妳先生的手機？」

「有啊。我查過了，沒有什麼奇怪通訊。他很少交際應酬，很少用手機。」

「他用ＭＳＮ嗎？」

「沒有，ＭＳＮ不是只有年輕人在玩嗎？」

「妳們電腦有沒有Skype？」

「有。我常常Skype，跟在澳洲的大姊，還有一些在國外的同學聯絡。」

「他的電腦呢？」

「也有，只有一個通訊對象，代號是Bonsai。」

「萬歲？」

「不是，Bonsai就是盆栽。」

「喔，對方地址呢？」

「日本。」

「日本？」

「對。」

「妳有沒有在螢幕上看過那個人？」

「沒有，他們通話時沒有畫面，只是筆談。」

「不用視訊？那不是脫褲子放屁？」

沉默。

「應該沒什麼。他有很多樹友，而且Bonsai是台灣盆栽俱樂部的英文名稱，在日本和台灣盆栽圈很有名。」

「So-ga。」我日文也通。

掛上電話後，我想了一會兒。電子通訊我毫無概念，得找個專家問問。我撥電話給以前的指導學生，她目前在我已離職的單位擔任助教，自稱電腦高手。

「請問妳，什麼方式的通訊最隱密？」我開門見山地問道。

「老師嗎？你怎麼一聲不說就辭職了？大家都好想你喔！」

「通俗劇演完了沒？告訴我，什麼方式的通訊最隱密、最不會被人監聽？」

「沒這回事，如果啟動國家機器偵查，任何通訊都不安全。」

「我不是在談國家機器或討論傅科的權力觀，我只想知道什麼樣的方式比較安全。」

「地線比手機安全，當然。」

「當然。」其實在她說出前，我也不是很確定。「那麼ＭＳＮ和Skype呢？」

「基本上，ＩＭ軟體中，Skype比ＭＳＮ安全，較沒有被攔截的危險。因為Skype於通訊時會使用ＡＥＳ進行加密。」

「什麼是ＡＥＳ？」

「Advanced Encryption Standard。」

「隨便，繼續講。」問了也是白問。

「ＭＳＮ用的Windows Live Messenger就沒加密，除非通訊雙方的電腦都安裝了加密軟體。不過，一旦使用者電腦的後門開了天窗，被安裝了測錄程式，或者監聽者在適當的router進行測錄，則加密不加密都是一樣的下場，連Skype也跑不掉。所謂道高一尺，魔高一丈——」

「請不要加註。」

「總而言之，就密碼級數來說，Skype比ＭＳＮ高檔，因此相對安全。」

「最後一個問題。」

「放馬過來。」每個電腦高手都很享受接受挑戰時腎上腺激素急速飆高的快感，都自以為天下沒有他們破解不了的難題。

「如果Skype通訊錄上寫的地址是某處，比如說日本，是不是就代表對方真的在日本？」

「哈哈哈……」她狂笑不止，恐有笑到中風之虞。「老師你好白痴喔。代號和地址都是可以隨便亂編的。有一次我想騙一個小男生，假裝我住在加拿大，跟他Skype了半年他都不知道我人其實跟他一樣在台北。」

「結果呢？」畢業後，她一心一意只想結婚，搞得我老為她八字還沒一撇的婚事著急。

「別提了，他也是騙人的。」

「媽的，王八蛋！」

「就是嘛！」

「講到哪了？」

「講到Skype的地址是可以瞎掰的，除非有心人去查，否則很好混。」

「懂了。」

「老師你真的不回來了嗎？你知道嗎，最近系上——」

「謝了。」未等她說出最新八卦前，我趕緊掛上電話。

忘了是哪位偵探的名言：辦案撞牆時，回到記事本。

我羅列所有想得到的林先生和邱小姐的聯絡方式，依最不可能到極可能的順序排列出來：

1、家中室內電話
2、公司室內電話
3、公司電子郵件
4、現有電子郵件
5、Skype
6、另一個不為林太太所知的郵件信箱
7、手機
8、去你的！

一至三項都有可能，但謹慎過度的林先生會如此明目張膽嗎？至於第四項，雖查無所獲，但林先生大可每聯絡一次便刪除紀錄，因此也不能排除。第五項，Skype裡面那個Bonsai或許就是邱小姐；第六項待查，很多人同時擁有一個以上的信箱。第七項打勾，手機最具可能性：通過手機幾秒內敲定幽會地點時間，算是最直截了當的方式，且林先生事後可刪除通聯紀錄，縱使有人察看他的手機也是枉費心機。第八項——去你的！——是為了提醒自己，媽的，如此疑神疑鬼、鑽牛角尖，是不是推理小說看太多了。

照這麼看，用手機聯絡最方便，不過我很難想像兩人之間的對話。

「想妳。」林先生說。

「我也是。」邱小姐。

「明天見。老時間，新地點。館前路二四九公車，第三站下。」

「好，我去接你。」

以上電報式對話和蓄意掩人耳目的公車插曲顯然格格不入。倘若兩人同為諜報片影痴，他們的對話或許如下：

「是我〇〇九。」林先生說。

「是我〇〇六。」邱小姐說。

「明天。館前路二四九公車，第三站。」

「Roger！」

「Over and out！」

雖然離譜，這樣的對話反而較合情合理。隨後，我還遐想林先生是宮崎駿迷，把公車想像為龍貓，他坐上龍貓，她騎著ＢＭＷ……Totoro主題曲輕輕揚起……我逐漸進入溫馨的彌留狀態。突然，雙眼如觸電般猛然大張。

推理方向搞反了！

既然已有答案——兩次密會的日期（六月十五日在板橋、十九日在三峽）——我該從答案循線回溯，而不是在一封封郵件裡漫無目標地亂槍打鳥。

我整理散落於矮几上的郵件，從中抽出六月十五日前三天以及十五日與十九日之間的往返信件，一封一封重新細讀。裡面盡是樹友間的交流，不過，相對於之前一目十行的瀏覽，我這時從第一行仔細讀到最後一行，什麼都不敢略過。終於，我找到兩封來自Bonsai的信件！一封的日期是十三日，另一封是十七日。

兩封信的內容大同小異，都是進口盆栽出售的廣告，除了附上精美照片外，還有簡短的文字介紹和價碼。我一字一句研讀第一封的內容：

日本黑松

有著「懸崖上的樹」別稱的日本黑松，不僅是日本文化的自然表徵，許多早期的詩詞歌賦都看得到讚頌黑松的字句，而它長達四、五千年的壽命更是吉祥的象徵，因此也奠定了黑松在盆栽界的地位。然而，想要在盆栽內呈現黑松陽剛的自然特質，就有賴園藝專家的巧手修剪，以及定期的施肥與整頓移植，才能使其樹形清麗典雅，根部也會因照顧得當而日益強壯，且型態優雅堅挺，充分表達出依附於懸崖邊的堅定氣魄。

高度：六十公分

價格：四千元

商品標號：0615GQ236.2

一時看不出可疑之處。我靈機一動，倏然起身，拿著兩封信走進書房，打開電腦上網。我將其中一封的文字一字不差的打出，Google一番，幾秒內螢幕便冒出介紹日本黑松的網站，點進去後，同樣的圖片、同樣的文字映入眼簾。

另一封我如法炮製，也得到相同結果。答案很清楚，Bonsai複製和剪貼文案後，移花接木在信件裡。

我把兩份資料印出來，走回客廳，仔細比對原文和複版，終於看出玄機。差異在於編號：第一封信裡Bonsai版的編號是0615GQ236.2（原編號為AHS09005538），第二封的編號是0619XY249.3（原編號為D29113799）。我拿起記事本翻閱，找到我要的那頁。果然沒錯，兩人六月十五日會合時，林先生上了二三六號公車，坐了兩站後下車；十九日會合時，他搭了二四九號公車，過了三站後下車。GQ就是館前路的代號，XY則是襄陽路。

媽了個，這下可逮著了！

6 驚濤駭浪之下

1.

今天可是有備而來，背包裡除了記事本、手機、手電筒外，還多了一只自費投資的Canon數位照相機；而且今天，六月二十三日，我不但確定林邱兩人將有行動，並且對於會合的方式已有十足掌握。

透過林太太寄來複製自林先生信箱Bonsai的來信，我兩天前已取得密碼：0623ZHW212.2。依公保大樓地理位置，ZHW應指忠孝西路。那一段路上二一二有兩站，無法預測林先生走到忠孝西路口時，將右拐走往新光大樓，或者左轉朝北門而去，因此密碼裡透露的「兩站後下車」還真不知從哪一站算起，但這問題不大。

「時間接近了，你在哪？」

「附近四界繞。」電話彼端傳來添來的回答。

「等我消息。」

「ＯＫ！」添來的聲音充滿幹勁，頗似保力達Ｂ的廣告。

然而我在篤定之餘卻無法忽視一股隱隱沁入心頭之悒鬱。縱使再次跟蹤成功，除了照相蒐證、在賓館外等候，還能做啥？我這私家偵探就這點能耐？截至目前，步數有限，無創意，袖子裡沒啥花樣，除了跟蹤還是跟蹤。我需要突破，媽的。

林先生步下大樓階梯，右轉，朝忠孝西路而去，如所預期。

「添來！他往北門那邊了。」

「了解！他等車的站牌就在郵局附近。你先跟上，我繞一圈，馬上就到。」

約莫三十分鐘後，我們跟著ＢＭＷ來到林口一家賓館，過程中我把新買的Canon當玩具似的，拚死命地拍了一堆照片。從林先生等公車、上公車、下公車，到ＢＭＷ出現、林先生跳進ＢＭＷ，一直到ＢＭＷ開進賓館，每個步驟我都胡亂按鈕，深恐遺漏萬一。

一切盡如預期，興奮漸次退潮，眼見ＢＭＷ駛進賓館時，沮喪篡位了。

「歹勢，添來，我不能跟你開講。我需要靜下心來，想想下一步該怎麼做。」

「了解。」添來說完，體諒地走到一旁，撥電話給他心愛的老婆。

就在此時，我注意到一輛白色Nissan從右邊駛來，到了賓館前減速後，拐進入口。這一回我張大雙眼，看得特別用力。幾乎可以確定，車內只有駕駛一人！

是不是巧合？這一次和第一次，兩次都出現同樣的景象。ＢＭＷ進入賓館不久，另一輛車隨後即至，且兩次車上都只有一人。是我神經過敏，還是這年頭時興單獨上賓館自娛？第二次，六月十九日那天三峽之行，同樣的情形或許也發生了，只是被我錯過。如果，Nissan和ＢＭＷ有關係……天啊，他們在搞３Ｐ！

「這下妙了！」我自不覺地擊掌驚嘆。

「蝦米？」添來走過來。

我告訴添來剛才他錯過的畫面以及我的推論。

「幹，這庰猛！」添來表情裡崇拜多於鄙視。「接下來，怎麼辦？」

「不管BMW，咱們跟蹤Nissan。」

2.

隨著Nissan前引，我們來到林口市區內的「周內兒科」。

Nissan車主用遙控器開啟鐵捲門。笨重的鐵門筐噹筐噹緩緩冉升，才捲了三分之一的高度，神色急躁的車主便彎腰用鑰匙打開玻璃門，走進診所。沒錯，車主應是周醫師。

診所斜對面，我和添來坐在計程車裡，兩人相覷，一時無話。

事情更加離奇。林先生、邱小姐、Nissan三人都和醫療有關，恐怕不是巧合。莫非他們在搞「醫界淫蕩俱樂部」？而且林邱兩人胃口不小，每次還得換人擔任第三P？

「我想賭一下。」我說。

「沒有籌碼怎麼賭？」

「沒有才要賭。我知道這是一招險棋，如果直覺沒錯，這招或許有效，萬一錯了，頂多被送進瘋人院或抓到警察局。你要不要等我？」

「當然，必要時我還可以保你出來。」

「謝謝，希望是警察局，我最怕瘋人院。」

我抄起背包，開門下車，一副克林伊斯威特從容下馬、準備和敵人比槍的帥勁。《荒野大鏢客》主題曲才悠揚啟奏便旋即跳針，原來被我自己破壞了：我驟然停步，走回去找添來。

「這是我手機，逮到機會時幫我拍照。你會不會用？」

「開玩笑，我常用手機偷拍我老婆。」

「恁娘的，你沒救了。找一天我們得坐下來談談。」

過街時，一件往事浮現腦海。

讀研究所時，一名熟識的學弟跑來向我訴苦。他為了賺取生活費，幫一家小鳥出版社翻譯工具書，負責的部分翻好後便交給出版社，但幾個月過了，對方仍未付錢，也似乎沒有付錢的打算。他幾次三番找老闆要錢，老闆卻一再推託。聽完故事後，我對學弟說，「帶我去找老闆。」隔天，我們真的去了。「不然你想安怎？」老闆跟我耍無賴，「書還沒出，還得等其他部分翻譯完成才能出，等書出了，賣了錢，才有翻譯費。」我雙手叉腰問道，如果書永遠不出呢？我也沒辦法，他說，聳聳肩膀。「你這招不用拿來騙我，銀貨兩訖沒聽過嗎？」我指指身後隱隱發抖的學弟，「我告訴你，我是他堂哥，他的事就是我的事，而我的事就是我三個叔叔、兩個舅舅的事。給你一天時限，最晚明天付錢，否則我會找兄弟把你店面砸個稀爛。有種你現在報警，把事情鬧到報紙上，看你還想不想在出版界混！」第二天，學弟果然拿到錢，他離開出版社前，老闆撂下一句狠話：「以後那個流氓再踏進我書店一步老子操他媽就報警！」事後回想，覺得我脾氣上了的時候行事衝動鹵莽，鮮少顧及後果。

「對不起，先生，我們三點才開始看診。」方步入診所，即被掛號櫃台後的護士制止。

「我不是來看病的，」我瞄了一眼掛在左牆上的醫師執照，進一步確定十分鐘前走進診所的男子就是周醫師。「我找周醫師。」

「請問有什麼事嗎？」

「這是我的名片。」我遞出一張名片。

護士滿臉疑惑，一會兒低頭看名片，一會兒抬頭看我。

「請妳把名片拿給周醫師看，說不定他願意見我。」

「請等一下。」

幾分鐘後，護士走回櫃台。同時，看診室的門被打開，周醫師走出，看看名片，看看我，問道：「請問有什麼事嗎？」

「可能有事，可能沒事。請放心，我沒有惡意，只需要你給我幾分鐘。」

「Miss陳。」周醫師向護士示意。

護士拿起電話。

「先不要報警。我只想請教幾個問題。第一個問題是，你剛才為什麼獨自一人跑到賓館開房間？」

剎那間，護士暫止動作，周醫師臉色煞白，身軀微顫，差點站不穩。我隱約看到他額頭上瞬間冒出的汗粒。

「我真的只想問問題，不會給你添麻煩。我是私家偵探，不是搞勒索的。」

許久之後，虛弱的周醫師才說得出話來，喃喃說道，這裡不方便，找個地方談吧。

我和周醫師步出診所，來到一家生意冷清的咖啡館。途中，我掃了一眼添來。他比我更像拍照狂，一直猛按鍵鈕。

我們走過計程車不久後，聽到一聲關門聲，添來也跟來了。

「你想知道什麼？」落坐後，周醫師說。

咖啡廳裡只有我們這一桌客人。

「我想知道，你和這兩人有沒有關係？」我開啟照相機，把畫面撥到林先生坐上BMW那一張。「他姓林，開車載他的是邱小姐。」

看到周醫師的反應，我才放下心來。

賭對了。

「你說你是私家偵探？」

「是。」

「徵信社？」

「算吧。」

「我可以看你的身分證嗎？」

「當然。」

我拿出皮包，從中抽出身分證，遞給他。

「你要正反面影印一份也不成問題。」

「誰僱用你的？」他把身分證還給我。

「你不用知道。你跟那兩人什麼關係？」

「沒有關係，我不認識他們。」

「隨便你。」我起身。離開前，兩手搭住桌沿，雙肩微微聳起，如警察在偵訊室面對嫌犯般低聲恫嚇：「我知道你在說謊。給你最後一次機會，現在就告訴我實情，否則等我把資料收齊後，我不會給你說話的機會。」

「你在恐嚇我嗎？」

「是的。」

兩人僵在那，相互瞪眼。無聲的鬥雞儀式。許久。

「好吧。」我說。

我轉身離去，刻意加快腳步，向他暗示我不是在玩小販和顧客間討價還價的遊戲。三步，五步，即將走到自動門口了——

「等一下。」

我緩緩轉身，故作勉強狀，不過這一拍好像演得過火了點，連自己都想吐。

「我有什麼保證？」

「保證什麼？」

「保證我說了，事情不會傳出去，不會鬧大。」

「我不能保證。我的工作是向雇主負責，她知道結果後會怎麼做我不敢說，不過就我理解，我雇主不是那種愛鬧的人。她不是想害人或毀掉別人，只想知道到底發生了什麼事。」幸好中文聽起來分辨不出「男他」和「女她」，這段話若用英文表達，我恐會因力求語法正確於無意間把委託人的性別給洩漏了。

周醫師猶豫、掙扎。這時，服務生端來兩杯咖啡，看她怯怯的模樣，我猜她先前已經注意到我和周醫師之間的緊張了。請慢用，服務生怯怯地說，然後快步離去。

「怎樣，周醫師？」

對方仍在掙扎。

「周醫師？」

我運用偵訊基本技巧，一直說「周醫師」，每重複一次便加重語氣，讓他感受壓力。

「周醫師，有你沒你，我遲早會查出來。如果你們在搞3P也沒那麼嚴重不是麼？」

「你以為我們在——」周醫師話沒說完，突然失笑，聲音和表情同樣淒慘。

「不是嗎？」

猜錯了？兩男一女上賓館還能玩什麼花樣？

這會兒換我動容，半晌說不出話來。

「他們在勒索我。」

「勒索什麼？」

「有一天，大概一個月前，我接到一通自稱邱小姐的女子打來的電話。邱小姐告訴我，我報給健保局的資料和事實有出入。她又說她認識一位在健保局工作的朋友，那位朋友有辦法讓我的報表過關，也可以讓我的報表『裂坑』。下場如何，就看我的意思。我問她想幹什麼，她說不急，她會先把資料寄給我，證明她所言不假。三天後，資料寄來了，就是我的報表。我浮報的部分全被她用黃色螢光筆標出。表面上，我的報表看不出問題，我不知道他們怎麼查出的，除非——後來我想到，她所謂那個在健保局工作的朋友，如果層級夠高或是負責稽查的話，他可以拿到我病人的資料，針對有疑點的幾條暗中和病人聯絡，並要他們不可聲張。想到這點，我判斷對方是玩真的，認栽了。過了兩天，邱小姐再打來，問我資料有沒有問題。我說沒問題，問她接下來如何處理。她說出一個數字，我不同意，雙方討價還價後，決定了一個數字。」

「多少錢？」

「十五萬。」

「後來呢？」我在腦中盤算，十五萬除以二，林邱各拿七萬五。

「他們跟我約好時間，並指定賓館，但我提出兩項要求。第一，我要見到他們兩人，而且要看他們的身分證。我不能錢被A了，對手是誰還搞不清楚。我要讓他們也有風險。第二，我要他們保證報表過關，而且被他們查問過的病人都要一個個安撫，否則我的損失就更大了。」

「邱小姐全名是什麼？」

「邱宜君，合宜的宜，君子的君。」

「好名字。」

「差不多就這樣。」

「最後一個問題。到了賓館後，你們如何進行交易？」

「手機聯絡。我check in後打電話給邱小姐，三分鐘後雙方用遙控器各自打開鐵門，然後我走進他們房間。」

「你給錢，他們給你看身分證，就這樣？」

「沒有。林先生用他們帶來的電腦和個人密碼進入健保局內部的資料庫，在我面前點下『稽核通過』的按鈕，然後送出。之後，邱小姐打電話給我的病人，佯稱先前電腦出了毛病，周醫師報出去的資料沒問題等等，我才付錢。」

「原來如此，謝謝。」

我離座起身，他突然前傾，抓住我左手。

「接下來會怎樣？」

我盯著他看，冷冷的。他把手放開。

「不曉得。」

「我只能挫著等囉？」他自我調侃地說。

「對，挫著等。」

丟下那句話後，我轉身離開，走出咖啡館。

3.

沙發上，我邊喝啤酒邊抽菸，手提式音響傳來：Have I Told You Lately That I Love You……每個人都應擁有一首屬於自己的俗爛歌。這首是我的最愛，各種心境、場合都適合聆聽。失戀、暗戀、做愛、做完愛、浪漫、頹廢、進取、沮喪、困頓、絕望、厭世時，我都聽這首歌。但它只能是Van Morrison原唱，Rod Stewart翻唱的是屠宰版。

很享受這種感覺。好萊塢警匪片裡，重案刑警歷經一天的折騰，於黃昏時刻回到人去樓空的居所（他們通常離婚），孤坐於客廳，喝著劣等威士忌，冰塊於搖晃中碰撞著杯子，深深吸入一口菸（一直想戒卻戒不掉），徐徐吐出，白煙裊裊上升、瀰漫，和來自音響的藍調融合一氣。我現在的模樣也夠頹廢了，可惜少了一把槍和掛在肩膀的皮製槍套。

搞了半天，林邱是一對鴛鴦大盜。案子比我想像中的較為複雜，但也未必，它的本質不過是由「黃」轉「綠」，從「色」轉「財」，實在談不上創意。關於林先生的謎團已大致明朗，但他女兒的事還一片迷茫，該如何著手？

手機乍響。

「喂？」

「喂什麼？是我啦！」
「喔，媽，蝦米代誌？」
「要有代誌才能打電話給我兒子嗎？」
「我沒那意思。」
「為什麼好久沒打電話來？哪天我翹去了你都不知道。」
「妹妹會通知我。」
「死囝仔賊！我問你，你最近在沒閒啥？有沒有在賺錢？」
「有啦，我在幫人辦案件。」
「辦碗糕案件！三八里羅格，你不要痟痟亂舞和歹人作陣喔！」
「妳放心，我在抓歹人。借問一下，媽，妳有沒有認識健保的人？」
「當然有。我誰不識？」
「可以介紹一個莫？我要給伊請教。」
「請教啥？說不定我就知道。」
「這卡專業，你不懂啦。」
「臭柏油膏！什麼我不懂！」
「媽，別鬧好莫，拜託一下嘛。」
卡擦一聲，電話掛了。母親沒動氣，這是她講電話特有的禮儀。她和我講電話一向不來「阿誠，我是媽啦」那套開場白，我也因此略過「媽啊，我是阿誠」這道程序。兩人總是開門見山，直接進入主題。掛電話也如此，從來不必說再見，或「媽，您保重」。這種溝通形式，依母親說法，猶如「打火幫」，迅速滅火，匆匆散人。

果不其然，十分鐘後母親再度打來。

「找到一個。姓陳，是阿霞的小舅仔。阿霞你記得吧？」

「沒記了。」母親人脈廣，牌搭眾，我哪記得誰是阿霞。

「她就是……」

母親花了很長一段時間述說著阿霞的傳奇人生——何時結婚，何時倒會，何時「討客兄」，何時再嫁——我敷衍地聽著，手痠時還把聽筒擱肩膀上，喝酒點菸。

「電話幾番？」終於找到切入點。

「我給你講喔，」她說出電話後不忘提醒我：「對人要客氣，有禮貌。」

「知啦。」

「聽說他愛飲酒，請他喝酒他什麼都跟你講。」

「這好辦。阿——」

我才阿一聲，電話便斷線了。

看看手錶，還不到八點。夜未央，對酒客而言。現在打電話給他，要是走運，今晚就能碰面。

我先自我介紹，陳先生聽到我是「吳媽媽的兒子」立刻變得熱絡起來，顯然體貼好事的母親已先跟他知會過了。沒問題，沒問題，你希望何時見面？我說，請你喝酒，今晚如何？傳來的聲音非常燦爛。可以啊，在哪會合？一代佳人，我說。呃？別誤會，我趕緊說明，一代佳人是露天啤酒屋，沒粉味。陳先生哈哈大笑，說：我豈止誤會，還很失望哩！

自從台灣實施公眾室內全面禁菸後，「一代佳人碳烤店」成了我和朋友聚會的唯一選項。我最喜歡的區域是店面和隔壁教堂之間那塊畸零空地，和友人坐在矮凳上，圍著方桌，於十字架底下菸來酒去，不但有辦桌的古意，還隱約感覺受到某種庇護。

坐下十分鐘不到，陳先生已經攻擊第二瓶了。

此君甫自醫學界退休，目前為衛生署顧問，自稱二代健保重要推手。個兒小，頭頂雖禿光了，仍把左耳際的髮絲一路拉過地中海，折返再折返地來回覆蓋著。剛碰面那剎那，我以為陳教授是從布袋戲台蹦出的尪仔仙，說話時一會兒像學究，一會兒像江湖郎中，而且手勢不斷，頗有「講古」架勢。

「提到健保，講起來就話頭長。」陳教授吁一口重氣：「一九九四年三月一日，全民健保在驚濤駭浪之下開辦了——」

「陳教授，歹勢，暫時不要講歷史。我想知道的是健保弊案。」

「唉！弊案太多了，沒有一個制度是完美的。」

「健保局虧損那麼多是不是和弊案連連有關？」

「這要從三方面講。一方面，公家單位耍無賴。光是台北市政府就積欠健保局數百億，它不但不想還，還要跟衛生署打行政訴訟！無恥！高雄市也是，其他縣市也都一樣。無恥！另一方面是不肖醫院和醫師，利用各種方式詐取保費。我跟你講，少年人，這就是人性啊。最後一點是，自從健保實施以來，台灣人特別愛生病，有點小病就去給醫生看看，沒有病也想去看醫生。一次兩百，便宜嘛，還有藥可以拿。走醫院像是走廚房，就是這意思。」

「醫生用什麼方式騙錢？」

「健保讓人民樂了，不過讓醫生很賭爛。為什麼？他們的收入平均少了兩成。」

「還是比一般人高啊。」

「哎，少年人，這就是人性啊。」

「是啊。」

「詐取保費的方式太多了，不勝枚舉，有時醫院和醫師合夥，有時醫師和病人合夥，有時醫師背著病人搞鬼，還有拿人頭搞鬼等等不一而足，你想得到的爛招他們都做得出。光是浮報費用就有很多名堂，例如偽造病例、自創卡號、重複卡號、虛報藥費、虛報服務費等等五花八門。當然，有些是制度自己搞出來的弊端，比如說給付制度設計不當，無法合理反映困難度和風險度。你想想看，開心手術和割盲腸費用總該有個區分吧？外科手術和內科醫療也要有個區分吧？健保是有區分，但不成比例，也因此這幾年沒有人要攻外科了，大家都跑去讀耳鼻喉科、齒科，尤其獸醫，獸醫沒健保。」

「台灣有那麼多野獸嗎？」太久沒量飲了，開始胡說八道。

「不要小看獸醫，獸醫種類愈來愈多。你聽過獸醫心理醫師嗎？」

「幹嘛？」

「時代進步了，寵物也會有憂鬱症。」

兩人狂笑一番，再要了兩瓶。

「陳教授，有沒有監守自盜的情形？」

「什麼意思？」

「有沒有可能健保局裡面的人自己搞鬼？」

陳教授想了一會，慎重地說，「有可能，但目前沒有案例。」

「會是什麼樣的方式？」

「我想想……兩種可能：首先是內神通外鬼，也就是說健保局裡的人和外面的醫師或醫院串通好，審查時睜一隻眼閉一隻眼，或者兩眼統統閉起來。換句話說，這傢伙必須是高層或稽查人員。第二個可能嘛，可能比較不可能——」

「嗯？」是他醉了，舌頭打結，還是我醉了，聽到回音。

「那就是這傢伙查到了浮報的資料後，不往上面呈報，而是向對方勒索。但是，不太可能。」

「為蝦米？」

「風險太大。他腹背受敵，前面得防上級，後邊得防被他勒索的人報警，或殺他滅口！」

「說不定有人敢。」

「不是敢不敢的問題，划不來啊！這種人不可能跟大醫院鬥，因此只會拿小診所開刀，既然是小診所，要到的錢自然有限，你聽有莫？利潤低，風險高，東窗事發時還得擔下雙重罪名，監守自盜加勒索，要是我絕對不幹，又不是痟仔！」

「就是有痟仔。」再喝下去，我會全盤托出。

「誰？」陳教授瞇起眼看我。「你知道什麼內幕嗎？」

4.

翌日十點多，宿醉跟我一起醒來。

沖完澡，全身仍漾著酒氣，像一層薄膜將我裹住和空氣隔開。這不是好現象，今天將有大動作，可不行昏昏沉沉，意識和身體不同調。

不記得昨晚深夜如何安抵家門，但進門後從客廳走到浴室，一邊顛簸踉蹌，一邊卸下全身衣物，以致赤條條在浴室狂吐數回，右手扶著馬桶，左手搭著浴缸邊緣，試圖站起又頹然坐下那狼狽樣我倒印象深刻。那一跌把我稍稍震醒，而瓷磚冰冷的刺痛更讓腦袋頓時清澈澄明，看見本案的癥結。就在那當下，我決定了「大動作」：於暗巷擊昏林先生，以麻布袋伺候，一陣拳打腳踢之後，看他不說實情！

現下酒精揮發了，耍流氓的鴻志亦隨之動搖。

酒膽有兩種，一種是喝酒的膽量，另一種是歷經酒精浸泡、膨脹的膽量。我得天獨厚，兩者兼具，曾多次酒後失言而砲火猛烈，說了一些事後讓自己懊惱不已的言論；曾因此破壞了多年友情，冒犯了毫無招架之力的無辜者；亦曾多次在酒精催化下，暗自立下從此洗心革面、做好人或讀遍舊俄小說的志向，但酒後醒來，什麼都忘了。

關於這大動作，得重新衡量。回到記事本，重新擬定出擊策略。

關鍵在於林小妹。真相大白一半，且是相對不重要的一半，林太太真正在乎的是她女兒。我可以跟蹤林小妹，不過她整天在學校，放學便返家，會有什麼意想不到的發現？她的轉變一定和林先生有關，這點毋庸置疑，而且林太太已向我再三保證，林先生不可能性侵女兒。當然，這種事母親的擔保不能完全採信，有太多性侵悲劇在配偶不知情或略有疑惑但寧可信其無的狀態下不斷發生。雖然如此，性侵的可能性極低。林太太機靈，也絕非鴕鳥型，而且就我對林先生日來的觀察，他不像是那種野獸，他是另一種野獸。

記事本上，我於左邊寫下「林小妹」，於右邊寫下「林邱」，再用一條線把兩邊連結起來。再畫一次，加深那條連線，又畫一次，再來一次，線條由細轉粗，變成一槓，幾乎穿透紙張。我擲筆而嘆，怪自己想像力薄弱，不管如何絞盡腦汁，仍想不出任何可能性。兩條平行線如何交會？然而物理歸物理，人歸人；這邊不可能的，那邊頻頻發生。

我另起一頁，寫下「林小妹」、「林先生」、「邱小姐」後，在三人代號的周圍各畫了一圈。以去除法，先在「林小妹」上打叉，接著在「林先生」上打叉。我不太可能直接從這兩人口中問出真相。只剩下「邱小姐」，她是唯一可以下手的對象。繞了一圈，大動作還在，只是換了目標，用不著麻布袋了。

寫下步驟後，開始進行。打開電腦，等待時，我打電話給那名助教。

「喂？」

「老師！」

「幫個忙，教我如何將手機和照相機裡的照片轉到電腦燒成一張光碟。」

「老師，你什麼都不懂耶！我真懷疑你活在廿一世紀。」

「少囉唆，妳會不會嘛？」

「廢話，這種事小學生都會。」

她一步步教我，我一步步操作，折騰了兩個鐘頭後，終於完成一張光碟。林邱會合過程的照片固然重要，但添來用手機拍下我和周醫師會面的證據更為關鍵。緊接著，我用電腦寫了一封匿名信。

「邱小姐：請看光碟上的照片。我知道妳在搞什麼鬼，也清楚妳怎麼搞鬼。限妳於二十四小時內與我聯絡：0922……，否則後果自負。注意：不准與林先生商量，若妳跟他透露丁點風聲，電話免打了，我會直接找警察。」

最後，我把該寄的物件塞進一只牛皮信封。除了光碟、恐嚇信外，還附上兩封Bonsai寫給林先生的信件，其上可疑的「標號」均以黃色螢光筆凸顯。

於基隆路、和平東路交界的郵局，以快捷寄出包裹，收信地址是邱小姐任職診所。這招可謂以其人之道，還治其人之身，就是要讓她嚇出一身冷汗。步出郵局，一陣颯爽，宿醉全消了。詩人瘂弦於〈如歌的行板〉寫道：溫柔之必要／肯定之必要，除外還有「暗殺之必要」，我野人獻曝，也貢獻一項：勒索之必要。然而快感來得快去得也快，走在六月溽暑的豔陽下，身子竟不預警地打了個寒顫。我突然想起曾經看過一部恐怖片，片名用中文直譯就叫「我知道你去年夏天搞什麼鬼」，戲裡的主角死了大半。

當晚，我既亢奮又焦躁，一再確定手機充電夠足，呈開機狀態，甚且有點疑神疑鬼，再三檢查門窗，深怕邱小姐會僱用殺手來把我幹掉。

一夜無事，一夜無眠。第二天早上十點多，電話來了。

「喂？我姓邱。」聲音冷冽如冰。

「妳好。收到包裹了嗎？」

「你是誰？」

「先別管，見了面我自然告訴妳。」

「你想怎樣？」

「……」我故意不答話。

「如果你要的是錢——」

「要不要錢，等見面再談。」

「哪時候？」

「今天中午，十二點半，除非妳和林先生又有行動。」

「沒有。」聽得出來，她不喜歡我嘲弄的語氣。這節骨眼即便大師趙本山親自出馬也無法讓她笑得出來。

「妳有沒有違背指示，向林先生通風報信？」

「沒有。」

「真的沒有？我找了朋友看著他，如果發現異狀他會馬上通知我，今天的會面就自動取消。」

「真的沒有。」

「好，記下來，八德路台視旁邊、社教館對面的IS Coffee。」

「我怎麼認出你？」

「不用操心，我認得妳。」

6.

我於約定時間前四十分鐘抵達現場。以前混劇場時，我編的劇本常在城市舞台演出，因此頗熟悉這家咖啡店的格局和氛圍。人多，地方大，正適合今天的場合。買了一杯咖啡後，在靠窗角落選了一桌，坐下，腦中不斷演練待會放線釣魚的步驟。

外頭高溫三十六度半，騎樓裡的行人氣喘呼呼地走過。這是適合勒索的天氣，可惜我的目的不是勒索。

十二點二十五分邱小姐走進自動門，手裡拿著那件包裹。她四處張望，看到我舉手招呼後，慢慢趨近。我知道她在打量我，特意站起來，讓她看個夠。

「要不要喝什麼？」

「不用。快點吧。」

「好，這是我名片。」

她伸手接過我遞出的名片。

「你是徵信社？」

我沒回話。下回再有誰把我和徵信社扯在一塊，老子一定當場掀桌，然後好好跟對方上一堂「私家偵探與徵信社之異同」的課。

「誰僱用你的？」

「僱用我的人是——林太太。」

聽到這，邱小姐緊綳的臉瞬間鬆懈大半，血色也似乎跑回來了，顯然很高興得知我不是勒索集團的成員。

「她原本以為妳和林先生是一對情侶，已經夠生氣了，現在發現你們之間不但有姦情還同夥幹勒索的勾當，當然更氣憤。暴怒之下，她想揭發一切，幸好被我勸止。」以上當然是謊言，我尚未向林太太報告最新發展。

「講話不要那麼難聽，我們之間沒什麼姦情。」

「只是犯案夥伴？」

「她想怎樣？或者是你想怎樣？」

「她不要錢。」

「你呢？」

「我也不要錢。我是私家偵探，聽好，是私家偵探。我不搞勒索。」

她做出「你們到底要什麼」的表情。

「我只要知道一件事：妳和林先生的事是不是被他女兒撞見了？」

邱小姐臉色遽變，一陣紅一陣白，神情波譎雲詭，我無從解析。

7.

當日下午，我和林太太躲著毒辣依舊的火球，坐在犁祥公園右側一株榕樹樹蔭下的石板凳。除了自左側兒童遊樂區間續傳來祖孫嬉戲的笑聲外，公園靜謐祥和。對於我即將說出的故事，林太太必不好受，密閉空間只會讓氣氛更加沉重，這裡開闊，樹多於人，自有鎮定作用。「妳女兒應該沒事，」我以這句話開場後，娓娓道來，說出來龍去脈。

「妳先生在健保局工作，負責申報資料的稽核，這妳都知道，不過妳或許不清楚他負責的區域是台北縣。有一次，大約一年半前，他發覺一家位於三重市診所呈報的資料疑點重重，恐有浮報之嫌，為求慎重起見，他請診所負責人補件。不意第二天就接到一名邱姓小姐代表診所打來的電話。邱小姐是診所院長的外甥，也是會計主任，向健保局核銷是她業務最重要的一環。她約林先生出去見面，林先生也答應了，為什麼會答應我不曉得，只能猜測他已有接受行賄的打算。過程省略，最後他收了三十萬賄款，而那家診所的報表也過關了。之後邱小姐向林先生提議，何不兩人合作以縣內其他診所為對象如法炮製。

「兩人的組合堪稱絕配，邱小姐對申報業務瞭若指掌，熟悉制度漏洞和浮報手法，而林先生經手的正是台北縣內各個診所的報表，且因職級夠高，可從健保內部電腦取得機密資訊，例如病人的電話和住址。食髓知味的林先生答應和邱小姐同夥，一年多內向六家診所勒索。邱小姐說六家，不過我猜應該不止。兩人裡應外合，林先生負責找出有問題的報表，邱小姐負責進一步查證，確定之後由邱小姐出面聯絡診所醫師。兩人有恃無恐，因為那些醫師沒一個敢報警，只要他們不獅子大開口（十到十五萬不等），一切都在掌控之內。他們唯一要注意的就是『節制』，在報表上做手腳的診所太多了，抓不勝抓，林先生不能逮著一個就勒索一個，總得做些抓弊的業績，才不致讓上面起疑。

「勒索初期，邱小姐不用出面，先用公共電話試探，等醫師上鉤後再把證據寄給對方，對方一旦確定被抓到把柄後自然會和邱小姐合作。價碼、付錢的方式、時間都在電話上談定，直到付錢當天邱小姐和林先生才會出面。原本林先生打的如意算盤是整個過程他可扮演藏鏡人，不必洩漏身分，但那些醫師不是笨蛋，都是台灣最會念書的菁英，他們一定要林先生現身才願意付錢。這麼一來，大家都在明處，雙方各有顧忌和保障。

「為了掩人耳目，他們專挑平價、不入流的賓館進行交易。而且林先生因怕被同事撞見，想出了先公車後接應的方式。邱小姐認為多此一舉，沒那麼嚴重，大不了被誤以為偷情罷了，但林先生在這方面很堅持，邱小姐只得照做。兩人利用電腦互通資訊，用Skype上Bonsai帳號進行無聲的筆談，討論報表可疑之處後設定目標。林先生在公司把資料燒成光碟，見面時當面交給她，也就是說，他們在宰這隻羊的同時，下一隻羊已被鎖定了。林先生行事謹慎，設想周到，每次午休外出時一定會拿著一份報紙，有時裡面就藏著光碟。

「事情發生於五月二十三日，亦即妳女兒對父親態度劇變的開端。那天，他們和勒索對象約在深坑一家賓館。一切照計畫進行，交易完成、確定對方已先行離去後，他們也準備上路。兩人坐在車裡，用遙控器開啟鐵捲門，邱小姐將車子開出，然而就在她要左轉時，他們聽到一聲尖叫，同時，妳女兒從斜對面半開的鐵捲門奔出，衝到ＢＭＷ前，奮力拍打引擎蓋，哭著說『拜託，載我出去！』邱小姐嚇到了，林先生更是愕然，兩人愣怔時，妳女兒驚覺車裡的男子竟是她父親。林先生下意識要開車門，但妳女兒已往出口衝去，等他們開出賓館時，已經找不到她的蹤跡。據邱小姐觀察，妳女兒衣衫整齊，應該什麼事都沒發生，而且離去前，林先生問了警衛，對方說五分鐘前才看見妳女兒坐在一名男子的車裡進入賓館，哪知才一回頭就看到她拚死命地衝過柵欄，坐上一輛計程車走了。

「事後妳女兒以為爸爸背著媽媽搞外遇，但她不能說出實情，因為她無法交代自己為何跑到賓館；同樣的，林先生也不能向妳或女兒坦承，因為他不想讓妳們知道這一年多來他一直在搞監守自盜的勾當。令人不解的是，事發之後，林先生居然沒有終止或暫時停止勒索行徑。我問邱小姐，她說林先生中毒已深，停不掉，我再問一次，中什麼毒，犯罪之毒？她說不是，她說林先生心中只有植物，已經到了著魔的地步。我想他當初會接受邱小姐那一筆三十萬，之後又和她合夥犯罪，都是為了搞錢，但錢不是真正目標，他貪的是別的。他把錢花在提升溫室的設備，用來購買極品盆栽。」

平生第一個案子就此宣告終結，然而破案的喜悅被林太太窣窣瀑流的淚水沖刷得無影無蹤。

7 幽微卻不容忽視

1.

結案後兩天，林太太音訊全無，我雖然惦記著後續，但一直忍住不想打攪。第三天，手機顯示她發來的簡訊：「已照你提供的帳號匯入費用，請查收。」我回發，「謝謝。一切都好嗎？需要幫忙請來電。」幾分鐘後，接到回覆，「我會處理，謝謝。」

之後，音信又中斷數日。

2.

這個世紀還年輕，但世界已經老了。

沒有人可以精準形容我們活在什麼樣的年代，不只因為文字本身就是一層隔，而是我們正呼吸著這時代的氣息，跟著它一起腐爛。

要是哪個變態拿槍頂住我的太陽穴苦苦相逼要我描述廿一世紀，我只好以《奪魂鋸》系列電影作引子，為這個不久才度過第一個十年即已敗相畢露、怎麼瞧都偉大不起來的時代把脈。

我愛看電影，尤其動作片，所有稍具看相的警匪片無一錯過，且敢誇炫，凡未受本人青睞的動作片皆不值一顧，盡是爛片。推理、驚悚、諜報、武俠、科幻，我樣樣喜歡，較沒胃口的是恐怖片和鬼片。《奪魂鋸》甫推出，我才瞄一眼DVD封面就需要到廟裡收驚了。某日一名研究生對我說：「老師，你看過《奪魂鋸》嗎？不錯看喔！」既然戲劇系高材生認為「不錯看」，我決定給它一個機會，隔日便把片子租回家。看完電影後，備覺後悔，心裡一直咒罵那個白痴學生，有好些天不敢關燈睡覺。那是二〇〇四年。六年後《奪魂鋸》已拍到第七集，七部總預算美金48,000,000，但總盈收竟高達728,833,628。有人賺歪了，一路笑到銀行。

《奪魂鋸》系列盡是折磨與虐殺，所有劇情不外涉及一名冷血神算、彷彿Mastermind的兇手。這名主腦設計了一套精細的殺人手段，於過程中把劇中人物一個個凌虐至死。我怎麼知道？勉強看完第一集後，我視之如毒蛇猛獸，卻久久無法忘懷，別搞錯，我可非潛意識地迷上電影裡的S／M景觀。它像是一場不具洗滌、昇華意義的噩夢，但更猶如一則暗藏密碼的末世寓言亟待我來破解。而且，我隱約感覺這個系列和我近年任其醞釀、滋衍的厭世感大有關聯。

五年後某日傍晚，我如與魔鬼簽約般從亞藝影音把其後之五部電影（標榜3D立體血腥的第七集當時尚未問世）全數借出。低頭用電腦為我登記的店員斜吊起眼梢，嘴角上揚地對我訕笑，說：猛！是的，奪魂馬拉松，今晚將是我與邪靈對壘的一場纏鬥。不幸，我撐不到一個鐘頭便已敗陣，第二集看到三分之一就關機投降，第三集只看了十分鐘就叫不敢了，剩餘之四、五、六集更甭說了。

很多學者從心理學角度解釋為何人們喜歡看恐怖片，提出的理論不外是腎上腺素快速疾飆的快感和負面能量的釋放。但我不禁懷疑，《奪魂鋸》之所以賣座還有一個更恐怖的原因：這是吸血鬼的世紀，人們嗜血的程度已臻無可救藥的田地了。我猜想，好萊塢工業裡有一干人，他們彷彿那冷血神算的兇手，以無比犬儒的狡慧打造出一座座不見天日的酷刑地窖，讓觀眾於道德缺席的煉獄中盡情享受自虐與虐人的變態樂趣。這些人有名有姓（製片、導演、編劇），但多數時他們臉孔模糊變幻，走了一批，又來一批，如此前仆後繼，永遠不變的是好萊塢機器。這部機器才是Mastermind，它取代諸神，笑傲獨立於比佛利山丘。

《奪魂鋸》現象不僅代表好萊塢下手愈來愈狠或觀眾脾胃愈來愈重（這點誰不知曉？），亦不單顯示往日流通於地下的異色娛樂如今已浮上檯面，蔚為主流。它給我的震撼是，我們正存活於沒有靈魂的年代。啟示如喪鐘般叩擊，我蹶然驚醒，察覺自己這些年來就像電影裡舉措失據、自私自利的人物一般過著無魂無魄的日子。同時，我也發覺自己和親人、朋友、世界之間已出現一道無法跨越的鴻溝。情感枯竭，意識抽離。原來這些年我硬下心腸，充當強者，以淡泊冷漠反擊這濫情偽善的世界，毫無表情的眼神放射著怒火，灼傷所及之處；妻子、朋友，甚至無辜的路人。這期間我竟沾沾自喜，以為不與世同污、不與俗同流就是勝利。

我曾以Mastermind自居。

林某一案談不上離奇縈紆，但他的妄執卻讓我想起《奪魂鋸》。我似乎悟出什麼道理，但仍置身於迷霧之中，一時理不出頭緒。就我有限理解，林先生把心思用在雕塑植物、調控自然，他貪的或許是抽象的美感。記得林太太說過，鵝鑾鼻蔓榕是一種隱花果，深藏不露，林先生以它自況也說不定。然而書房那座盆景和祕密花園裡的極品相比之下便顯得寒蟬了。鵝鑾鼻蔓榕說不定發揮了障眼術的作用，林先生用世俗眼中之平庸美來掩飾更為深層、難以名狀的優越。

對於林某行徑和我目前處境似無還有的關聯，我略有所感，但壓根兒懶得進一步琢磨。早已澈悟，並非每個徵兆都值得推敲，並非每個召喚都值得回應。

3.

死區的日子起了幽微卻不容忽視的蛻變。

我的生活圈子逐日往外擴張，自我加裝的保護殼一層層卸下，大大違反遁世初衷。除非隱居深山，此為必然發展，但同時自知，一旦遁隱深山，本人定會發狂至死。關於這方面，妻子早已看穿，最後一次懇談時，她說，你是那種憎恨人類卻又需要人的可憐蟲！

為了勸告添來不要成天疑神疑鬼，我約他出來喝酒，豈料他不想晚上留老婆獨自在家，竟把她也帶來到我住處附近的啤酒屋。我見狀暗呼不妙，可不想混充婚姻諮詢師之類的鳥蛋，心念一轉，當下決定把那晚的聚會改為我和添來天衣無縫搭配之慶祝酒會。

我去電給阿鑫，邀他同來，他說不行，老婆難得早回家，要乖一點。我說乾脆全家都來，本人請客！雖然隔著幾條街，我彷彿聽聞阿鑫火速關上鐵門的聲響。

沒多久，兩對夫妻，還有我，加上兩個小孩，共坐一桌，少不了一頓大吃大喝。席間，添來和阿鑫很對路，鑫嫂和添來的越南籍老婆小德也很投緣，而我和小慧、阿哲倆早已混熟，三小無猜地嬉鬧著。小德果如添來所言，「足少年、足水」；台語略通，普通話已學了大半，日常對應不成問題。

「小德，」鑫嫂突然說：「妳想不想工作？可以來我家開的火鍋店幫忙？」

我不解地望著鑫嫂，再看一眼阿鑫。鑫嫂家的火鍋店搖搖欲墜，哪來閒錢聘人？

「他們最近改成吃到飽，生意好到忙不過來。」阿鑫似乎理會我的狐疑，解釋道：「而且囝仔大了，更需要媽媽看顧。如果妳能來幫忙，她就可以多點時間在家。」

「怎樣？有興趣沒？」鑫嫂再問。

「我可以做嗎？」小德靦覥地說，看看添來。

添來只是微笑猶豫，倒無不悅之色，我見狀便順水推舟，敲起邊鼓。

「不錯啊！添來，你白天出車時可以載小德去上班，晚上收班剛好接她回家，不是很好嗎？」

「這樣啊？你感覺如何？」添來問小德。

「試試看，就怕做不好。」小德說。

大夥為小德的決定乾杯，再乾杯。

每過一巡酒，我便站在騎樓抽菸，從外向裡望著阿鑫他們。有時心中湧上一股我不太願意承認或接納的感動——這畫面不正是被我唾棄的世界的反面？有時我卻感覺惶惑：掙脫家庭束縛、撕裂人際牽扯，難道是為了被這個畫面感動？而又是基於何種心態，這些年以離眾傲慢之姿拒斥感動於胸懷之外？

「騎樓抽菸是犯法的不知道麼？」

我回頭，原來是換上便服的陳Sir。
「把我關起來啊！」
「浪費國家公帑，要給你吃，還要給你睡。」
「你要讓我睡？不要噁心了吧。」
「真不敢相信你以前是教書的。」
「對了，那兩個……案子，後來怎樣了？」
「全面封口令。」小胖食指按在人中處。
「不說，只好罰你三杯，進來喝酒。要不要把老婆一起叫來？」
「什麼老婆？我還是孤家寡人一個。」
「守身如玉為了等誰？」
「少廢話，喝酒吧。」
「來，跟你介紹一位朋友。」
海量又擅喊拳的小胖把場面搞得更熱絡了。

4.

十天後，林太太終於來電，約我到犁祥公園碰面。
我們再次坐在那株榕樹下的石板凳上。公園景致依舊，不時自左側遊樂區傳來祖孫嬉戲的笑聲。
「他搬走了。你告訴我真相後第三天，我先把女兒送回娘家，然後在家裡等他回來。傍晚時，我關掉樓下的電燈，走上屋頂的工作室，燈也沒開的坐在暗處等著他。一片漆黑中，我聽到他開門的聲音，差不多十分鐘後，他走上屋頂、開門。他完全被我嚇到，而我就是要嚇他。」

「林太太，妳這樣做很危險。」

「我已經不是林太太，我叫陳婕如。」

「陳小姐，妳好。」才講完就覺得自己很白目。

「他嚇得臉色蒼白，問我，妳怎麼在這裡？我沒回答，只想知道他哪時候才會問到女兒。他果然沒問，我也沒等太久就直接跟他說，我知道你和邱小姐在幹什麼事。接著我把你說的事全部告訴他，說完後證據往地上一扔。他一樣一樣撿起，不可置信的看著。最後，他抬起頭來，眼光充滿恨意地說，妳找人跟蹤我？我點點頭。接著，他問，還有誰知道？我說目前沒有其他人知道，目前，我再說一次。突然我覺得折磨人的遊戲雖然痛快，卻也把自己搞得很累，於是我直截了當的說出我的條件。總共四個，我怕忘記還把它們記在字條上，但是當時我沒忘記，反而非常沉著。我告訴他：第一，我要盡快跟他離婚；第二，房子要轉到我名下；第三，我要他停止幹那種骯髒事；最後，我要他對女兒說謊。」

「說什麼謊？」

「這點我想了很久。我本來希望女兒了解事情的整個過程，但又怕她知道真相後打擊更大。你知道我意思嗎？爸爸有外遇是一回事，但爸爸作姦犯科，而且把植物看得比女兒重要，叫她怎麼承受？所以我要他撒謊，要他寫信給女兒，『坦承』外遇，緣盡情了、爸爸對不起妳之類的話。」

「我懂。」

「他還在猶豫時，我拿起——對了，忘了說，上屋頂前除了那些證據，我還把滅火器帶著，而且事先把安全插抽掉——我看他還想抵賴或企圖挽回時，心裡更氣，於是拿起藏在身後的滅火器，握住皮管，對準旁邊桌上的盆栽噴灑。他慘叫一聲，衝過來，我把皮管轉向他，但他還一直衝過來，我只好往後退，情急之下我把皮管轉向其他盆栽，他才停住，用哀求的聲音要我不要再噴了。兩人僵持了幾秒。滅火氣泡很嗆鼻，我差點沒吐出來。我怕他會失去理智，趕緊說，別再掙扎，沒有妥協的餘地，否則等在樓下的你——」

「我？」

「對，你。我編的。」

「妳真大膽，早知道我是可以等在樓下的。」

「不需要。我對他說，他必須答應所有條件，否則你會把證據交給警方。這時，他終於放棄了，整個人癱瘓似的坐在地上。」

「還是太冒險了。」

「沒事了，他已經搬走了，那些該死的植物也搬走了。該辦的手續陸續在辦，但我不確定他會停止勒索別人。」

「證據還在別人手裡，我想他不敢了。」雖這麼說，也沒把握。「女兒呢？」

「改天再說吧。」

「就說了吧。」

「也好。丈夫搬走後，我把信交給女兒，讓她一人在房間讀。沒多久，女兒從房裡走出來，滿臉淚水，和我抱在一起。等她稍微平靜後，我說，爸爸已經告訴我賓館發生的事情。這時她哭得更厲害，我把她抱在懷裡，像她小時候抱著她一樣，輕輕搖晃，說，沒關係，不管發生什麼事，都沒關係。她說，沒發生什麼事，只是對於自己很笨感到羞恥。接著，她慢慢的，一點一滴的透露事情的經過。

「她讀的學校附近有一家速食店，放學回家前常和同學到那吃薯條喝飲料，每次去幾乎都看到一個看起來像是研究生的年輕男子。那男子總是把一些原文書攤開於桌上，有時看書做筆記，有時抬頭和坐在隔壁桌的女同學微笑不語。偶爾，會有一兩位同學跟他坐同一桌，問他英文問題。有一回，女兒落單的那天，男子藉機和她搭訕，還教她背英文單字的祕訣。女兒不疑有他，不但把他當成有愛心的大哥，也漸漸喜歡上他。

「有一次女兒對他說，下禮拜二，也就是五月二十三日那天，學校為了籌辦校慶，午休期間會讓學生出校門採買美工材料。這時，男子建議她趁機脫隊，他想開車帶她到郊外走走，女兒先是猶豫，後來心動了。接下來事你猜想得到，我想重點是，女兒沒事。男子把車開進深坑那家賓館時，我女兒如大夢初醒般警覺事情不對了，就在鐵捲門還沒關上前，人已經衝出去了。」

「妳女兒念哪一所國中？」

「你想幹嘛？」

「隨便問問。」

陳婕如告訴我那所國中的名字。

臨走前，她和我握手，對我說聲謝謝。然而望著她一步步消逝的身影，我心裡卻冒起尚未劃下句點的疙瘩。

衡量一番後，決定採取行動。抽出電話，打給添來。

「明天有沒有空？」我問。

「幾點？」

5.

午後四點二十分，國中放學半個鐘頭前，我和添來坐在林小妹學校同一條街道上的速食店二樓。應是這沒錯，附近沒別的賣漢堡薯條的店面。來此之前我已將林小妹的遭遇告訴添來，聽完後，添來忿忿說道，把這雜碎揪出來！我已做了功課，不怕認錯人。為了不驚動林太太，不，陳婕如，我從別處蒐集情報。

「記得我嗎？邱宜君小姐。」

「什麼事？」除了檢調單位，我大概是她第二號最不想接觸的人。

「請教一件事。」

「什麼？」

「你們被林先生女兒撞見那天，妳有沒有注意到那個男的開什麼車？」

「……」不知是不想回答，還是毫無印象。「看不出車型，但我確定是紅色的車子，線條凹凸，車身扁扁的，可能是跑車。」

「妳確定？」

「至少顏色我確定。」

「謝謝。」

「吳先生，我和林先生的事……」

「你們停了沒？」

「停了，真的。他已經和我斷絕來往，還警告我以後不能再跟他聯絡。」

「停了就沒事。」我半信半疑的說。

其實我懶得舉發，他們勒索的對象也不是好東西；黑吃黑這遊戲，沒有真正的受害者。何況，我把所有資料交給陳婕如保管後，已在電腦、手機、攝影機上刪除所有紀錄。

兩天的守株待兔無功而返，看不到可疑的人。

「這俗辣可能有很多下手的據點。」添來憂心地說。

「也許，」我說，「不過這種變態基本上是懦夫，膽子比雞雞還小。他們比一般人更沒安全感，因此慣性對他們來講很重要，不太可能每天在不同的地點狩獵。我猜他還是會來這，只是不知哪一天。」

淫蟲現蹤是第四天的事了。因為心裡有底，我很快便嗅到腥味。年紀二十五上下，短袖襯衫配牛仔褲，蓬鬆但整齊的頭髮套著一張掛上黑框眼鏡的臉，加上桌上的筆電，可謂配備齊全。不過，我確定他是冒牌貨。我認識的研究生大都很窮，哪來車子把妹？然而真正讓他露出破綻的，畢竟是堆在桌沿供人一覽無遺的四本英文書（我若無其事地走過他那桌，仔細瞄了一眼）。四本書四種題材——物理、化學、數學、英文——文藝復興年代早亡了，現今研究生哪需如此博學？那些書分明是誘餌。

五點過後，一堆男女國中生捧著托盤，魚貫上樓。速食店頓時宛如農場，一片咕咕唧唧。

台灣已徹底改變來自美國的速食文化。對美國人而言，速食店顧名思義就是快吃快閃，和休閒、談心或綺思毫不搭嘎。在台灣，速食店卻是供人流連不歸的場所，有人在那K書、看報、打盹、談天、約會、做白日夢；有人在那把妹、搞援交，甚至拐騙小孩。十幾年前，一種聳人聽聞的綁票手法廣為流傳，把台灣的父母嚇破了膽。據說人蛇集團特愛在速食店兒童遊樂區偷走小孩，他們趁大人不留意時，用抹上麻藥的手巾摀起目標的嘴巴，從後頭抱起，並火速把小孩帶進廁所。靠著同夥把風（也是打扮成家庭主婦的女子），綁匪在廁所為目標換上別的衣物，戴上假髮。幾分鐘不到，動作完成。綁匪抱著昏睡的小孩從廁所走出，經過毫不知情的家長，步出速食店，揚長而去。不可思議，第一次聽此傳聞時，我喃喃自語，但說者言之鑿鑿，彷彿身歷其境，怎敢不信。

獵物進入視界，淫蟲開始不安，只見那小子佯裝敲著鍵盤，一邊掃描坐在隔壁桌的三名女生，偷聽一陣她們聊天的內容後，他突然帶著微笑跟她們說話。這手法算不上高明，但顯然有效。除了一名女生翻白眼、看穿他的把戲外，其他兩個女生搭腔了，也跟他說笑。因為太吵，聽不見他們對話的內容，我只能猜測大半和課業有關。小子抽出一本書遞給其中一個女生，後者翻了幾頁後，將書還給他。接下來他不再主動和她們說話，一副專注於電腦的模樣，不得不佩服這傢伙的冷靜。當三位女生離去時，剛才翻書的女生主動向他道別——第一步接觸達成了。

三十分鐘過後，學生陸續離去，店裡恢復安寧。眼看男子慢慢收拾桌面，未等我開口，添來已先離座，往樓梯方向動身。

小子走到他停車的地方，開門，上車。一輛鮮紅廉價的跑車。這下子百分之百確定，就是他！小子將車子開出停車格時，添來的計程車適時趕到，果然是可靠的大同電鍋。

「接下來怎麼辦？」跟蹤時，添來問道。

「讓我想想。」我說。

紅車來到了士林堤防邊的舊社區，停在一條小巷裡。四周盡是古舊的公寓。

「怎麼辦？」添來再問我一次。

「替我把風。」

「把什麼風？」

添來話還沒講完，我已帶著背包走出車外，快步逼近紅車主人，添來則以十幾公尺的距離緊跟在後。我從背包拿出漁夫帽，把它戴上，帽簷壓得極低。接著，我拿出手電筒。就在那小子掏出鑰匙正要打開公寓大門時，我衝過去，用手電筒往他後腦勺重重一敲——終於明瞭隨身攜帶手電筒的必要——手電筒的圓頭立時斷裂，玻璃迸發碎散，小子應聲而倒。混亂中我聽到背後一聲驚呼，我的突襲顯然把添來嚇到了。小子摸著後腦，試圖站起來時，我從後頭勒住他頸項，許久，許久，確定他已無力還擊時才放開他。

「殺人啦！」

一名婦人尖叫後，隨即傳來重重的關門聲。

「你給我聽好！」我氣喘呼呼地說：「你常在速食店誘拐未成年少女，把她們帶到賓館，是不是？」

「什麼？」他已恢復意識。

「是不是？」我舉起剩下半截的手電筒，準備再打。

「不要打了，我求你！」

「是不是？」

「是。」

我把手電筒往他褲襠那用力一塞，他嚇得哭出聲來。四五個鄰居慢慢聚攏，添來擋住一個想出頭干涉的人，一直說：「沒代誌，沒代誌，我已經報警了，讓警察來處理。」

這招高明！

「我知道你住哪，」我從他背包搜出皮夾，在裡面找到身分證，「我也知道你名字。我會持續監視你，你如果還敢再犯，我一定會報警！你是不是和父母一起住？要不要上樓，咱們在你父母面前把話講清楚？」

「拜託不要，我求你。我以後不敢就是了。我發誓！」

上車後，我感覺胸悶缺氧，強壓下嘔吐的欲望。

「你還好吧？我可以聽到你的心跳聲。」添來邊開車逃離現場邊看著我。

我無法回答，就怕張開嘴，滿肚子酸水會一湧而出。我很不好。這輩子從未跟人打架，也未曾對人動粗。

有件往事我記憶猶新。一九九五年，我捧著剛出爐、火燙的博士文憑回到母校求職。當時早有預感機會渺茫，因為甫上任的系主任曾經教過我，對我印象很差——我對他的教學印象同等差——但是我仍硬著頭皮去面試。如所預期，他壓根兒懶得理我，只說「目前不缺人」便把我打發走了，面試前後十分鐘不到，自取其辱。帶著怫鬱憂恚的心情，我漫無目的地走在校園裡，從理學院餐廳，走到文學院池塘，走過大禮堂。巡禮完畢，我從後門離校，踏上貴子路。

貴子路是我求學時窩居流連的所在，在那讀書、打麻將，在那戀愛、失戀，在那寫出平生第一首詩，在那失去童貞。走著，走著，我突然憶及房東。他是我們口中的老芋仔，年紀一大把卻娶了年少貌美的女子為妻。夫妻倆把二樓租給學生，並在一樓經營柑仔店，生意鼎盛，但流言蜚語也跟著滿天飛。聽說男生買生力麵其實只想多看老闆娘一眼，聽說男人買香菸只為了和老闆娘打情說笑，聽說老芋仔外出辦貨時老闆娘會藉機……事後回想，那些其實都是我們這些苦悶在室男幻想編織的缺德故事。

學校外圍的景觀變了很多。店家林立，稻田消失了，我曾經因酒醉而跌落的臭水溝亦不見蹤影，有不知身在何處之感，好不容易才找到了柑仔店。老闆娘還在，但看不見老芋仔的身影，大概往生了吧。老闆娘老了，膚色失去了往日的光澤。店面也變了，不過卻比以前明亮寬敞，而且左側靠窗那面牆還擺了一排以前沒見過的電玩機器。午後這時學生還在上課，店裡冷冷清清，只有一名年輕男子專注地打著電玩。我向老闆娘買了一包菸後，走到男子後面看他打電玩。我邊抽菸邊看著男子神乎其技地過關斬將，看著我從未見識過的古怪遊戲。「滾開！」男子頭也沒回，突然說。時間靜止，我保持不動，腦筋卻動盪得厲害，有一股傷害此人、為一天衰氣洩憤的衝動。這傢伙比我年輕，體型比我壯碩，纏鬥對我不利，唯一致勝方式就是從後突擊，勒住他脖子，直到他無法動彈為止。我突然感到一陣膽寒，竟然在腦海裡謀殺了人。

我沒吭聲，轉頭走開，從「滾開」到我離去，前後不到十秒。走回貴子路，眼淚不禁流下，一半因夾著卵蛋落荒而逃而感覺羞愧，一半則因我竟會泛起殺人惡念而震慄良久。

適才勒住淫蟲脖子我一時迷亂，以為正在制裁那個打電玩的混混，要不是聽到添來的聲音——「夠了！會出人命的！」——誰也不曉得會發生什麼事。

回到臥龍街，掏錢給添來車資時，添來說，免了。不行，我說，錢要照算。他說，以後照算，今天不用。

回家後，沒有食慾，只藉著啤酒壓驚，俟稍稍平寧後寫了一封簡訊給陳婕如，告知她那傢伙已被我逮著，經我狠狠修理並警告。她回覆道：「你問我女兒讀哪所學校時，已猜到你的意圖，但沒想到你會找到那人。雖然那種病態很難收手，只會換陣地繼續對小女孩下毒手，你這封信還是帶給我很大的安慰。謝謝。婕如。」

婕如，署名婕如，不是陳婕如。我為了這兩字高興了好一陣子，幻想了一整夜。

6.

之後半個月，沒新生意上門，只遇上一樁莫名其妙的請託，被我斷然拒絕。

某日一名年輕劇場導演來電，約我出去喝酒敘舊。

「敘什麼舊？我都脫離劇場了，戲也不看了，還敘什麼他媽老舅子！」我劈頭便罵。

「嘿，嘿，」這位三十出頭之劇場新秀諂媚笑道，「聽說你已經離開學校，而且還當了私家偵探。」

「誰告訴你的？」

「馬路消息。」

「什麼馬路消息，總有來源吧？」

「真的是馬路消息，有人在馬路撿到一張名片，上面印著你的名字。我們本來以為同名同姓，但是看了電話號碼後確定是你的手機。」

「媽的，這倒提醒我得換個號碼。」

「有件事要請你幫忙。」

「什麼事？」

「幫忙找一個人。」

當晚我們約在一代佳人。十字架底下的圓桌已有人坐，我們只好走上二樓。導演姓張，專搞一些我認為不知所云的作品，但頗受文藝青年喜愛，因此這幾年名氣扶搖直上。我曾經問一個沒啥才氣的三流導演為什麼搞劇場，那蠢才竟正色道：「我願為劇場而死！」我回道，千萬別這麼說，劇場已經害死很多人。後來我問小張同樣問題，他不加思索便說，「為了把馬子。」衝著這句話，我和小張成了忘年之交。

「好久沒見，自從那一次。」小張啜飲著啤酒。

「別提了，那一次我隔天醒來就後悔莫及，不只是因為我說了那番話，而是我不該對牛彈琴。」我還在嘴硬。

「後來聽說你辭職了，而且不知去向，於是流言四起。有人說你住進瘋人院，有人說你剃髮為僧出家了。」

「為什麼說我出家了？」

「你都忘了？第二天你寫了一封信發給所有在場的人。信裡你為昨晚酒後口不遮攔的舉動道歉，並宣布從此退出劇場，今後將潛心修行，為自己的行為贖罪。」

那封信一定是宿醉之下的產物，以致印象模糊。

「我不管別人的想法。你那天雖然狠了一點，但你用心良苦。」小張說。

「是我沒用力批你吧。」

「當然不是，你說的那些我其實很有fu。」

「小張，你也三十好幾了，幹嘛講起話來學年輕人fu來fu去？有沒有長進啊！」

「這是我們這一代的悲哀，沒有自己的語言。年輕人有『fu』，你們那一代有『幾輪』，我們什麼都沒有。」

經他這麼一說，我突然掉進懷舊風情，用台語高歌Barry Manilow的名曲〈Feelings〉：

幾輪，到底要旋幾輪？

高潮處，小張也跟著唱了起來，幾輪，喔喔喔，幾輪……

「你真的不懷念劇場嗎？」

「不談那個。說吧，找我什麼事？」

「記不記得一個年輕編劇，蘇宏志？去年我的劇團製作一齣由他自編自導的戲，叫《井中影》。」

「我沒看戲怎麼記得？」

「但是他曾把劇本寄給你，希望你給他意見。」

「不記得。」

「少來，我特別打電話請你看一下。」

「好吧，我依稀記得。」只好承認，「我當時看到劇名就倒彈三丈，他是在搞象徵還是在寫人，在講經還是編劇？我勉強讀了，但看不到十頁便放棄，後來有沒有回覆我也忘了。」

「有，你有回信。他還轉寄給我。」

「我寫什麼？」

「你很不給面子，把他海K一頓。例如，你說，太玄的東西我不懂也不碰，下次寫出有點『人味』的東西再寄來給我。還有——」

「夠了，我不想聽。」

「我回信告訴他不要太介意，吳誠就是這機歪樣。」

「謝謝你。你呢？怎麼會選上那個劇本？」

「逆向思考：凡是你不喜歡的劇本一定很有深度。」
「哈！乾一杯！」
「我今天來找你主要是因為蘇宏志失蹤了。」
「嗯？」
「已經快一個月了。沒人找得到他，打電話問他家人，他們也不知道他到哪了。」
「有沒有報警？」
「沒有，因為我們也不確定他是不是失蹤。」
「不就得了？」
「可是我想拜託你幫忙找他。你不是私家偵探嗎？」
「這案子我不接，」我示意小張不要插嘴，連「為什麼」都不讓他說出口。「我已經脫離劇場，日子過得很清靜，如果接了案子，我又得和劇場人接觸，這對我來說很痛苦。何況你又不是不知道劇場人特別overdramatic，他們之所以痛恨八點檔是因為他們自己的人生就很八點檔。劇場人失蹤不是一次兩次的事了，何況搞失蹤還算是比較含蓄的。有人嗑藥、自殘，甚至自殺，失蹤算老幾？說不定姓蘇的那小子正在深山打坐學禪或在墾丁沙灘泡馬子。你不要小題大做，一副很緊急的模樣。其實，讓我直說，你今天找我的真正動機是，你和一干劇場人看我如此潦倒，於是大發慈悲原諒我的一切，決定由你來苦勸我、解救我於頹廢於瘋狂之中，對不對？鄭重告訴你，我一點都不潦倒。」
小張低頭喝酒，我離座閃人。
我一點也沒生小張的氣，只是惱羞成怒，他不該提起我亟欲忘懷的「龜山島事件」。

7.

話說去年底，妻子拒我於一萬數千公里之外，心情跌落谷底，日日酗酒。

正好我編的一齣戲上檔，票房和天候一樣清冷，但演完後我們照例舉行慶功宴。除了工作人員，別的劇團的朋友也來湊熱鬧，三、四十人擠在安和路龜山島海鮮店內。

票房爛，劇本更爛，我頗得意的戲謔風格與刻薄機智已令觀眾厭煩，更讓自己嫌棄。寫到盡頭了，我想。

不過，我仍談笑風生，大口乾杯。到了十一、二點，其他客人紛紛散去、龜山島被我們獨占後，氣氛急速加溫。某團員舉杯，站起來，對大夥說，各位，狂賀劇團再度虧損！「虧損！虧損！」大家哄鬧一片，嘶喊口號。另一人接著站起來，疾呼道：「解散！解散！」又是一陣鬼吼。啤酒杯碰撞聲此起彼落，有兩只杯子用力過猛，立時碎裂，玻璃和啤酒灑落一地。「碎碎平安！碎碎平安！」眾夥進入半瘋狂狀態，慶功宴演變成一場黑色嘉年華會。

這時有人請導演說話，禁不住眾人起鬨，木訥寡言的導演勉強敷衍幾句，被他這麼一搞，場面急遽冷卻，眼看不妙，來湊熱鬧的小張趕忙說，咱們請編劇說話。編劇！編劇！編劇！

「你們真的要聽我說話嗎？」眾人齊聲喊要，我再問一次。「你們真的想聽我講話嗎？」

就在那時，螺絲鬆了，弦斷了，樹倒了，山崩了，我不知如何形容，橫豎就在我清晰聽到腦袋發出啪的一聲時，靈魂出格了。我從未預卜會在這種場合失控，更無從想像失控的面貌竟是以極端理性與合乎語意邏輯的形式公諸於世，它的殺傷力遠遠超過語無倫次的嘶叫。

「各位，辛苦了，我先敬大家一杯！雖然虧損連連，但咱們賺到了藝術！」

此話引來一陣擊桌歡呼。

「像我們這類的劇場只要多存活一天就是勝利！再乾一杯！」

聽眾再度鼓譟。此時，利刃出鞘，削鐵如泥，刺穿所有狗屁。

「可是我們在騙誰？應該是騙自己，不可能是瞞騙台灣，因為近年票房顯示，台灣早已不在乎我們的存在。台灣早已不要藝術，台灣要的是太陽馬戲團，是《貓》和《歌劇魅影》，是到處在第三世界招搖撞騙的Robert Fucking Wilson！台灣人要的是虛有其表的絢麗，以及廉價的感動。我講的不單是劇場觀眾，同時也是大部分民眾，政客不就是這樣騙到選票的麼？我想問一個問題，台灣到底還有沒有名副其實的藝術家？還是只剩下專業的騙子？」

接著我把生意越搞越大、風格愈趨傷感的商業劇團狠狠數落一頓。

有人打岔道，「你也寫個賣座的劇本吧！」引來一陣鼓譟。

「你以為我酸葡萄嗎？不，我是偏激！我發言的重點不是那些戲班子，批判廉價的劇團這舉動本身就很廉價。讓我們反觀自我，看看咱們這些年在玩些什麼把戲。我們就清高嗎？我們有資格自稱藝術家麼？那些人是專業的騙子，我們卻是喊拳賣膏藥的業餘騙子。我們沒賺到藝術，我們賺到的是濫竽充數！以此次慘敗為例，我們把不成熟的劇本搬上舞台，我指我的劇本；我們把劇本交給一個看不出劇本好壞的導演。導演，要生氣隨你，但我必須直說。還有，我們把聚光燈照在一群不知長進、口條不清、瞎雞巴亂演的演員身上。」

操你媽屄，我幹你娘！隨之而來的謾罵都在預期之內，變態的我就要這戲劇效果。一潑啤酒飛濺至我臉上，我用手輕輕抹掉，從從容容。

還沒講完呢。

「聽我幹譙大劇團各位很爽，聽我幹譙你們，怎麼，就受不了啦？風度跑哪去了？你們不覺得與其浪費時間批判已經腐敗、無法回頭的商業劇團，我們更應該撒泡尿照照自己麼？我們是藝術家嗎？當我們對所謂專攻的技藝還一知半解，我們哪夠格自稱藝術家？當我們不斷推出小鼻小眼小我的小品，我們的藝術視野在哪？當你們這些所謂年輕劇場工作者也跟著世界一起媚俗而不自知時，當你們也跟著市場販售輕題材、輕語調、輕節拍，玩著『輕鬆一下』的遊戲時，劇場的批判力道不見了，被你們謀殺了。」

「藝術不一定要批判。」有人發難。

「批判有很多種形式。你在追求藝術純粹性，根本就是希特勒！」另一人附和著。

「難道是你那種幹譙式批判嗎？」無三不成禮。

「不是，當然不是。我也掛了。別人搞濫情，我這幾年搞戲虐，虐待的虐。我虐人虐己，終於把自己搞垮了。剛才有人說對了，我很法西斯，我迷失在對於劇場之為藝術的堅持裡。大家都應看得出來，我有病，瘋了。但是，各位，容我引用《哈姆雷特》的台詞：雖是瘋言瘋語，倒有幾分道理。剛才有人開玩笑，提議解散，它道出我的心聲。我建議大家作鳥獸散，不只今天到此為止，而是今後到此為止。套用年輕人的話，不玩了。鄭重宣布，我就此退出劇團，退出戲劇圈。」

我講完了，頹然坐下。其他人像歷經地震似的匆匆離去。我爛醉如泥，但那天沒有人在乎我是否還能走路。

憑藉僅剩的意識和意志回到家裡，但過程全忘了。

8 那三天我們忘了海

1.

某日午後三點半，準時來到咖比茶喝茶看報。

這裡的客人來來去去，外帶居多。除了我這位熟客，一名老是低頭啃武俠小說的中年男子也幾乎天天報到。我沒和他交談過，雙方對看時只以同為天涯羅漢腳的眼神相與致意。我還注意到一位偶爾光顧的老人，蓋住發白髮絲的漁夫帽底下的臉孔皺紋滿布。他總是叫一杯紅茶，慢慢啜飲，面無表情的抽著七星中淡，看著前方。我老了大概就是這副模樣。曾經試著和他接觸，但他只點頭微笑，不發一語。有一次我忘了帶打火機，向他借火，他用微顫、滿是皺褶的雙手為我點火。我向他道謝，他也只是微笑點頭。感覺他是一位不願受人打攪的老人，從此便不再找機會和他搭訕。

我和店長陳小姐早已混熟，人到了只要跟她點個頭，便可坐下，等著一杯沁涼冒泡的紅茶。她不忙時會跟我聊上幾句，閒扯鄰近其他店家的狀況，以及哪個貪婪的房東又想出什麼新花招刁難他們。「我覺得人很奇怪，」她曾說，「為什麼我遇到的房東很多都這樣：要租給你時迫不及待，好話說盡，和藹得不得了，等到租給你後，他們就變臉了，好像很後悔租給我，一副我在占他們便宜的樣子。」三十出頭的陳小姐自高中畢業後便走闖江湖，憑她小小的資本和極大的毅力獨自經營過很多家小餐飲店面；倒了又開，開了又倒。目前這家生意還不錯，為了她也為了我，景氣拜託不要更壞了。

我吸啜紅茶，難得有興致地研究正前方那株其貌不揚的白千層。

白千層有很多別名，除了千層皮、脫皮樹、剝皮樹、相思仔、白瓶刷子樹、橡皮擦樹和玉樹外，我覺得應該加個「不要臉」。松柏有蒼勁的美名，白千層怎麼看就是滄桑，彷彿慘遭虎牙豹爪肆虐般地體無完膚。它狀似腐朽消沉，只因新皮層長出時會把老樹皮推擠出來，但老皮不會脫落，仍一層貼著一層的留在幹上——以凋零之姿展現生命，真是矛盾而優雅的組合。觸摸過的人都知道，白千層很溫柔，有彈性，正如六張犁一帶的外觀和居民。

六張犁地處大安、信義兩區的邊陲。往南通過莊敬隧道就到了木柵文教區，往西穿過辛亥路就是以台灣大學為主的大安文教區，往北穿越基隆路不久便是安和路的高級地段，往東則和三張犁比鄰，再多走幾步就是一〇一大樓和台灣地價最貴信義商圈和住宅區。

大稻埕與艋舺是舊台北，六張犁則是舊的新台北。六張犁沒有文教氣息，沒有高檔餐廳或名牌百貨公司。這裡的居民不特別窮亦不特別富，他們並不講究衣著，甚至有點邋遢；穿著居家服、踏著拖鞋在街上蹓躂時有所見，對於凌亂的街道和骯髒的騎樓大家視若無睹，習以為常。

大部分的建築都至少有三四十年的歷史。這些建築的外觀就像白千層一樣，裹著一層破舊灰暗的外皮，但可別被它不起眼的表象給騙了。六張犁雖不光鮮亮麗但它於凌亂中表現生命力。川流不息的人們，各式商店餐館林立的街道，以及隨處可聞的攤販叫賣聲，在在交織成繁忙熱鬧的景象。在這裡你看不到東區奇裝異服的少男少女，也看不到信義商圈一身名牌的名士名媛。六張犁的居民普通到了極點，甚至摩登的年輕人都帶著一絲土味兒。他們穩穩當當地活，經營小生意，發小財，做小小的夢。這裡有道地台灣人，有北上打拚的客家人，有一九四九年隨軍來台的老榮民，有外勞和外籍人士，還有極少數、不易辨識的原住民，彷彿台灣的縮影。這些背景各異的人們匯聚在此和平共處，拚命生活，讓這個地方染上了市集的色彩。說它土裡土氣，它卻有趕上時髦的一面；說它現代，它卻老態龍鍾，有點霉味。

「你好。」聲音從耳後傳來。

就像首次會面突襲那樣，陳婕如再次把我嚇了一跳。我請她坐下，為她點了一杯紅茶。

「好嗎？」我問。

「很好。」

她穿著寬鬆的棉衫和牛仔褲，頭上綁著馬尾，腳下是一雙紅白相間的Converse，模樣清爽宜人。

我一時看呆了。

「天氣不錯，出來走走。」

「喔，走走，走走很好。」我難得結巴。

「你天天散步，這一代應該很熟。」

「很熟。」

「可以做我的嚮導嗎？」

「這是我的榮幸。」

接連幾天，我帶著陳婕如在六張犁、三張犁一帶閒晃。有時我們從信安街一路走到松智路，途經曲折蜿蜒的吳興街。

「吳興街應該是全台灣最複雜的路段。妳根本不知它始於何方，止於何處。妳不能稱它為一條街，因為它像魚網似的撒布於三張犁一帶，有時妳以為終於走完迷陣似的吳興街，快到了松智路，但才一轉彎又回到了吳興街的勢力範圍。」

通常走到松智路和信義路口我就建議折回。

「為什麼？」陳婕如問。

「接下來是專給觀光客和血拼族走的路段，我不想和他們湊熱鬧。」我說。

「你喜歡又窄又髒的地段，不喜歡又寬又美的高級社區？」

我告訴她，我的散步路線有排富條款。我還說，我不是地鼠，不走地下道；我嚴重懼高，不走陸橋。

「陸橋也會怕？」她以為我在開玩笑。

「我怕我會從陸橋跳下被公車壓成肉餅。」

「還有什麼毛病我該知道的？」她笑著說。

「多著呢！我有各式各樣的強迫症。思想偏左強迫症、走路靠右強迫症、看人嘔吐也會嘔吐強迫症，還有對稱強迫症。」

「在六張犁你去哪找對稱？」

「所以，我還是自虐狂。」

有一回我帶她從頭到尾走一趟臥龍街。

「與其說它是一條龍，不如說是一條斷了尾巴的蛇。這一帶的街道很多都四分五裂，臥龍街如此，樂業街也一樣。台北的都市計畫完全沒有計畫，很隨性有機，好像路是自己生出來的。但別小看這些街道，它們的名字，和平、信安、樂利、樂業、嘉興、崇德、富陽、安居，各個都充滿著幸福感。」

某日，我們經過樂安街。

「那在幹嘛？」

陳婕如指著右邊一個獨棟四樓公寓。公寓前後左右的外圍被一片片藍油布遮掩著，左側牆面有一座用鐵條和木板搭成的Z字形梯，作為工人整修牆面和運送牆磚的通道。

「中古屋要搞門面拉皮可以向台北市都更計畫申請補助。六張犁只有這一家申請。整天敲敲打打，灰塵滿布。附近的居民幹聲連連，和屋主不只一次發生口角。好笑的是，原來只是拉皮工程，哪曉得營繕公司發現左側牆面已壁癌末期。這下子非同小可，屋主只好暫時搬走，讓工人打掉整個牆面。已經搞了一年了，還沒修好。聽說屋主拿不出錢來，工人只好敲一天、休息三天。原來這棟是樂安街最體面的公寓，現在卻看起來像廢墟。尤其晚上，沒一點燈光，整棟樓好似披著壽服的墓碑。」

「哪有那麼恐怖。」陳婕如皺著眉頭再看它一眼。

我住的地方離這兒只隔兩條街，很想請她到我家坐坐，模仿西方人說「喝點什麼的」，但怕她拒絕，念頭忽起即滅。

2.

兩人最常散步的路線是從富陽公園攀上福州山。

福州山四通八達，連接同屬南港山系的象山和虎山，並往南延伸至中埔山和軍功山。沿路一片蓊鬱，陳婕如為我介紹未遭人為破壞的植物生態，途中我們經過一座軍方留下的碉堡。這裡未遭巨大破壞的原因是它曾是禁區，國民黨曾於山裡設置彈藥庫，二二八事件的犧牲者當中不少人冤死於此。

有一回，走在山脊的稜線上，她難得地談及最近起伏反覆的心情。

「遇到這種事，人總是先怪自己，怪自己為什麼沒提早看出跡象。現在回想，還真的有很多跡象，比如說他回家最常待的地方是屋頂的溫室，而不是客廳，或者一天下來，他和我和女兒講不到幾句話，或者是他這幾年臉色越來越陰沉。這些，我是不是也有責任？一個從大學就認識的人在我面前慢慢變成我完全不認識的人，這是怎麼發生的？我怎麼毫無知覺？難道我已經麻木了，還是太過遲鈍？如果當初認識的時候就有跡可循，那我不就有眼無珠了麼？但是我不能往那邊想，因為這樣對我沒有幫助，反而傷害更大。沒有人要他耽溺在植物上到那種地步，更沒有人逼他去勒索別人，這是他自己造成的。」

我也跟她說了很多，但大半都是周邊話題，很少提到自己的際遇。

「我上網查過你的名字，」她說，「你曾經是大學教授，又是作家。為什麼放棄一切當起私家偵探？」

這是她一再提起的問題，而我總是一再迴避，直到有一天兩人從福州山走到中埔山東峰，坐在視野可供鳥瞰台北市區的涼亭裡，我才說出我的故事。

我和她並肩坐在涼亭下，看著山下的台北盆地和一柱擎天的一〇一，感覺它們在豔陽下蒸騰。有了霸道的一〇一後，曾為地標的新光大樓渺小得宛如一枝融化中的冰棒。

山風徐徐吹拂，帶來的涼意讓人卸下警戒。我娓娓道出一段不欲為他人所知的成長路程。再也沒有比這更好的時機，再也沒有比她更好的聽眾。

我告訴她我的恐慌症，我的精神官能症，我的掙扎，我的腐敗。

下山分手時，陳婕如對我說，「謝謝你的故事。」

3.

接連數日，陳婕如竟毫無音訊，沒出現在咖比茶，也沒來電約好散步時間。平常都是她主動打電話來，我不想破例。

若有所失地在咖比茶翻閱報紙。

她該不會聽了我的故事而有所顧忌吧？這年頭什麼樣的精神病況都有，恐慌症應不致把人嚇得退避三舍吧。或者，她對我滔滔不絕感覺厭煩。莎士比亞筆下黛絲德夢娜就是因為傾聽奧賽羅一生險奇的患難故事後情不自禁的愛上這個飽經風霜的老將軍。我的故事沒有海難，沒有食人族，亦無荒涼沙漠或崖嶂巔峰，相形之下不免單調自憐。

她在躲我，我胡思亂想著，同時後悔與她分享連我母親都被蒙在鼓裡的祕密。

手機響起。

「喂？」

「請問你在哪裡？」是她的聲音。

「我在常被妳嚇到的地方。」

「好，我正在路上。」

掛掉電話後，我歡欣雀躍，當下收起報紙。

十多分鐘後，她出現了。

「妳好。」我笑得很燦爛。

她坐下，看看坐在隔壁桌、疑似患有皮膚鬆弛症的老人。

「這幾天有空嗎？」陳刻意放低聲音。

「啊？有空，空的要死。」

「陪我到海邊走走，好嗎？」

「好。」我表情鎮定，但內心澎湃足以翻轉一艘船。

「女兒呢？」

「和同學到南部玩。」

「太好了。」

「走吧。」

「啊？等一下，我們還沒決定要去哪、怎麼去。」

「開車去，旅館我已經訂好了。」

我笑了，笑得從來沒這麼傻過。

「妳怎麼知道我會答應？」

「直覺。」

我為她叫的紅茶還沒來前，兩張塑膠椅已經空蕩蕩了。

七月六日約莫五點半，我倆來到位於北海岸的翡翠灣福華渡假飯店。路途中，她先為近日無消無息致歉。她父母為了她執意離婚很不諒解，她又不便說明林先生幹的好事，因此花了很多心力安撫老人家。接著，她大致說了最近的發展。房子過戶了，但她不想繼續住在那，因此打算把公寓賣掉，另起爐灶……我一邊聽著，一邊心緒淆紊地想著即將發生的事。很久沒做愛了，要是待會兒表現差讓她失望如何是好這不是很丟臉很掃她的興麼，壓力啊壓力。於是，我暗自下了決定，等進入房間後，我要讓她有心理準備，向她坦承我很久沒做愛了。

然而，進入房間後的我和車上那個白痴判若兩人。甫踏進，我便迫不及待地關上門，扳轉她的身子，將她壓在門板上，深深重重地吻著她，她則以柔軟溫熱的舌頭回報我。

那三天，我們忘了海，在房裡成就自己的波浪。漲潮，退潮，漲潮。潮湧時兩人激越張狂，毫無禁忌地探索對方身體每一寸肌膚、每一顆痣、每一個皺褶。潮退時我們仍綿綿纏纏地偎依，肢體交疊，直到汗水蒸發，直到滑入溫柔睡眠，直到下一次漲潮。體力耗盡時，另一種饑渴來襲。我們坐在地毯上，多日沒進食似地把茶几上炒飯炒麵當佳肴美食般橫掃一空。

她喝著紅酒，我喝著啤酒。

「不是聽說喝啤酒會讓男人那個嗎？」她問。

「不是聽說，是真的。」我說。

「那你為什麼現在還喝？」

「我太強，需要壓一壓。」

一向是男人間的蠢對白竟能引起一陣無邪的嬉笑。

「你是個好人。」她突然說。

「別這麼說，我不是好人。」我沒開玩笑的意思。

第三天醒來時，她已先行離去。

茶几上，我找到一張字條，上面寫著：「同時來，分別走，我想你不會介意。謝謝你。」

雖然有點悵然，但我不介意。

9 連續殺人與排隊文化

1.

回到台北時已過了中午。足不出戶，躺了一天，在腦海反覆重播我和陳婕如忽而風激電駭、忽而繾綣綢繆的畫面。

隔日，七月九日，一樁占據媒體版面的大事爆開了。

由於警方強力封鎖，之前發生於六張犁的兩件兇殺案並未引起媒體關注。七月八號，正當我在家享受著慵懶情調那晚，六張犁又有一人慘遭殺害。這一來，紙包不住火，媒體突破封鎖，爭相報導，標題一個比一個聳動。

「六張犁、三條命，警方一個頭兩個大？」

「六張犁三起連環命案？」

「冷血奪命，專殺老人？」

儘管警方一再聲稱目前仍無跡象顯示三起案件互有關連或乃同一（夥）人所為，仍有一家媒體斷然寫道：「六張犁連續謀殺案件？」

台灣媒體向是危言聳聽，但總不忘在標題之後加上問號——「台灣有外星人遺址?!」或「某某某被雞姦?!」——以防被告上法庭。媒體當然清楚，閱聽大眾根本懶得理會有沒有問號，管它是真是假、半真半假，總是先睹為快，像嗑藥一樣，爽了再說。所謂輿論，大半來自媒體炒作；所謂輿論譁然，通常只是記者自己在筆電前鬼叫。一犬吠形，百犬吠聲，輿論自然譁然。

這三起命案引發我的好奇，啟動我身為私家偵探的專業嗅覺，仔細看完所有報導後，我在記事本上記下三起命案的基本資料。除第一起之前已從小胖那探知些微風聲外，二、三起但憑媒體報導。

第一起：

時間：六月十六日清晨一點多。
地點：辛亥路二樓公寓。
死者：鍾崇獻，獨居，五十三歲，退休前是小學老師。
死因：於家中被入侵者以鈍物擊中後腦。
備註：查無強行入侵的痕跡。

第二起：

時間：六月二十四日清晨五點半左右。
地點：犁弘公園。
死者：張季榮，七十七歲，退伍軍人，與女兒和孫子同住。
死因：清晨散步至公園，被兇手以鈍物擊中後腦。
備註：公園裡兩支錄影監視器於半夜遭一名蒙面人破壞。

第三起：

時間：七月八日夜間十一點左右。
地點：樂榮街三樓公寓。
死者：吳張秀娥，中風老嫗，七十一歲。
死因：於家中被入侵者以鈍物擊中後腦。

三名受害者除了都是上了年歲的六張犁居民外，無其他交集。據警方透露，三名死者家中或身上並無遭竊跡象，行兇目的與盜取財物無關，似乎另有動機。雖然文字媒體畫了行兇動線圖，電子媒體也以戲劇手法模擬行兇過程，這些僅是臆測，瞎掰成分居多，無甚參考價值。

媒體異口同聲，犯案模式呼之欲出，三起命案必有牽連。台灣雖小不啦嘰，卻擁有陣容龐大的媒體衝鋒敢死隊。它無遠弗屆，且挖掘新聞的速度往往跑在CNN之前。譬如一樁發生在美國的重大刑案，CNN仍在「情況不明朗」階段，台灣媒體已掌握嫌犯資訊，並逕行臆測犯案動機；當CNN報導死傷十數人時，台灣媒體早已算到數十人。通常的情形是，螢幕上跑馬燈的傷亡數字會從「數十人」慢慢修正，減至「十數人」。這應是台灣製造的奇蹟：多人死而復活。

雖然媒體繪聲繪影，語氣斬釘截鐵，我仍質疑這是一樁連續兇殺案件。為了進一步了解，我需要更多正確資訊和細節。出門前把記事本塞進背包，看看裡面，發覺少了新買的手電筒。

那天和陳婕如往北海灣出發前，我先行回家，帶一些衣褲和藥物。記得當時曾拿出手電筒，但忘了有沒有放回背包。我沒努力找，只環顧紊亂的客廳一眼，東摸摸西摸摸，沒多久便放棄了。掉東西對我來說是家常便飯，往往買了新的替代後失蹤的物品自然會出現，完全符合莫非定律。

走出公寓，感覺死區一夜之間變了樣，巷弄鄰居一反以往死沉閒散的步態，各個行色匆匆足音蹬蹬，眼神透著慌惶與機警。是我神經過敏抑或真有其事，一時也搞不清楚。

來到臥龍派出所。一票看似尚未斷奶的稚氣記者在警局門口和街道對面守候著。我猜想六張犁派出所與其所屬的信義分局也各有一票小狗仔如禿鷹般等候進食。每次在電視上看到年輕記者扯著尖嗓門拉開高分貝面對鏡頭將雞毛蒜皮的事說成戰爭爆發似的那麼嚴重，我總有勸人從良的衝動。

不顧禿鷹投來的好奇眼光，信步走進，對當值警員說，我要找陳耀宗。

「陳警員目前正忙，請問有什麼事？」

「我知道大家忙著調查那些案件，但總有時間接理民眾報案吧？」

「什麼案？」

「我和陳警員熟，只想向他報案。」

少頃，陳耀宗拖著憊累的身子走出，看到我時表情更是無奈。

這次沒請我喝茶。

「衝啥？」

「下班後到我家。」

「不行，今天要加班。」

「不管多晚，一定要到我家。」我故作神祕，壓低聲音：「那三起命案，我有些想法。無論如何一定要來！」我斜睨了一眼表情愣怔的小胖，趁他來不及反應前轉頭就走。

哪有想法，我只想吊他胃口，真正目的是要從他那兒獲得情報。

回家前，我順道走訪兇殺現場，從派出所走到辛亥路，之後穿過和平東路來到犁弘公園，最後走進小巷，來到樂榮街。三個現場都搭起黃色警戒條，都有一兩名警察在現場守候，都有無數好事者麇集在警戒區外交頭接耳，任憑警察怎麼驅趕就是不忍散去。我想到魯迅筆下萬頭鑽動不管三七二十一就是要看自己同胞被行刑的「群眾」。

看不出三個命案現場有何共通性。第一起命案地處辛亥路邊陲，隱匿於小巷裡，路燈寥落無幾，附近的監視器少得可憐。抬頭張望尋找監視器時，我聯想兇手（們？）也曾抬頭張望。第二起命案在犁弘公園，相對顯得空曠。兇手為何選擇在此殺人，且當天凌晨還大費周章破壞了附近的監視器？第三起更令人不解，它位於樂榮街上較為熱鬧的地段，照說應可從監視器找到可疑人士。極可能警方「暗槓」，沒向媒體透露全部資訊。

三個地點，三種特色，若是一人所為，其動機何在？若毫無關聯，為何偏巧每個受害者都是被鈍物擊中後腦？

走回臥龍街時滿腦子問號，卻無一解答。開門進屋時，我略有所感地看看手錶，一時卻不知為何看錶。恍惚間，似乎直覺這一趟命案現場的巡禮並非毫無所獲，可惜當時抓不到癥結。

回到家後，打開記事本意欲寫下心得卻擠不出隻字片語。雖然仍不相信這是一樁連續殺人案件，我還是上網查了資料。

2.

對於連續殺人犯的淺顯認識大都來自好萊塢警匪驚悚片和偵探小說，基於個人精神狀況，我以往對於反社會變態一點也沒研究欲望。

Google一番，先打上中文「連續殺人犯」，螢幕顯示三十四萬筆，大部分以美國發生的案例為主，其中一筆〈連續殺人犯之剖繪〉，竟是一名高二女生的學習報告，令人訝異。台灣高中有犯罪學課程嗎？

接著打serial killers以英文搜索，出現三千一百五十萬筆。

先從Wikipedia的綜論起步，接著點進我熟知的幾個案例深入了解，於虛擬內爆中一層層陷塌，心思被捲進血腥猙獰的黑色漩渦。焦慮在體內浮動四竄，我一邊抓腿掐臉一邊瀏覽資料，俟關機時，夜已深了。

哎，我算哪門子偵探？無專業素養，資歷薄弱得可悲，沒讀過一本犯罪心理學，書架上除了一堆推理小說外，沒有一部關於犯罪的專業書籍。我無疑是個仰賴維基百科的私家偵探。正自覺齷齪時，小胖來了。十一點半，這小子難得加班這麼晚。

「你最好不要浪費我的睡眠時間。」進門便說，一邊揉著雙眼。

「眼睛怎麼啦？」

「看螢幕看到兩眼僵直。」

我為他倒杯水。

「是不是監視器錄影帶？」

「你別騙我，到底有什麼想法趕快說。我本來是不想來的，三件案子又不是我負責偵辦，我的工作只是過濾錄影帶，你以為我在乎你的想法嗎？」

「要不要喝點啤酒？」

「好啊，」一雙迷茫的眼睛豁然亮了，「幹，真的需要喝淡薄。」

小胖大口喝著罐裝台啤。

「媒體報導是真的嗎？」

「只有一個完全對：警方一個頭兩個大。」

「我就知道！其他什麼連續殺人命案都是他媽的胡扯對不對？」

小胖沒說話，握著啤酒的右手停在半空，瞟我一眼後，低頭沉思。

「小胖，有什麼不可以告訴我的？我又不是媒體。」

「你為什麼需要知道？你不是警察，只是個私家偵探。」

「因為我好奇，我需要藉機學習，何況三起命案離我住的地方走路就到，我這個獨居阿伯能不緊張麼？雖然你只負責過濾錄影帶，但那可能是破案關鍵。你比我清楚，台灣重大刑案多半是靠錄影帶破解的。沒有監視器，台灣警察根本不會辦案——」小胖白我一眼。「對不起，我沒那意思。」

「你就是那意思。」

兩人沉默幾秒。

哎，小胖嘆口氣，說，「拿你沒辦法，就告訴你吧，講出來對我有幫助也說不定。」

小胖依命案發生順序，一樁樁道來。

「第一起命案我已大致跟你講過了。」

「忘得差不多了，拜託，再講一次。」

「死者鍾崇獻是離婚獨居的五十三歲中年男子，退休前是小學老師。五年前離婚後，三個兒子都跟媽媽住在板橋。發現屍體的是最小的兒子。他打電話一直沒人接，連打了兩天後覺得不妙才帶著鑰匙來找爸爸，看到屍體後馬上報警。」

「他有鑰匙？」

「沒什麼，那是父母離婚前他從小的住家。三個小孩都有鑰匙，媽媽可能也有，雖然不願承認。重點是，家裡每個成員都有銅牆鐵壁的不在場證明。據我們調查，鍾先生獨來獨往，和人沒什麼瓜葛，更不要說恩怨。他住的地方在死巷裡，沒有街燈，也沒監視器。」

「兇手怎麼進屋的？」

「沒有強行入侵的跡象，因此我們研判死者和兇手可能相識。」

「這不就好辦了嗎？」

「問題是，查無人證看到可疑人物，而且死者的社會關係乾淨得像一張白紙。」

「第二起呢？」

「受害者是退伍軍人，叫張季榮，和離婚的女兒及三個外孫住在一棟公寓。」

「哪裡？」

「靠近隧道那頭的臥龍街上。老人家有早上散步的習慣，通常天一亮就從臥龍街慢慢走到犁弘公園。家人說他通常五點出門，而屍體被另一個早起散步的老太太發現時是五點半左右，可見他走到公園沒多久就遇害了。」

「兇手怎麼破壞附近的監視器？」

「犁弘公園有兩支監視器。兇嫌在犯案當天清晨三點多時，用石頭打破鏡面，還把其中一支整個打爛。因為他戴著機車安全帽，還用類似斗篷的黑布把自己包起來，所以我們除了知道兇嫌應該是男性、大約多高外，其他什麼都無法確定。」

「斗篷？像吸血鬼？」

「恐怖吧。恁爸聽到黑斗篷時也覺得毛骨悚然。在台灣，誰搞這種遊戲啊？」

「雖然他破壞了公園的監視器，」我問，「兇手總是需要從某個方向走到公園，不可能從天而降吧？」

「我懂你的意思。六月二十四日那天兇嫌需要從某地走到公園，破壞監視器後，一直躲在暗處，直到死者出現，而殺了人之後他也需要離開公園。但是我們調閱了周邊的監視器，不管是凌晨三點多，還是清晨五點半以後，我們查不到半個可疑人士，大部分都是早起的老人家。」

「這就奇了。」我說。

「你慢慢想吧。我們想破頭了還是盲茫茫。」

「第三起呢？」

「第三起，也就是昨晚發生的命案，死者是七十幾歲的吳張秀娥，因中風長年坐輪椅，有一名印尼籍看護。」

「看護？報紙沒寫。」

「我們沒有透露。聽我說，案發那晚，兇手跟蹤出門買東西的看護，趁四下沒人時用重物打昏看護。根據鑑識組，兇器應是鈍金屬物，很可能是鐵條。我們在看護身上找不到家裡鑰匙，在死者住處也找不到鑰匙。因此很可能兇手打昏看護就是為了拿鑰匙，拿到之後就大剌剌開門進入公寓。剩下你都知道了，死者毫無反擊的能力，後腦被兇手重擊致死。我們查過醫療報告，死者中風不能講話，只能結結巴巴說幾個字。我們也查了，死者丈夫幾年前就去世了，三個小孩，一個移民到澳洲，一個在大陸從商，最小的一個因竊盜、吸毒正在坐枷。」

「看護呢？」

「重度昏迷，正在醫院治療。信義分局局長親自下封口令，不准轄區內的警察透露半點風聲。我們現在就等唯一的人證甦醒，看會不會有突破。」

「三起關聯性大不大，你們認為？」

「目前無法確定，可能有關聯，可能沒有。三起命案有些共通點：三名死者都住在六張犁一帶，都是上了歲數的人，而他們都死於疑似鈍金屬重物之下這點尤其重要。但是也有不同的地方，比如行兇方式不同，闖入屋內的方式更不同。案情沒有突破的原因是線索太少。三名受害者的人際關係單純到不行，很少與別人交往，也沒財物糾紛，更別提感情糾紛。他們大部分待在家裡，只是有時候到外面散步。給你說對了，沒有監視器錄影帶我們還真不知從何著手。」

「先不要管它們有沒有關聯，第三起命案有點古怪。死者住三樓公寓，前後陽台都有鐵窗，公寓窗口不多，只朝南的那邊兩個，除非兇手是蜘蛛人或用繩索吊著，否則很難爬進去，因此兇手需要鑰匙。」

「你怎麼知道這麼清楚？」

「我實地勘查過。」

「你可真積極啊。」

「我問你，死者公寓入口有幾道門。」

「兩道，裡面是木門，外面是鐵門。我們已經除掉兇手是慣竊的可能性，因為屋裡根本沒有被搜過的跡象，就連死者的現金以及看護的存摺、提款卡、護照等等都還在。」

「兇手因為不是慣竊，所以需要鑰匙。這表示，兇手不是隨機行事，他早就盯上了目標，才會從看護那邊下手。」

「對喔。」小胖一副恍然大悟的模樣，但隨即收斂表情，「不過，我猜信義分局那邊早就知道了。別忘了，我只是個沒有辦案經驗的小警察。」

「小兵也可以立大功。你目前在過濾什麼錄影帶？」

「都是公寓附近的帶子。」

「這樣不夠。我建議把範圍擴大，」我拿出記事本，在淨白的一頁畫個三角形，「三起命案三個點。這裡，這裡，這裡。這個區域裡面可以找到的錄影帶統統要過濾。」

「少自以為是了，你以為你是哥倫布啊？」才喝了四罐，海量的小胖已兩眼渾濁，神情激動，分明是累壞了。

「你講的我們當然知道，只是那要花很多時間，不是短期內就有結果的。兩個案子還沒破，現在又多了一件，你知道那代表多少錄影帶麼？」

「我只想提醒你——」

「你提醒我幹嘛？我只是根小螺絲！」

「對不起。」

兩人沉默地喝著啤酒。第五罐沒喝完，小胖就走了，臨走前一直為動了肝火道歉不止。

小胖不只是疲憊。無論再怎麼渾水摸魚、再如何沒野心，他畢竟是個警察，遇到這種大事心情不可能不受影響，而他以小螺絲自況，更讓我感受到他的無力感。

小胖走後，我盯著那個三角形一直看，一股不祥的預感在心頭醞釀。極可能瞎貓碰上死耗子，這回真讓媒體猜對了。這恐怕是一宗連續謀殺案件。

我需要地圖，畫出較為精確的三角形。記得曾經買了一本《大台北地圖》，可是尋遍書架卻不見蹤影。平常東西隨處亂扔就有這個缺點，真正需要時它自然會躲起來讓你找不著。

3.

作為專有名詞，連續殺人犯的定義簡單明瞭：凡於一段時期殺害三個人或更多人的兇手就會被貼上這個標籤，且每次犯案後兇手都會歷經一段「冷卻期」，直到下次出擊。它和「狂殺犯」（spree killer）不同，後者是在短時間內濫殺數人，無停歇性的「冷卻期」；也有別於「集體謀殺犯」（mass murderer），如東京地鐵沙林毒氣事件。

連續殺人犯和一般精神病患有很大差別。嚴重的精神病（psychosis）有時會因幻覺而造成與現實脫節或行為失序的現象。連續殺人犯則大都是反社會變態（psychopath），患者外表看似正常——多半富親和力，且擅於運用個人魅力——但內在缺少移情功能，無同理心、憐憫心，無情無感。他們的思維模式是理性的，若有幻覺，它和日常生活無關，而是陷於自我建構的形而上世界裡。正常世界強調的倫理、道德、良心，這些人皆不屑一顧。

美國是孕育變態的溫床，境內連續殺人案例特別多。根據聯邦調查局行為分析單位指出，目前所知的連續殺人犯百分之八十五是美國出品。查理斯・曼森（Charles Manson）、泰德・邦迪（Ted Bundy）、黃道十二宮殺手（Zodiac Killer）、荒丘絞殺手（Hillside Strangler）、山姆之子（Son of Sam），都是赫赫有名的計畫性殺手。因此緣故，美國在這方面的研究比他國先進。美國防治犯罪體系裡有一種專家稱為profiler，「人物側寫專員」，應是犯罪學為了因應層出不窮的連續殺人案例細部分工而來的一支。

一九六八～一九六九年，曼森受披頭四〈倉亂〉（*Helter Skelter*）這首歌影響，自稱喜獲「天啟」，認為種族問題乃罪惡淵藪。一九六九年，曼森帶領「家族」開始行兇，執行「倉亂計畫」，殘殺數人後被捕。首次出庭時，曼森在額頭上刻上了X，宣稱這符號代表他將自己從體制刪除。沒多久，其他接受審判的女成員也紛紛如法炮製。後來，令人驚心的X加了四條線往右延伸，變成邪惡納粹萬字飾。聽候判決期間，曼森剃掉髮絲，對媒體表示：「我是魔鬼，魔鬼的真面目就是光頭。」

全球連續殺人犯排行榜裡，美國第一，英國第二。

美國是種族大熔爐，因此瘋子特別多？美國特別沙文，因此瘋子特別多？這些都有可能。種族成分越複雜多元，排外恐懼症越猖獗氾濫。自由的反面是約束，而我沒見過像美國這種自稱最自由卻約束這麼多的國家。自家房子前後草坪不定時修剪會招致鄰居抱怨；買棟公寓要經過審核，不是有錢就買得到；公寓買到後可不可以出租也得看住戶委員會的臉色；公寓不准養狗，不准養貓……種種規定讓人透不過氣來。對美國只有粗淺認識的人常說，美國很亂，太自由、太放縱，然而在自由放縱的面具底下隱藏著保守、束縛的另一面貌。就很多層面而言，美國比英國更保有中古歌德風，這和清教徒主義或有關係。

清教徒是新教裡最保守、極端的一支，它強調勤勉、恪謹、積極、進取、道德、清醒、淨化；換言之，任何美德它都強調就是忘了強調寬容。或許正因為清教徒認為誰會得救、誰遭天譴，都由上帝揀選命定，全世界只有美國人會把「咱們是世上最偉大的國家」掛在嘴上而臉不紅氣不喘。清教徒主義和資本主義兩相契合，兩相齟齬，構成美國矛盾的國魂。這樣的國家會選歐巴馬為總統並不令人驚奇，會出現茶黨亦不令人訝異。茶黨的極端言論令人膽戰心驚，但它至少在檯面上發聲。檯面下的暗流，聲音與憤怒底下的低語呢喃，我想，應該恐怖數倍。茶黨開口道德閉口淨化，在我聽來感覺很舊約，很歌德，每當他們以聖戰者自居，我就會不明所以地想到查理斯・曼森這些人。兩者之間興許有著幽微輾轉的連結。

英國天候變幻莫測，晴雨更替有時只是幾秒內的事。越往北走，越往高地去，天氣更加潮溼、陰冷、晦澀，秋冬時節更是一片瑟縮蕭條。對觀光客而言浪漫至極。啊，《法國中尉的女人》少了天空的陰霾，少了海風的冷冽，什麼都不是了。但天候對當地世世代代的居民會有什麼正面或反面的影響，可不是過客關切或想像得到的事。這可是紫外線的功勞？多晒點太陽就少點殺人衝動？怪不得熱帶和亞熱帶地區的殺人魔相對少了很多。以上瞎扯的緯度論禁不起進一步論證。俄國更為偏北，為何在這方面成績平平？或許俄國有KGB，連續殺人犯無用武之地。或許他們都加入了KGB。

除了天候，英國之所以排名第二，宗教觀是重要因素。新教對罪惡的強調，對禁慾的自我要求，對動物本能的蔑視，在在孕育英國人的壓抑性格。在一個認為性是罪惡的地方，性犯罪的案例肯定很多。相對而言，信奉天主教的法國人普遍認為性是解放，沒啥好羞恥的。

天主教也談罪惡，但新教對於罪惡的執迷程度遠甚天主教。在紀德眼裡，新教徒是掃興的人，成天想著良心、誠正、準時。宗教與根深柢固的階級意識兩個加起來把英國變成一個講究界限分際的國度，而界限越多的國家愈能引發僭越的行為。

橫溝正史之《蝴蝶殺人事件》的時代背景是二次大戰落幕不久的日本。書中，由利推理大師對敘述者開示：「在這種年代就算有兇殺案也不能是什麼周延縝密的犯罪。世上人心惶惶哪還有閒工夫多費心思擬定犯罪計畫，更何況，唯有在天下太平，人命受到尊重的社會中，殺人事件才會引起心中的不安。然而在這種草菅人命的時代恐怕……。」敘述者語帶嘲諷地問道：「這麼說來，會發生計畫殺人的時代，也就是大師活躍於辦案現場的時候，這究竟是好是壞？」「那還用說，」大師正色道：「當然是好啊！計畫性犯罪的存在，證明社會秩序還維持在某種程度之上。」敘述者恍然大悟，說：「巧妙的計畫性犯罪越多，就代表社會越進步囉？」

這番說法乍看弔詭卻有幾分道理。越講究秩序的社會越容易出產計畫性連續殺人犯。秩序為脫序之動力，理性助長非理性；人命越有價值，越有人想要人命。

換個生活化的方式說，越沒排隊文化的社會越沒連續殺人犯。

西方人很能排隊，隊伍整齊，線條清楚，排隊的人恬然自在，沒有一絲焦慮神情，彷彿大家出門前都先嗑了一粒鎮靜丸。插隊的情況微乎其微，因排隊起爭執的事件更屬少見。如此行為代表文明、理性，符合由利大師眼裡的進步的社會，也正因如此，反秩序、非理性的反撲力道特別強烈。較之美國和英國，西歐偏南的法國、義大利、西班牙這些較不受禮教約束的國家其連續殺人案件少了很多。

日本是一個連排隊都能搞出禪意的國度。

亞洲國家中，日本連續殺人的案例居冠。論人口，它遠不及中國和印度，但這兩大國連續殺人犯的數字加起來還沒日本多。這或許和宗教有關。佛教徒最常自詡的就是歷史上沒有人以佛教的名義發動大規模戰爭。一位佛學大師寫道，「到目前為止，我們佛教徒沒有令自己汗顏，暴力從未在佛教的傳揚中扮演過任何角色。」東南亞國家篤信佛教，頂多出一些宗教狂熱分子，僧侶自焚事件偶有所聞，但殉道者絕不傷及無辜。中國有雙重保障，佛教之下尚有儒家思想襯底，兩者融合一體造就出務實認分、避談玄怪的民族性。

日本有神道、佛道，半路還殺出了武士道，三者摻合為「櫻花主義」。這或許是麻煩的根源。除了眾所周知的切腹、斬手指、自殺飛機外，皚皚白雪裡禪意滿分的櫻花少了血滴襯托就是美麗不起來。不含蓄不美，不壓抑失禮，正因如此，日本人黃酒下肚後放肆撒野的醜態舉世聞名，好比響水壺，沸騰時總是拚命嗚叫。

日本人對極致的追尋容易使人生病，然而他們想像中的極致不是「完滿」，不是西方人俗稱的「十」。殘缺至美，它不是九，也不是十一，而是……說出來就不美了。這概念滲透心魂；文學、藝術、音樂、服飾、言行舉止在在流露痕跡。美國浪漫派詩人艾倫・波的畸麗美學、殘酷情調被推理小說開山始祖江戶川亂步移植到日本土壤時，不但不水土不服，還能開花結果長出新品種。

另一個滋潤連續殺人犯的元素是種族優越感。日本人有，中國人也有。不過中國人從八國聯軍開始到日本侵華，從國共內戰到文化大革命，一路走來血淚斑斑，再多優越感也會消失殆盡。目前大陸正在炒作民族主義，那其實是自卑感的具體表徵。日本人不可能天生比別人優秀，然而在櫻花主義催化下，在綁著白布條高喊「必勝」儀式中，於純美至境、排他懼外的堅持裡，日本人把自己催眠了。效果真不錯，在某些方面的表現的確優異。

日本人是奇怪的民族，他們活著時嚮往死之境，於生命此岸眺望冥河彼岸。中國人和印度人長期處在三餐不繼、外人侵犯的情境，哪來閒工夫？

中國的排隊文化尚在起步階段，人命也不怎麼值錢，怪不得連續殺人犯少之又少。這個新興大國目前正埋起頭來往前暴衝，一意追求速度，誰要是慢了一步誰就趕不上現代列車，加上法治觀念與社會公義尚未成形，以致有錢的紙醉金迷，沒錢的街頭度日。就這點而言，連續殺人犯恐怕得在幕後待上好一陣，目前占據舞台的是狂殺犯。

悲情的台灣沒有優越感，褊狹的台灣沒有大都會，而其稀薄的宗教氛圍孕育不出「清教徒」，其得過且過的心態亦造就不出「櫻花武士」。台灣社會從摩肩擦踵擠破頭到乖乖排隊歷經二、三十年，犯罪類型也隨著變易，有愈趨離奇多元的態勢。但台灣畢竟不是日本，亂仍是咱們本色。市容亂、開車亂、走路亂、說話亂、認同亂、思考亂。一方面人民我行我素，另一方面理性不知去向，照說這個窩裡自反的社會無法提供潛在連續殺人犯足夠養分。目前所知案例中，動機不出謀財洩慾，尚未出現查理斯・曼森之類自稱「替天行道」的人魔。

10 熬過了今天活不了明天

1.

接連數日，悠閒得令人發慌。沒新生意上門，再持續這樣恐怕得想個應變策略才不致坐吃山空。

不時想著那三起命案，但也只隨意胡思。我斷斷續續地閱讀連續殺人犯的資料，把美國聯邦調查局從案例歸納出的「特徵側寫」一項項抄寫在記事本上。昨天讀了一篇澳洲犯罪學院的分析報告，原來澳洲在這方面的成績亦不遑多讓，一九八九至二〇〇六年間就有十一起連續殺人案件。南澳洲首府阿得萊德（Adelaide）是連續殺人犯的大本營，這個歷史古城宗教色彩濃厚，城裡的教堂多不可數，有「教堂之城」的雅號，但也因犯罪頻仍而被冠上「死屍之城」的臭名。有趣的是，阿得萊德乃全澳洲最懂得排隊美德的大城。

另一篇來自瑞典的研究指出，一九九〇年代至今，冷血殺手的年齡有愈趨年輕的跡象，作者認為網際網路的時代，沉迷於虛擬世界的年輕人與現實脫節，對於快樂和痛苦越來越沒真實感云云。

2.

七月十一日，劇情急轉直下。

我竟然被警方「約談」。再敏銳的直覺也無法料到事情會這般發展。我毫無心理準備。警方雖沒直說，但我似乎成了三起命案裡其中兩件的嫌疑犯。

事情是這樣的，午後四點多，我在騎樓喝茶時看到小胖站在街道對面。我向他招手，雙手合攏在嘴邊做成喇叭狀，大聲說，過來，我請你喝茶！小胖也對我招手，微笑，但他神情怪異，不似以前親切，以往每回見到我的不耐煩表情也不見了。招手乏力，微笑更似苦笑。當時不以為意，心想他還在為那晚的事感到難為情。

小胖穿過和平東路，沿著騎樓走來。我起身相迎，問他要喝什麼。他說，不必，我們坐一會兒。看得出來，有事情困擾著他。

「老吳，我不知道該怎麼說，」他面色凝重，滿臉愧疚，「我不是故意害你。」

「你在說什麼？你能害我什麼？」我仍保持微笑，但覺得事情不妙，心揪了起來。

「那天你提議把過濾監視器的範圍擴大，還畫了一個三角形。第二天上班，我先在地圖上按照地理位置精確地畫出三角形，拿去給所長看，問他是否要擴大範圍。他不屑地看我一眼，擺出這種辦案基本常識用得著你這一毛三來提醒我的屎臉。屁話，他說，命案由兩起變三起，當然是擴大範圍，難道還縮小嗎？現在人手不夠，他又說，我們只能由點而面，先把命案附近的錄影帶看完再慢慢往外擴展。我沒代沒誌碰了一鼻子灰，賭爛到靠背，決定不再重看那些已經看爛的錄影帶，把焦點放在三角形的中間地帶。」

「結果呢？」

「我找到了交集。」他停了一拍後，又說，「我找到了其中兩起命案的連結點。」

「那不是很好嗎？」

「連結點就是你。」

「什麼！」

「你先不要激動。我只想讓你了解，當我找到線索時一點也歡喜不起來，反而面青筍筍，但無論如何我還是得向所長報告。所以，所以——」

「所以怎樣？」

「所長要我來請你去派出所談一下。」

「請我？要是我不去呢？」

「老吳，拜託嘛，你剛好可以趁機澄清一切。」

「澄清什麼？小胖，你到底找到什麼線索和我有關你說。」

「現在不方便說。老吳，配合一下吧。我們所長本來要派人直接把你帶走，是我拜託他讓我先跟你談談，還跟他保證你一定會合作。」

「現在就走。」

兩人同時起身。

在和平東路、富陽街口等紅燈時，我發覺前後左右、四面八方早已部署其他警察。陣仗不小，要是小胖說不動我，他們必會一擁而上。我轉頭看看小胖，他回以帶著歉意的苦笑。

終於登堂入室。先前進入派出所頂多來到入口左邊的喝茶區，這一回總算有機會看到內部，但身為「嫌犯」我沒心情細究，更無法像觀光客那麼悠哉，只注意到往右被帶進裡面時，在場的警察紛紛停下手邊工作，目光全投向我。我再如何鎮定也著實招架不了，全身刺麻。

臥龍派出所雖是獨棟三樓建築，其實很窄小，和六張犁一帶中古公寓近似，窄而深，窄得令人呼吸困難，深得令人暈眩不適。我被帶上二樓，轉進偵訊室前，看到通往三樓的樓梯口有一道鐵門。三樓大概是暫時羈留罪犯的牢房。待會偵訊完後，我的命運是往一樓走或是往三樓帶，還真沒把握。雖然自知無辜，其中必有誤會，但完全處在不明之中，仍忐忑不安。

小胖到底看到了什麼？

狹囿的偵訊室和我在電影上見過的完全不同。小得可憐，且四面都是牆，沒有鏡子。日光燈下的我想必臉色蒼白。

二十分鐘過去，沒人進來。沒有人進來問我要不要一杯水，要不要打通電話，要不要找律師。為了紓解因不耐煩而起的焦慮，我一邊繞著長方形桌子踱步，一邊兩眼梭巡，試圖找出藏匿監視器的地方。沒有單向透視玻璃，錄影、錄音設備總有吧。

我知道條子在搞什麼把戲。現在正有人從監視器觀察我的一舉一動，研究我的表情。他們就是要讓我等，套用電影裡美國警察的說法，他們要讓我流汗。我沒流汗，只覺得冷。冷氣太強，我想找開關或遙控器，但沒找著。

三十分鐘過了，仍無動靜。我從背包拿出香菸和打火機，點上一根，心想，這下總該有人進來制止吧。我連抽了兩根菸，口乾舌燥。第三根時，一名穿著格紋襯衫、胸口第一個鈕扣沒扣上的便衣警察拿著一疊資料走入。我等著被他訓斥，要我把菸熄掉，但他卻說，等一下，我去拿菸灰缸。沒多久，他再度出現，帶來菸灰缸和自己的三五。他把帶來的資料放在右手邊，把菸灰缸移到中間，為自己點上一根。我注意到掛在他頸項上的金色項鍊。

「這裡可以抽菸嗎？」我問，吐出煙。

「只要你抽我也抽，沒有人抱怨就可以。」

「冷氣能不能關小一點？」

「冷嗎？馬上辦。」

他走出去，沒多久又走進來。什麼都要他親自動手，這房間顯然很陽春。

他打開資料夾，從裡面拿出小型錄音機，在上面按幾下後，將它放在菸灰缸旁。

「對不起，我需要錄音。吳先生，你好。我叫李永泉，這是我的名片。」長得像流氓的條子說起話來卻文質彬彬。

「台北市刑事局偵查四組三科。」我看著名片。

「我需要請教你幾個問題。」

「在你開始問話之前，先回答我幾個問題。」

「請說。」

「我不是要跟你耍痞，因為這是我第一次被逮捕——」

「不是逮捕，是約談。」

「約談嗎？如果只是約談，為什麼不打電話約我，何必搞那麼大陣仗部署好像我是槍擊要犯？」

「這我不清楚，我的工作就是跟你約談，做筆錄。」

「好，因為第一次被約談，我想知道我的權利在哪。你懂我的意思吧？人們通常是在跟警方打交道的時候才意識到他們對法律常識幾乎等於零，因此我想知道我的權利。」

「首先，你可以保持緘默。」

「真的嗎？為什麼坊間流傳的卻是，你絕對有保持緘默的權利，但更有被打的危險。」

「那是外界的誤會。至少，現在不是那樣了。」

「好，我還有什麼權利？」

「你可以要求找律師。」

「還有呢？」

「差不多了。」

「記得還有一樣。我可以要求全程錄音錄影。」

「對，我一時忘了。」

「我的問題問完了。我強調不是在跟你耍痞，我只想知道為何你開始偵訊之前都不先跟我講，你可以保持緘默，你可以找律師，你可以要求全程錄音錄影？」

「對不起，那是我的疏失。吳先生，你可以保持——」

「我不想保持緘默，也不需要找律師，錄音就可以了，開始問吧。」

「謝謝。首先，吳先生，你哪時搬到六張犁？」

「五月一日。」

「一個人住嗎？」

「是的。」

「平常作息如何？」

「自然睡，自然醒。醒來後只要不下雨就去爬山，爬完山後回家洗澡，洗完澡後看書聽音樂。中午出去吃飯，吃完飯開始散步，到處走，走到膝蓋痠痛為止。三點半時，走到你們剛才找到我的那家店喝茶，通常發呆一兩個小時，傍晚回家前在外面吃晚飯，差不多六七點回到家。晚上在家看電視，有時候看DVD。最後躺在床上看書，直到睡著，差不多就這樣。」

差不多就這樣，我的生活。不帶情緒地把我的作息攤開在這個陌生人前時，我驀然感覺我的日子猶如一灘死水。但這就是我要的，怨不得人。

「平常幾點睡覺？」

「看狀況。有時候一兩點，有時候更晚。」

「睡不著的時候會不會出去走走？」

「到底想問什麼問題，直接問吧。」

「六月十六日那天你幾點睡？」

「你指望我記得嗎？六月十六日那天你幾點睡？」

「我也不記得。」

「所以我勸你不要再虛張聲勢浪費你我的時間。現在就告訴你，我也記不得六月二十四號和七月八號這兩天幾點睡覺的。你現在清楚我面臨的困境了吧？

「三起命案都發生在深夜或黎明，這時候一般人都在睡覺，但是我獨居，沒有人證，我跟你講幾點睡你未必會信，也不該信。」

「你對這三個案子很熟。」

「沒錯，就說是個人嗜好吧。」

「你是私，私家偵探？」

「我是。」

「有沒有接過案子？」

「沒有，才開業不久。」無論如何不能把陳婕如扯進來。

「你剛才談你的作息時好像忘了提到公園。」

「是，我也常坐在公園發呆。」

「吳先生，我們面臨的困境是，」偵訊員拿著文件夾，站起來，走向我，那架式像極了屠夫抓緊雞頭準備一刀而斬的模樣。「我們面臨的困境是，我們在過濾的錄影帶當中發現，你和兩位死者都有某種程度的接觸，而且每一次都是在公園。」

忘了當時的表情，只記得脖子急速收縮，勉強吞下一大口口水時，下顎根處與喉頭之間發出聲響。這一記突如其來的左勾拳讓我猝不及防，幸好坐著，頭部發麻之餘尚能用手按住桌面撐起上身。

我愕然、委頓，痞不下去了。

從監視器翻拍的照片解析度不高，線條模糊，但仍可辨識。七張照片裡面盡是我和兩名受害者坐在公園的影像。

「這幾張，」偵查員指著前四張說，「是你和第一位受害者鍾崇獻在嘉興公園同一天不同角度的照片。你和他各坐在一張石椅抽菸。後面三張是你和第二名被害人張季榮在捷運麟光站旁邊的小亭子的照片。照片左上角都注明日期、時間。」

除了他的右手外，我幾乎看不到偵訊員的身體。李科員左手搭在我座椅的靠背，屈身站在我後面。我看到他投射在照片上的陰影，聽得到他的呼吸，這一招若是意在施加壓迫感效果再好不過了。

後頸感覺一陣瘆涼。

「為什麼這麼巧？」許久之後我才吐出幾個字，低語嘟囔。

「這也是我們想知道的：怎麼這麼巧。」李科員走回座位。「為什麼在所有影像紀錄裡，只有你一個人同時和兩名受害者有過接觸？」

「這算哪門子接觸？」與其說辯解，不如說我自言自語地吐露心中的謎團。「我對這兩個人毫無印象，也沒記得跟其中一人說過話。沒錯，六張犁、三張犁這帶的公園都是我散步時落腳的地方，但我平常只自個兒找張椅子坐著抽菸，無聊地看著公園裡的人，包括嬉戲亂跑的小孩、一邊下棋一邊爭吵的老男人、嘰哩咕嚕閒話家常的老女人，還有流浪漢、失業男以及一兩個瘋子。」

「你平常不跟人聊天？」

「我喜歡跟陌生人聊天，對每個人的故事都很好奇。但是，看看我，我這拒人於千里之外的德行哪個陌生人願意跟我搭訕。如果我跟兩名受害者其中一個交談過，我一定有印象。可是看看這些照片，我只是碰巧跟他們坐在公園裡。例如第一起命案的受害者，我跟他距離至少兩公尺，他朝著東邊坐，我坐的姿勢往左偏，朝著西方。從距離和肢體語言就可看出，雙方並沒什麼交集。」

「或許你只是默默的觀察他們。」

「我每天出門在外，不管在街上或公園，總是默默地觀察別人，這和你暗示的，我在默默觀察、暗中選擇下手的對象是不一樣的好麼。我問你，你們為什麼找不到我和第三名死者在公園的照片？」

「因為她坐輪椅，住在沒有電梯的三樓公寓，根本沒辦法出門。」

接下來無論李科員問些什麼問題我都只用半個腦袋回答，另一半則忙著歸納、剔除紛至沓來的思緒。長達兩個半小時的「約談」終於結束。警方顯然沒有把我扣押二十四小時的足夠證據，只好放人。

走下樓梯時，小胖已在一樓梯口處等候。

「沒事吧？」他問。

「事情大條了。」我說。

「對不起，職責所在，我不得不——」

「放心，我絕不怪你，只怪自己沒事跑到公園發什麼呆。」我拍拍他肩膀。

「我不送了。外面一堆記者，送你出去反而不好。你走出時裝作沒事，他們就不會懷疑。」

儘管內心激盪，我仍一副若無其事的步出派出所。狗仔們的視線全往我身上射來，再怎麼無辜的人都會覺得自己有罪。所幸，他們沒像瘋狗似的一擁而上。

當晚，空腹喝著啤酒，一罐接著一罐。這些日子破案後的意氣風發，以及對於三起命案事不關己、專業超然的好奇心全已煙消霧散。

剛開始，一逕坐在沙發上嗟嘆苦怨。我成了嫌疑犯！我他媽怎麼成了嫌疑犯？我鬥志盡喪，整個內心被驚詫、懊惱、沮喪、憤怒的情緒占據，不自覺地罵出聲來。看破紅塵，你在騙誰？我看你是愈陷愈深！自作聰明的小丑，活該當災！醉到一定程度有酒精壯膽後，心情稍稍和緩，告訴自己一切不過是巧合，更不是上天跟我開的怪戾玩笑。想到此，一股酒精催化的愚勇油然竄升。不要被影子嚇壞亂了方寸，分明沒做的事有啥好怕的，兵來將擋，水來土掩。

3.

翌日早晨九點多，我被一陣響個不停的門鈴吵醒。勉強爬起，睡眼半睜半掩，穿著內衣褲，打開室內的鐵門，走出前院，打開外面鐵鋁門。

終於領教了潘朵拉盒。剎那間，閃光燈齊發亮爍，我一時眼瞎，待恢復視力時只見鐵鋁門外暴擠著一堆記者和攝影師。記者們手上的麥克風全往我臉部戳來，他們齊聲發話——「請問你是關係人嗎？」「你為什麼被約談？」「你有什麼話要說？」——而我，猶如看到希臘神話裡滿頭蠢蠢蠕動的毒蛇、長著野豬獠牙的海妖梅杜莎似的，驚愕呆傻之餘，變成石頭。

總算恢復神智，霍地關上外門。回到室內時電鈴又開始響個不停。我把掛在內門右邊牆上的門鈴裝置狠狠拔掉，但海妖仍隔著鐵門發出巫術詛咒般的轟轟鼓譟聲。

怎麼會這樣？

慌亂中，我找出被一堆衣物掩蓋於底下的手機。開機後發現我有數十通未接來電。我撥打小胖的電話，才撥到一半手機便響起，我接起來電。一名男子說，吳先生，我是某某電視台的記者——未等他說完，我送他一句「操你自己」後，切斷連線。

以最快的速度再撥給小胖。

「小胖，到底怎麼回事？我家大門外面來了一群吸血鬼！」

「我正要趕過去。我會處理，這期間不要接任何電話。」

等候救兵解圍時，我一會兒坐在地上搔髮搖晃，一會兒在客廳來回踱步，腦中雜念不斷，完全亂了方寸。不久，鐵門外又有一陣騷動，我聽到小胖的聲音後，心緒才稍稍回穩。小胖請媒體到巷口守候，不要騷擾住戶安寧，媒體先是耍賴，繼而要訪問小胖，折騰了一會兒後，外面才安靜下來。

「老吳，是我，開個門。」小胖敲著鐵門。

我讓他入內。

「媒體怎麼會知道？我又怎麼會變成關係人？」我劈頭問道。

「不是，你聽我說，」小胖說，「所裡有人放風聲。不知哪個俗辣為了賺外快，把我們目前調查的結果洩漏給媒體。塞伊娘，這個敗類！要是給恁爸逮著我一定狠狠踢他卵葩！」

「查得出來嗎？」

「遲早的事。你放心，我們所長正在查，等有結果時他會開記者會，向媒體澄清。」

「媒體知道多少？」

「報紙都出來了，有的還是頭版頭條。」

「寫什麼？」

「捕風捉影，亂下結論，只差沒把你的全名寫出來。」

糟透了。

「你去幫我買報紙，我需要看看。」

小胖面有難色。

「我，我不方便。上級特別交代我不能和你單獨接觸，我這次是以維護社區安寧的名義過來的。」

聽到這，我壓抑著怒氣，冷冷睨他一眼，但旋即轉念。這不是他的錯，拿他出氣於事無補。

「沒關係，我自己想辦法。你趕緊回去報到。」

聽我這麼一說，原本已夠難過的小胖更覺得對不起朋友，面有愧色。

「沒代誌的。」

我半拉半推地把他送出門。小胖走後，我迫不及待地打開電視，在50至58台來回瀏覽。天啊！每一台皆標榜獨家，每一台皆鋪天蓋地報導著關於我的新聞。

——六張犁連環命案警方已掌握關鍵線索，約談吳姓關係人。

——案情急遽升高，根據獨家內線，警方目前鎖定一名吳姓關係人。

——警方過濾監視器影帶後，已鎖定一名吳姓中年男子為關係人，進行數次約談。

——記者目前正在吳姓關係人家前等候，隨時為大家提供最新獨家消息。

去你媽的，我氣憤地把遙控器往牆上用力扔去，喀哂一聲，電池蓋和主體分裂開來。

有人奮力敲門。

「老吳，是我阿鑫，和添來。」

我把門打開，讓他倆進來，不顧瘋狗吠嗥。

「我看到報紙就馬上趕過來，但不知你住哪只好去找阿鑫。」添來急忙說道。

「進去裡面再說。」阿鑫提醒著。

三人走進客廳，關上鐵門。

「到底發生什麼事？」阿鑫問。

「說真的，我自己也霧煞煞。」我身子往後一倒，跌坐沙發上。

「管他什麼事，反正一定是警察搞錯了。吳哥你放心，我剛才已經跟媒體嗆聲，我說吳誠是我兄弟，我兄弟絕不會幹傷天害理的事！」

我挺直身子，不敢相信我的耳朵。

「你真的那樣說？」

「這個憨仔的真的這樣說。」阿鑫搖搖頭。

「驚啥！」添來說。

「不是驚啥，媒體說不定只知道我姓吳，不知道我的全名，現在你告訴他們了，而且是現場連線。」

「幹！恁爸太衝動了。」添來自責道。

「沒要緊。以後，我跟你講，不要為了替我出氣再跟媒體說任何話，更不要在媒體前兄弟長兄弟短的，否則下一則新聞就會說我是混黑道的。」

「大家坐下來。吳仔，你把代誌大概說給咱倆聽，看我們可以幫上什麼忙。」阿鑫說。

我於是把被警方約談的原委告訴他們，述說時內心的風浪漸漸平息，講完後變得異常冷靜，已大致明白我將要面對的局勢以及該如何因應。

「這只是巧合嘛！」添來說。

「這樣聽來，應該是沒代誌。」阿鑫附和道。

我對他們倆的出現深深感動，但此時豁然思及一個層面，覺得該當機立斷。

「我告訴你們，我真的沒殺任何人——」兩人急忙要我住嘴，但我請他們容我把話說完，「有些時候該表明就得表明，放心，我只說一次。我知道你們相信我，但請聽我分析。你們認識我沒多久，對我的了解有限，不，拜託聽我講完，因此你們要保持冷靜，這樣才不致對我造成困擾。阿鑫，你住附近，又有生意要顧，不要碰這淌混水。不要跟我爭，這點我很堅持。你不要主動跟我聯繫，我需要你幫忙時會透過添來這邊。添來，我現在需要你幫我做一件事。」

「你講。」

「幫我買所有報紙，我需要知道他們怎麼寫。還有，幫我搞些吃的喝的，這幾天我打算把自己關在家裡長期抗戰。」我從口袋抽出現金。

「免，我有。」

兩人離去後，我在記事本擬定「作戰計畫」。這不是自怨怨人的時機，恐慌症未曾將我擊潰，可不想被狗皮倒灶的外在因素打敗。

我寫下「應付媒體」、「通訊聯繫」、「運動」、「研究命案」四個項目。在「應付媒體」那項記下幾個重點：一、相應不理；二、切忌動怒；三、不期望慈悲；四、往最壞設想。至於對外通訊，我得依靠添來代勞。此外，我提醒自己要和母親和小妹聯絡。（她們知道了沒？媒體會不會去騷擾她們？）還有陳婕如，希望媒體不會查到我和她的事。我要每天運動，原地跑步也好，做體操也罷，得想方設法消耗體力，紓解壓力。最後，未確定只是巧合前，我得重新審視那三起命案，以及我和它們之間可能的連結。如此這般才不致抓狂。

擬好對策時倏地發覺，我還沒吃藥。每天早晨張開眼睛第一件事就是吞下一粒百憂解，數年如一日，這會兒受到外在刺激反而忘了。趕緊走回臥室，吞下一粒百憂解後，再吃下一顆鎮靜丸。

添來為我買來一堆泡麵和麵包，還有可樂、啤酒、紅茶，夠我穴居四、五天。他離去前，我再次提醒，不要跟媒體打交道，尤其林先生一案更要守口如瓶，即使媒體得到風聲也得一路裝傻到底。

「六張犁三起命案找到關係人！」一家文字媒體以頭版頭條這麼寫著，令人怵目驚心。一夜之間，換日之際，問號變成驚嘆號，原本對三起命案的關聯尚存一絲保留的媒體如今以斬釘截鐵的語氣對民眾宣告，還竟然為兇手起了一個代號——六張犁殺手！果若真有一名連續殺人兇手，他這下可得意了。

「媽？」

「阿誠嗎？」電話彼端傳來母親急切的聲音。「好佳在你打來，我正在找你，但是你的手機一直不通。你是不是住在六張犁那帶？」

「是。」她八成知道了。

「我告訴你，趕快搬走，那裡出一個痟仔到處殺人，電視正在播，記者都跑到他家門口。」

我一時拿不定主意該不該跟母親實說。

「喂？聽到沒？趕快搬走或暫時來我這邊住。」

「你放心，我這幾天都不敢出門，而且門都一直鎖著。」

拖一天算一天，到頭來說不定只是烏龍一場，不必讓老人家操心。

接著打給小妹。

「你是不是惹禍了？」小妹向來是直來直往。

「什麼事？」

「報紙刊那麼大，電視新聞一直在播，我本來以為那個姓吳的應該跟你沒關，沒想到一個長得像猴子的男的對著鏡頭說，吳誠是他兄弟，這下子我才知道是你。到底怎麼回事？你怎麼會和兇殺案有關？」

「妳講完沒？」

「講完了。」

「妳不要大驚小怪。因為某種巧合我被警察請去約談，我不是什麼關係人。媒體都在亂寫。」

「你有沒有打電話給媽？」

「打了。還好她沒看到猴子那段。」

「你還在開玩笑！」

「妳不要緊張好不好？管他約談人或關係人，只要人不是我殺的，事情就沒那麼嚴重。」

「我當然知道不是你殺的，但是你不要掉以輕心，台灣冤獄很多。」

小妹這句話講出很多人的心聲，也讓我突生警惕。台灣司法改革的口號已經喊了十幾年，截至目前也僅止於喊的階段。

人不是我殺的，但未必保證我一定沒事。

4.

中午吃泡麵時感覺已被關進牢裡。飯後，我提起精神，思考整個案子，在記事本理出三個可能性及相關分析：

一、純屬巧合。（可能性最大。五月搬來至今，我每天至少有一兩個鐘頭坐在公園，如果兩名死者也是常客，我和他們在公園偶遇的機率極大。）

二、受人陷害。（可能性微乎其微。我與人無仇，與人無錢財或感情糾紛，誰會如此大費周章嫁罪於我？然而命案既然和情、財無關，犯案動機值得推敲。假設三起乃同一人所為，兇手為何專挑老人？他跟老人有仇？憎恨老人？什麼人會仇視老人？兇手應該不會是老人，很可能是年輕人。而這一切與我何干？）

三、神祕命運的惡作劇。（果真如此，我除了坐以待斃，還能如何反擊？媽的，無稽之談。）

只有第二項值得研究，但我手邊無一手資料，更無鑑識報告，該如何切入？除了從理論著手，別無他法。

連續殺人犯的作案動機分為互有交疊的四種類型。

第一類型屬宗教幻想，兇手為精神病患，與現實脫節，深信他受某種聲音（神或魔）指使。「山姆之子」大衛・柏克維茲宣稱魔鬼透過鄰居的狗下達殺人指令。第二類型乃使命取向：兇手有病態的「道德」潔癖，犯案是為社會治病，幫社會清除「不淨」的成分。有些兇手專殺同性戀，但此類兇手很多自己是同性戀。至今身分成謎的「傑克開膛手」專殺妓女。宗教在這類型殺手的成長過程裡占重要因素。第三類是享樂至上，兇手從獵殺獲得快感，如發洩性慾、享受刺激或從中獲利。「黃道十二宮殺手」即曾投書報紙表示，殺人的刺激爽過跟女人做愛。最後一類為權力／支配：兇手的主要目的在於完全掌控受害者，有時性侵不是為了洩慾，而是為了滿足支配欲。泰德・邦迪即屬此類。

「六張犁殺手」屬於哪一類？

記事本往前翻，找到「特徵側寫」那頁。綜合美國聯邦調查局和其他國家犯罪學的統計，連續殺人犯有幾個共通特點：

- 多數是白種男性，高IQ，但大多不從事白領階級的職業，且常換工作。
- 多數擅於隱形、偽裝，能融入群眾裡而不突出，但面對目標時卻能展現十足親和力。
- 多數來自破碎家庭，有些人幼時受家長虐待或遭家族成員性侵。
- 多數年少時即有偷窺、偷竊或戀物癖，有些沉迷於S／M異色書刊或影像。
- 多數自幼便呈現虐待動物或縱火傾向。
- 犯案年紀大約在二十五至四十歲之間。
- 多數是計畫型殺手。
- 男性兇手常以勒殺、刺殺或毒打行兇，女性常以毒害達到目的。
- 多數兇手單槍匹馬，獨自犯案。

以剔除法，拿掉種族和宗教因素，我得出以下純屬臆測的結論：「六張犁殺手」可能是計畫型殺手（犯案時間皆於路人絕跡的深夜，且作案之前破壞現場監視器），年紀約在二十五至四十歲之間。截至目前行兇的手法一致，四次（包括襲擊看護）皆以鈍金屬重物行兇，而行兇的動機和錢財與私人恩怨無關。

還漏了什麼？這擷取自國外的「特徵側寫」適用於台灣嗎？我突然想到，三名死者受到重擊的部位都是後腦勺。這或許顯示兇手不是老手，下手時不敢面對目標，即使第三起命案的老嫗毫無抵抗能力也叫不出聲來，他仍選擇攻擊後腦。這代表行兇的動機應該是非個人化的，不屬於私人恩怨的範疇。

但是，這些都只是一個外行人的推論。

5.

下午四點多，邊做體操邊看電視新聞。之前遙控器被我摔壞了，我得蹲在電視機前按鍵找頻道。這項勞力比體操還要累人。

終於出現對我有利的發展。

臥龍派出所所長召開記者會，為慎重起見照著預先擬好的稿子一字字唸出：「基於偵查不公開原則，本所嚴禁同仁自行向媒體或外界透露偵查進度與內容，但仍有不肖警員不遵從規定，擅自向媒體兜售情報。本所透過通聯紀錄已查明那名組員的身分，並給予記過與調職處分。目前媒體報導中的吳姓男子不是嫌疑犯。我強調，他不是嫌疑犯，也不是關係人。本所找他約談只是希望他能提供關於本案的間接資訊，請媒體自制勿再騷擾當事人。最後，媒體所謂的『六張犁殺手』或『老人殺手』純屬無稽之談。目前無明確證據顯示三起命案有直接關聯或由同一人所為，關於這點也請媒體務必自制，以免造成社會恐慌。以上是我的報告，謝謝各位。」

所長說完便轉身走進派出所，留下記者們七嘴八舌地發問。「哪一名員警？」「吳先生為什麼被約談？」「他向警方提供什麼間接資訊？」不久，某新聞頻道訪問電視名嘴涂耀明律師，他說：「剛才臥龍派出所所長的大動作應該被解讀為損害控管，因為他們的疏失，吳姓男子的人權和隱私已受到侵犯。我要是他一定會控告警方，讓他們吃不了兜著走！」

涂律師赫赫有名，常為名人打官司，更常在電視上發表司法改革的高見。

將警方告上法庭？我怎麼沒想到？

到了傍晚，守候在門口的媒體紛紛撤離，但我不致上當，猜想應該還有一兩個不死心的記者在巷口埋伏。

接下來三天，足不出戶，藉由讀書、分析案情、聽音樂、看電視、沖澡、自慰等等有益身心的活動和焦躁保持一段距離。再度體認，我是天生賤骨頭。生活順遂、一派輕鬆時偏偏是恐慌症偷襲的契機，然而一旦感受壓力，如答應別人的事無法如期完成或瑣事纏身時，我則一頭栽進俗務把恐慌症拋諸腦後。這些天我一心惦記著命案，心情因專注某事而相對沉穩，焦慮的症狀相對少了許多。

趁此空檔，徹底清理屋內。打掃、拖地、洗衣、整理衣櫥。此外我完成了平生未曾嘗試的工程，花了三天的時間把擁有的書籍按中外文、題材、作者分類排開，整齊上架。我把書放置於架上時必會把它們推到底，讓每一本書緊貼牆面，一方面不想地震發生書架傾圮把我壓死，另一方面則因對稱強迫症使然。我跟陳婕如胡扯了一些莫名其妙的強迫症，唯有這個毛病是真的。

終於找到之前遍尋不著的《大台北地圖》，在信義區那頁就命案三個地點以尺和筆畫出三角形，但依舊沒看到手電筒。我是否記錯了，把它帶到翡翠灣而忘了帶回？這很有可能，我每天需要吃藥，背包總是開開闔闔，或許一時疏失，找藥取菸時拿出手電筒卻忘了塞回去。

一個人住處的擺設多少反映那個人的內在。我環顧客廳，察看書房和臥室，感覺萬分滿意。屋內井然有條、纖塵不染，我的內心思想必澄瑩清正。

6.

就在我已卸下心防，正打算出門重見天日的七月十六日清晨八點左右，曾經公開宣稱命案和我無直接關聯的警方帶著搜索狀闖入我家，將我逮捕。

不再只是約談，亦非關係人，我的身分一下躍升為嫌疑犯。

三輛警車拉著警笛、閃爍著紅藍警示燈，呼嘯疾駛於和平東路上。我被安排在中間那輛後座，夾在兩個條子當中，前座除了開車的員警外，副駕駛座還有不時回頭覷我、肩上配著二毛一警徽的巡官。

代誌果真大條。我雖清白，卻不禁慄慄危懼，整個人被挖空似的只剩軀殼和一對惶惶、不停眨巴的眼睛。然而即便情勢不妙，我居然還能抽離意識，俯瞰這不可能再糟的時刻。警匪片裡緝押要犯的陣仗總算讓我親身體驗了。我看看左右兩邊面無表情的條子，試想，要是老子身懷絕技必會先制伏他倆，接著攻擊駕駛，讓車子翻覆，其他四人皆頭破血流、不省人事時，我卻毫髮無傷，從車窗鑽出，巧妙逃過其他員警的追捕，遁隱於人群中……全國警方展開鋪天蓋地的搜索。

原以為他們會於基隆路右轉，把我載往信義分局，不意車隊卻繞過基隆路圓環後轉進樂利街，之後右轉上了安和路。

車隊停在國泰醫院後門。

搞什麼鬼？難不成他們要把我關進瘋人院區！想到此，先前的忐忑霎時變為恐慌，才意識到，完了，身上沒有鎮靜藥丸，頓時焦慮襲身。

警方和醫院如臨大敵，已預先清通路線，把我一路帶進電梯，上了七樓。我需要用手捏著腰部或搔抓頭部來舒緩情緒，但雙臂被兩名員警架起，焦慮來襲時雙手不自覺亂動起來，兩名員警以為我企圖掙脫，把我抓得更緊。體內鬱積的恐慌蓄勢待發。

七樓的部署更加誇張，幾乎看不到護理人員，放眼望去盡是荷槍待命的員警。我被帶入一間病房。一名額頭包紮厚厚一圈紗布的女子躺在病床。看到她時，我刹那間放鬆了些。還好，不是重度精神病院。

她就是第三起命案被兇手重擊昏迷多日的印尼籍看護。

一名菜鳥警員蹲在病床尾端，快速地以順時鐘方向旋轉著調整床墊斜度的拉桿。床尾的墊子隨著嘰吱聲緩緩升起。

「弄錯邊了！腳有長眼睛嗎？」二毛一巡官訓斥道。

菜鳥聽了好不羞窘，趕緊移身，換到右邊那隻拉桿，奮力地以順時鐘方向旋轉。

「你要把病人身體折斷嗎？當然是先把床尾歸位，再把床頭升起。」

菜鳥更加慌亂，在原處以逆時鐘方向旋轉，原本已稍稍傾斜的床頭又緩緩下降。

「你在搞笑嗎？過去！」巡官索性蹲下來自己動手，幾乎是用推的把菜鳥擠到左邊。

「你拉左邊，逆時鐘方向，把床尾恢復原狀！」

兩人一左一右，一邊逆時，另一邊順時，那模樣還頗滑稽的。

病人的頭部上升30度，巡官站起來，對挾持我的兩名警員打個眼神。

兩人把我帶到病床前。

「不要怕，」巡官對病人說，「仔細看，是不是他。」

病人才看我一眼，立即露出驚恐神色，崩潰的哭了起來。但我的驚嚇更甚於她，一個素未謀面的女子看到我竟露出宛如見到怪物似地整張臉扭曲變形，這場噩夢到底怎麼回事？

「沒關係，你只要告訴我，是不是他。」

病人沒再敢看我，側著臉哭泣，勉強吐出讓我無法置信的幾個字。

「就是他。」

聽到要聽的答案，巡官神色得意地挺直身軀，轉頭對屬下說：「把他帶回去！」

二十分鐘後，我被關進信義分局八樓的單人牢房。分局雖然比派出所大過數倍，但牢房還是一樣的窄小森然。

收押禁見。

11 整個人被扒光在顯微鏡下

1.

我正坐在信義分局六樓一間現代化偵訊室裡，面對一個大我十多歲的老派刑警。三面是牆，一面是單向透視玻璃鏡。桌上沒有錄音機，鏡子的另一面有即時錄影設備，將我的表情、聲音全部攝入其中。

「據我瞭解，你主動放棄聘請律師的權利。」說話的人是偵查組王組長。高䠷乾瘦、臉部狹長凹陷，像得了肺癆病，不說話時臉上掛著令人聯想到唐吉訶德的苦瓜表情。

「是的。」我說。

剛被帶到分局時，警方便提醒我可以保持緘默，可以聘請律師。出乎他們意料之外，我不假思索便放棄兩項權利。我表明會配合偵訊，也用不著律師，唯一的要求是盡快幫我把家中的藥包拿來。這種情況，無論無辜與否，不找律師並配合偵訊無異自掘墳墓，可那當下我認為沒啥好怕的，用不著律師來攪局，一心只想防範恐慌症發作。我早晚按時服藥，少有間斷，危難當頭時要是驟然斷藥後果不堪設想。我必須先穩定情緒以便應付接下來的審問。然而，我同時有另外一個意念，何不乾脆徹底發作，被送進療養院觀察，省下這些折磨反倒輕鬆？

「那名看護已經指認你了。」

「她憑什麼指認我？」

「根據她的證詞，行兇者頭戴一頂暗色漁夫帽。你有漁夫帽吧？」

「我有很多頂。」

「六頂。我們在你住處搜出六頂，而且都是黑色。」

「我喜歡黑色。」

「為什麼喜歡黑色？」

「這有什麼好問的？我們在探討顏色的品味嗎？」

「為什麼那名看護看到你好像見到鬼一樣？」

「我怎麼知道。在醫院之前，我從來沒見過她。」

「可是她看過你，而且看得很清楚。」

「不可能。」

「被襲擊那天晚上，兇手在她身後發出聲音，她一回頭就被打昏了。雖然只瞬間一瞥，她對於兇手的身高、衣著、特徵印象深刻。兇手身高大約175公分，跟你差不多。兇手戴著暗色漁夫帽，你有很多頂黑色漁夫帽。」

「就這樣？」

「別急，重點在後頭。兇手留著落腮鬍。」

他從資料夾抽出一張白色畫紙，放在桌上，用中指一彈，畫紙順勢滑到我伸手可及的位置。力道恰到好處，想必他苦練多年。

我沒伸手，只前傾身體，看個仔細。

「這是素描專家根據看護描述所畫出的鬍子造型。如何，跟你的很像吧？」

我許久說不出話來，不可置信地盯著畫紙直瞧。豈止像，幾乎百分之一百吻合。

「一模一樣。」我這笨蛋不自覺地說出口。

「你說什麼？大聲一點。」

「一模一樣。」

他策略性的不說話，等我再度開口，而我則再度陷入驚嚇過度的沉默，被這猛可出鞘的殺手鐧砍得魂碎念散。

「招了吧。」王組長終於說話了。

「給我幾分鐘。」我說。

「什麼？」

「我需要思考，給我三十分鐘獨處，我們再繼續。」

「給你十五分鐘。」

關上門之前，王組長用手比了一下玻璃鏡面，說：「不要做傻事，隨時有人看著你。」

組長走後，我文風不動地坐在原處，兩手十指交叉相扣，彷彿支架似的撐著下巴。一面整理思緒，一面疏導焦慮，不安時便捏著下顎或扭轉十指直到發疼為止。

記事本不在手邊，只能靠記憶在腦中翻到我要的那頁。關於本案我曾寫下的三種臆測浮現腦海：純屬巧合、遭人算計、造化弄人。聽到看護的證詞後，我不得不剔除第一種可能。同時，若真是上蒼冥冥中的安排，唯有投降的份。然而理性推敲尚未完全失效前，我無法接受將一切推給神祇的失敗論。因此，我必須朝第二種可能的方向思考。有人千方百計意欲嫁罪於我。但是，可能嗎？我為人雖然彆扭，心直口快，常讓人感覺不適不爽，但還真與他人無深仇大恨啊。

十五分鐘一溜煙過了，王組長開門入內。

「怎樣？」王組長老神在在地靠著椅背，右手肘擱在桌上，五指彈鋼琴似的輪流敲打著桌面。

「我想請教你幾個問題。」

「說。」

「那個看護被襲擊前聽到什麼聲音？」

「這不重要。」

「我有權利知道。」

啪！手掌重擊桌面，我差點跳了起來。

「別他媽敬酒不吃吃罰酒，跟我玩耍賴的遊戲！」

這句話比較像警察的台詞，也較符合條子的嘴臉。

「王組長，你大概沒聽過無罪推論這個說法吧。你們依照證據懷疑我這點合情合理，但我不是兇手的可能性不能完全不予考慮。或者你們急著結案，我不招就逼供、用刑或敲桌子大吼，我如果真是兇手會被你這招唬住麼？」

「看護的證詞我已經告訴你了。」

「我需要知道細節。你要是不說，我馬上找個律師來，到時候你還是得一五一十的說出來。」

「好吧，你再問一次。」

「看護為什麼回頭？」

「兇手發出聲音。」

「發出聲音？」

「對。」

「不是腳步聲讓她回頭？」

「不是。」

「你不覺得奇怪嗎？」

「有什麼奇怪的？」

「兇手犯下三起命案至今未曾留下指紋，你們也找不到證人，為何打傷看護前還發出聲音特意要她回頭？還有，為什麼不把她打死而留下後患？如果我是兇手，你覺得我會那麼笨麼？台灣蓄鬍的男人屬少數，因此這個特徵特別搶眼，我難道不懂得作案時戴口罩的基本常識麼？」

王組長欲言又止，把溜到嘴巴邊的話語硬生生吞回去。

「你是有戴口罩。」

沉默許久後，他才不情不願地說出。

「不是我。請更正。」

「兇嫌有戴口罩。」

「兇嫌戴著口罩為何看護知道他留落腮鬍？」

「他把口罩拉下，掛在下顎處。」

「這不就結了？」

「結了什麼？你是大偵探，你告訴我結了什麼？」

「兇手攻擊前把口罩拉下，要看護回頭，還留下活口，這表示兇手就是要讓看護看見他的模樣，然後誤導你們，把矛頭指向我。」

「不錯的推理，大偵探。」

「少跟我大偵探長大偵探短的。我以前以為『大偵探』、『大律師』、『大教授』只是俗爛電視劇的台詞，沒有人真的會這樣說。你證明我錯了，原來警察就是這麼說話的。」

他把我激怒了。我恢復以前得理不饒人，一逕逞口舌之能的嘴臉，欲罷不能地繼續說下去。

「我明白我自命為私家偵探對你們來說是笑話，但是在我面前請給我起碼的尊重，不要語帶便宜的諷刺。要是我也如法炮製，左一句『大警官』右一句『大組長』你不覺得無聊麼？我們在討論案情，不是在鬥心機、耍嘴皮。」

「好，我不跟你耍嘴皮，你也不要跟我玩心機。但是我們不是在討論案情。你是嫌犯，我是警察。警察不跟嫌犯討論案情。」

「無所謂，至少我剛才的分析請你納入考量。」

「我會，不過我還有另一個考量提供你參考。你剛才的分析對了一半。沒錯，兇手極有可能刻意要看護看清他的臉孔，但是動機不是你所說的是為了誤導警方，而是……」

「而是什麼？不要搞懸疑。」

「兇手希望被逮。」

「我幹嘛希望被逮？」

「你說什麼？」

「我說兇手幹嘛希望被逮。」

「這是你第一次說溜了嘴。」

我恨不得打自己耳光。

「不是說溜了嘴，是激辯下合理的口誤。」

「你口才俐落，用字精確小心，會犯這種錯誤？」

我上身往椅背靠，雙肩頹然下垂，長吁一口氣。雖然我和王組長旗鼓相當，堪稱見招拆招、白搽白折，但這終究是一場不公平的對峙。他已認定我是兇手，無論我說什麼、展現多大誠意，對他而言，我一直在耍心機。當他提出「兇手希望被逮」的切入點時，我頓時失去繼續爭辯的力氣了。

理論上與實例上，這極有可能，很多兇手就是在「企圖脫罪」與「渴望被逮」的心理矛盾狀態下犯案的。突然我靈光一閃，想到看護額頭包紮的畫面。

「你忘了一個細節。」

「什麼細節？」

「看護被擊中的地方是左額頭，兇手正面攻擊她，這表示兇手應該是右撇子。」

「是嗎？」

「其他受害者呢？兇手從後面攻擊他們，傷口是不是都在頭部背面的右側？」我趁勝追擊。

「這你不用知道。」

「你不敢讓我知道？」

「你應該比我清楚。沒錯，所有的被害人都是後腦偏右的部位受到重擊致死的，但是這個細節有什麼意義呢？」

「我是左撇子。」

「我看過你很多照片。你寫字用右手。」

「那是小時候被硬改過來的。」

「拿筷子也是右手。」

「我說了，那是後天養成的習慣。我打球、打麻將、打人，換句話說，我做壞事的時候都是用左手。」

「是嗎？」

「是的。」

「接住！」

王組長突然把手裡的鋼筆往我的右邊用力一丟，我下意識地用右手接個正著。媽的，上當了。

「你還有什麼話說？」

「我無話可說。」我氣急敗壞的把鋼筆丟在桌上，「既然你認定我是兇手，而且是那種期待被阻止的兇手，我只想問你，事到如今，我求仁得仁，何必一味抵賴？」

「這就是人性神祕和矛盾的地方，不是麼？」

「這會兒你倒扮演起哲學家了。」

「我這老粗懂什麼哲學？但是犯罪心理學總是懂一些的。」
「我只能告訴你，人不是我殺的。」
「我可以體會你的矛盾情結。」
「我沒那麼變態。」
這時，他突然轉頭，對著鏡子舉了一個手勢。
「幹嘛？」
「我要他們把錄影機關掉。」
「為什麼？」
「這樣我才能實話實說，一吐為快。給我聽好，你很聰明，也很愛耍聰明，但我懶得繼續看你表演。你說得沒錯，我們急著破案，比你想像更十萬火急。目前一切證據指向你，不管你招或不招，咱們就由檢察官來決定。人證都有了，我不怕案子成立不了，最起碼你會因重傷害罪被起訴。我能給你最好的忠告是，你的戰場在法庭，不在偵訊室，不如爽爽快快地招供，然後花錢找個好律師以精神失常為辯護理由。」
「我好好一個人為什麼要說自己精神失常？」
「我們很清楚你的精神病史。」
老傢伙一語中的，我啞口無言。
公園裡的照片殺傷力不大，充其量是間接證據，檢調若因此斷論我就是三起命案的兇手，在法庭是站不住腳的。不過話說回頭，我對台灣的法官毫無信心，他們輝煌的紀錄是罪證確鑿的無罪釋放，證據不足的判處死刑。
至於看護的案子，除非奇蹟發生，我無論如何也脫不了干係。

真正讓我憂心的是我的「病史」。

它給予警方無限想像空間，一旦他們認定我「不正常」，所有的辦案思維勢必以此為參考座標，左右他們的判斷。雖然我無暴力前科，病史亦無暴力傾向的記載，但警方總會找到一兩位樂意配合並急著提出專業看法的醫師，聲稱病癥會因時間與個人遭遇產生「演化」，從一個看似無害的病患繁衍為殺人不眨眼的兇手。這種案例，犯罪史上俯拾皆是。

除了短暫的休息，偵訊持續到夜晚，藉著疲勞轟炸，希望我會被擊垮甚至崩潰而全盤托出。然而警方問話一再重複，我的辯護只好一再重複。雙方都在重播帶子。這顯示警方的調查沒進一步突破。如果他們已在命案現場找到線索如頭髮、指紋或足供DNA比對的證據且確定是我時，他們不致按兵不動，淨是帶著我兜圈子。

正因如此看護襲擊事件的始末更顯突兀。其他命案天衣無縫，無絲毫誤差，唯獨這樁故露馬腳。若兇手有意陷害我，何不在現場留下和我有關的證物。這並不難。他想必長期跟蹤我，而我每天在外閒晃，於暗中拿走我沿路丟棄於垃圾桶裡的杯子、紙袋或三明治透明塑膠紙藉以弄到我指紋應是輕而易舉之事。

我於愕然的瞬間想到下落不明的手電筒。兇手會不會早已潛入我家偷走手電筒？然而，做什麼？要是他把手電筒留在任何一個現場，或把現場任何物件擺在我家，我就死定了。整件事透著鬼怪，已超乎常人理解範圍。

王組長和我交鋒數回，過程裡他翻臉像翻書，時而忽悠唬弄，時而厲聲恫嚇，一人分飾黑臉白臉。看他那副嘴臉我已耐心用罄懶得理會。他不只一回語帶譏諷地稱呼我為「知識分子」，但我心知肚明，正因為衝著我肚子有點墨水、稍知法律常識致使他不敢逾越雷池，換個不經世故的嫌犯早已被他玩於指掌而嚇得屁滾尿流。我之所以能堅守底線、捍護尊嚴，最大的後盾當然是「不是我幹的」，此外我心裡已做最糟打算，即使最終被起訴、判刑，我絕不擺尾乞憐、淚灑法庭。

要我以精神病辯護，辦不到！蟄伏已久的鬥士油然復甦。

被帶到單人囚房已是深夜。身心俱疲，吞下安眠藥後仍輾轉難眠，但也無力思考。

第二天早上八點就被叫醒，一對一戲碼再度搬演。

2.

「這一兩年不太順利，是吧？」王組長看著手上的檔案，咧嘴說話。「先是老婆於去年移民到加拿大，留你一個人在台灣，後來你又辭去教職、賣掉房子，搬到臥龍街住在一間破爛公寓。以上有沒有講錯？」

「差不多。」

他當然錯得離譜。一年多來的跌宕波瀾豈是墓誌銘式的三言兩語便可概括？但是他不致有興趣傾聽我的心路歷程，而我則不想在一個隨時挑語病見縫插針的人面前挖心剖肺。因此當他問我婚姻出了什麼狀況、為何辭去教職此等私人問題時，我總以「私人問題」為由拒絕回答。

他的策略和用意很明顯，直接證據不足情況下，將焦點集中在我的精神狀態；簡言之，就是要把我形塑為一個落魄潦倒的精神病患由於幻覺或心理分裂等等因素所致而犯下三起命案。

我不願配合，反而再三堅持，與命案直接相關的問題外，其他一概無可奉告。我不合作的態度導致他幾度失控，對我咆哮，而我亦不甘示弱，大聲反嗆：「你一直在周邊打轉，問我個人隱私，問我精神狀態，請問這裡是告解室還是偵訊室？你是神父還是警察？你憑什麼要我向你交代我的內在，向你表述這些年我是怎麼過的？」

「喔，關於這些，你不用告解，媒體已經幫你完成了。」王組長說完，居然得意得笑出聲來。

「你說什麼？」

「你不曉得你現在紅透半邊天嗎？這一兩天所有的媒體都在炒作你的新聞。你是什麼樣的人，寫過什麼文章，到過什麼地方，做過什麼事，全都攤在陽光底下。」

「這不是犯法嗎？我只是個嫌犯呢！」

「台灣媒體無孔不入你應該很清楚。我們當然大力譴責，呼籲他們尊重人權，但你也知道，我們愈譴責他們愈挖掘，還挖出很多寶呢！」

「媒體說些什麼？」

「該說的都說了，不該說的也說了。他們甚至知道你的精神病史。」

「媒體怎麼知道？是不是你們透露的？」

「誰曉得？你要知道警政單位和媒體的關係可說愛恨情仇，有時候媒體讓我們恨得牙癢癢的，有時我們卻暗自感謝媒體，他們扒糞的功夫比我們強多了。」

「我跟你保證，等事件過後我會一狀把你們告到法院！」我勃然大怒，食指對準王組長，大聲飆出警告。

其實我驚恐甚於發怒。從昨天早上在家被警方帶走一直到此刻，這期間二十幾個小時與外界隔絕，完全忘了它的存在。原來我有兩個戰場，其中一個於我不在場時已經開打了。然而我在現場又如何？對抗媒體怪獸，誰打過勝仗且全身而退？媒體怎麼說我？母親和小妹怎麼辦？我的朋友以及那些曾經被我譏嘲、刺諷、批判的人又會怎麼想？想到這些，這輩子自小及長累積堆疊的羞愧心剎那間全湧上心頭。我有罪，是的，不管媒體添多少油加多少醋，我有罪。

3.

第三天，除王組長外，還加了偵查組的趙姓科員，兩人聯手跟我打車輪戰。

戴著一副眼鏡的趙科員，年輕斯文，乍看不像條子。他的任務主要不是勸我招認罪行，較像是心理醫師臨床研究，意欲從偵訊過程中了解我的心理狀態。

「你很喜歡推理小說？」

「是。」

「你的藏書裡就有一百多部。」

「不算多。」

「其中以連續殺人為題材還不少。」

「你們一定很忙，派五六個人日以繼夜的看小說。」

「沒那麼嚴重，我們幹警察的也迷推理小說。」

「推理小說和現實人生有很大差距。」

「也有不少呼應。」趙科員突然話鋒一轉，「你為什麼對六張犁命案充滿興趣？還在地圖上畫個三角形。」

「命案發生在我家附近，死者都是老人，我年紀也不小了。」

「你在筆記本列出外國連續殺人犯的特徵。」

「沒什麼，Google就有了。」

「你好像少列了一項。」

「哪一項？」

「很多連續殺人犯都患有嚴重潔癖症。」

「對。」

「道德潔癖，心理潔癖，還有生活起居上的潔癖。」

「沒錯。」

「以你家為例，你顯然講究整潔、秩序，屋子打掃得一塵不染，書本還按字母筆畫排列。」

「你誤會了，」心裡暗自喊衰，「那是我被你們抓來前幾天在家悶得慌才整理的，平常我家裡亂得像豬窩似的。你不相信我是吧？」

他搖搖頭。

「談談你的精神問題。」

「我精神沒有問題，只是需要吃藥。」

「你從何時開始看精神科？」

「你們不是都有資料麼？」

「只是近年的，有些資料在電腦建檔之前，不容易找。」

「我十九歲開始看精神科，醫院是馬偕，說不定還有文字檔案，但我懷疑。之後是台大醫院，後來在國泰，最近又回到台大。」

「你對這方面很坦然。」

「看精神科不是可恥的事。」

「憂鬱症？」

「嚴格說，應是恐慌症引起的焦慮症和憂鬱症，後期的病歷寫得很清楚。」

「恐慌症是什麼？」

「發作時怕自己會失控。」

「失控會怎樣？」

「我也不知道，我很幸運從來沒真正失控。」

「今年一月二十五日晚上，你在安和路龜山島海鮮店的表現算不算是失控？」

我嘴巴微張，答不出話來。他們什麼都知道了。

「聽說你那天非常勇猛，一夫當關，以一敵眾。」

「這件事你們怎麼知道的？是不是來自媒體報導？」

「是，但是我們有查證。讓我引用當時在場一位年輕人的陳述，他說你彷彿『邪靈上身，舌頭化作毒鞭，撻伐每一個人』。」趙科員看著筆記，一字字唸出。

「那是我的錯。我酒後失態，毫無藉口。」

「但是根據我們的訪談，某些那天受到傷害的人認為那不像是酒後失言，而是，而是……」

「發瘋。」

「發瘋，沒錯，他們是這麼說的。」

「或許吧。重點是，我一再強調，我沒有暴力傾向，我內心可能蘊藏著很多不滿情緒，但我從來沒訴諸肢體暴力。」

「六月二十八日你在士林社正路用手電筒從後方襲擊一名年輕人算不算暴力？」

又被將了一軍。

「請你回答。」

「那是暴力，但不算失控。」

「你為什麼要攻擊他？」

「我只是警告他。那傢伙是變態，專門在學校附近誘拐未成年少女。」

「根據他的說法可不是這樣。他對媒體宣稱你是神經病，無緣無故攻擊他。」

「操，這小子還有臉！」

「如果他真如你所說的，你為何不報警？」

無論如何都要守住職業倫理，不能說出陳婕如的案子，否則私家偵探和雇主之間不成文的保密原則就毀在我手上了。

「因為一個案子？」

「你怎麼知道？」我像一本攤開的書，已經無力掩飾訝異的表情了。

「你的助手王添來主動出面說明。」

該死！

「他不是我助手，他是我僱用的司機，不要把他扯進來。」

「是他把自己扯進來的。他向我們透露那年輕人的所作所為，我們已經深入調查，目前查出他有公然猥褻的前科。」

「很好。這個話題到此為止。」

「你是不是在保護你的客戶？」

「我經手的案子和六張犁命案一點關係也沒，關於這方面我不再回答任何問題。」

「你等一下。」

趙科員走出偵訊室。

事情不妙，添來也被扯進來。這傢伙太衝動了，希望他沒把林某的案子全抖出來，否則陳婕如和陳小妹的隱私就受到侵犯了。

門開，趙科員步入，手裡多了一份厚厚鼓鼓的文件夾。

他坐下，打開文件夾，映入眼簾的就是我的棕色皮面記事本。

他慢慢翻閱。

「你在保護誰？林太太，或是邱小姐？」趙科員突然冒出這句話。

我只能沉默不語。

「別忘了，你的記事本在我們手上。上面寫著的電話，我們當然都會聯絡，查證他們和你的關係。」

「結果呢？」

「有一位陳教授，他說與你只有一面之緣。你曾經向他請教健保弊案的問題，見面地點是一代佳人碳烤店。邱小姐表示她跟你只是朋友並不太熟。關於這點我們會進一步查證。至於林太太……」

他故意停頓，意在引我搭腔，但我沒上鉤，保持沉默。

「我們從電話通聯紀錄和email查出，你這陣子和她聯絡頻繁。我們已經訪談了林太太。根據她的說法，她懷疑她先生跟邱小姐搞外遇，經你查證確有其事後，她和先生離婚，也付給你三萬三千五百元偵查費。我們已經從銀行那取得匯款的資料。事情是不是這樣的？」

「林太太說了算，其他我不便多說。」

「她已經不是林太太了，她叫陳婕如。」

「是嗎？我們之後就沒聯絡了。」

「是嗎？監視器顯示你和她上個禮拜常常見面。」

「沒什麼，她陪我散步。」

「只有這樣麼？」

「只是散步。我問你，筆記上這些人，媒體還沒得到風聲吧？」

「沒有。」

「請你務必保密，否則會傷及無辜。」

「沒問題，我向你保證。」

4.

中午在牢房吃完便當後，又被帶到偵訊室。這一次有點反常，我孤坐許久卻一直沒有人進來。我走到單向透視玻璃前，用手指輕輕敲打，說，到底要不要審問？不審問就讓我回房睡午覺。不久，一名一毛三開門入內，對我吼道，敲什麼敲？再敲就把你銬在椅子上！

只好乖乖走回座位。

之後，趙科員和王組長相繼走進。趙科員坐到我對面的椅子上，王組長走到長桌中段時，靠在桌沿，左腳踏著地板，右腳騰空，半坐地俯身欺向我。修長的上身幾乎遮住我的視線。我不想仰頭看他，只得低頭看著桌面，但如此一來反而更感覺窩囊。

「這下子你想抵賴也難了。」王組長說。

「你在說什麼？」我問。

「我們找到人證了。」

「什麼人證？」

「有人在七月七號晚上十點多看到你在樂榮街徘徊。」

「七月七號是哪一天？」

「還裝蒜！」王組長拉高音量。「就是七月八號你襲擊看護、謀殺坐輪椅的吳張秀娥的前一天。」

等一下！七月八號近午時分我才從翡翠灣回到家裡，七月七號那一整天人不在台北啊！怎麼會——

「到底是什麼人證？可靠嗎？」我問。

「非常可靠，因為有兩名互不相識的人證。」王組長說。

「她們剛才分別透過另一面牆指認你了。」趙科員追加一句。

這可奇了！我訝異地半晌說不出話來。

「怎樣？你還有什麼話說？」王組長說。

「老實說，七月七號那天晚上，我人不在台北。」攤牌了。

「嗯？去哪？有沒有人證？」

當然有人證。人證就是陳婕如，我和她在旅館度過三天兩夜，問題是，這很可能是王組長套取口供的伎倆，未摸清狀況前不能提供給警方與本案無關的訊息。

「我需要想想，回憶那天去哪了。」

「少跟我拖時間。說！去哪了？有沒有人證？」王組長又開始耍流氓。

「去哪一時忘了，不過我確定沒有人證。」

「想也知道。」

王組長說完後起身，得意的走出偵訊室。

「你真的不在台北？」趙科員問我。

「真的。」

「為什麼不說你去哪了？」

「我暫時不能透露。」

「你這是意氣用事還是——」他第一次露出同情的眼神。

「我人被綁在鐵軌，火車即將到站，還有心情意氣用事？我怕的是不知道你們在玩什麼把戲，而且我更怕不管我說什麼，第二天媒體就會得到風聲。如果我提供的資訊對我目前處境沒實質助益，我何必多此一舉？」

「我們遲早會發現的。」

「只要不是從我這邊出去的就不是我的罪過。」

「我可以跟你保證，你現在講出去的絕對不會讓媒體知道。」

「你可以保證？」

「可以。」

「好，請把錄影機關掉，算了，我不相信你們會真的關掉。帶我回牢房，我告訴你那天的行蹤。」

「你等一下。」

過了好一會兒，趙科員才回到偵訊室。

「走，我帶你回八樓。」

趙科員跟我並肩走上樓梯，後面跟著兩名員警。到了七樓轉角時，趙科員突然對我耳語，他說，如果你真有不在場證明，對你非常有利。

我當然知道。這無疑是一片混沌膠著裡難得乍現的一道希望，但我一時拿不定主意，不知該不該說。說出來對我有利，但陳婕如就因此曝光了。一男一女兩情相悅在旅館廝混無啥大不了的，但我深怕她一旦曝光，其他事也勢必跟著洩漏，林邱兩人的骯髒遊戲不在我考慮之列，但林小妹的事不能不三思。

我該怎麼辦？說出陳婕如之前，我希望先取得她的諒解。難得出現對我有利的證詞，再多俠義精神也不能蠻幹，置生死於度外。供出北海岸的行程並沒直接洩漏那個案情吧，我這麼安慰自己。我亟需跟她聯絡。

電話，電話，我的王國交換一通電話！

我和趙科員隔著鐵條說話。

「請你幫我一個忙。」

「請說。」

「請你打通電話給陳婕如，問她七月七號晚上她在哪裡。問她之前你要向她保證媒體絕對不會得知此事，而且你們會用別的名義暗中查證，不會讓任何人以為她和目前的案子有關。」

「我馬上去。」

趙科員快步離去，我呆杵原處，兩手抓著鐵條。為求自保終究把陳婕如出賣了。她會怎麼想？而這期間媒體沸騰如鼎，她又如何看待顯微照妖鏡底下無可遁形的我。她相信我是無辜的嗎？

胡思這些於事無補，無論她怎麼想都不能怪她。我閉目躺在床，徐徐深呼吸，靜候消息。約莫一個鐘頭後，趙科員終於出現。

「怎麼這麼久？」我急著問道。

「我們需要查證一些事情。」

「查證什麼？」

「陳小姐說了。七月七號那天，她和你在翡翠灣渡假飯店。我們向旅館查證，你放心，我們請金山那邊的同事以別的名義調查。一切證實了，你們七月六日那天五點多check in，一直待到七月八號。八號那天她七點半check out、付帳，你快到中午的時候才離開旅館。」

我大大吐了一口氣。

「她要我跟你說不用替她擔心，只要對你有幫助的，該說的就說出來。還有，她已經決定要指控那個被你警告的傢伙，告他誘拐未成年少女。」

看來陳婕如豁出去了。

「你現在可以告訴我怎麼回事了吧？」我問。

「有兩名人證分別指出，七月七號晚上十一點多看到長得很像你的人在樂榮街附近徘徊。」

「他們可靠嗎？會不會是來湊熱鬧的？」

「應該不會。雖然媒體每天播放你的照片，但除警方外沒有人知道漁夫帽。兩名證人都提到可疑人士戴著暗色漁夫帽，而且帽簷壓得很低，因此他們只能辨認鬍子卻看不到臉。如果我們能進一步確定你的不在場證明，這表示你在記事本推測的第二項變成最有可能性。」

「有人故意陷害我？」

「沒錯。」

「謝謝你。」

「沒什麼，早點休息吧。」

5.

第四天，七月十九日，吃完中飯後，才被帶至六樓。這非比尋常。我已習慣一大早就被提訊，像個身不由己的軍人聽命行動，突然得到一整個早晨的空檔反而極不適應，在無聊與不安之間搖搖擺擺。

偵訊室裡，我坐在老位子，對面的椅子坐著王組長，站在他左邊的是趙科員。

「你老實說，是不是有同夥？」王組長厲聲問道。

「我不明白。」我狐疑的看看他，再看看趙科員。

兩人都面無表情。

「再問一次，誰跟你同夥作案？」

「同夥？我有什麼同夥？」

我霍地開竅，猜著了大半。

「又發生了命案對不對？」

沒人回答。

「是不是？我有權利知道！」

「是。」趙科員說完轉頭看看組長，正好接住從組長眉宇下射出的責備眼光。

剎那間，王組長這些天一直緊繃的苦瓜臉突然鬆垮下來，兩眼迷茫，雙頰下垂，頓時蒼老許多，活像被風車打敗的唐吉訶德。

「今天在富陽公園東側又發現了一具屍體，死者也是後腦勺遭受重擊。」趙科員說。

「我果然是被陷害的。」

我搶著說話，但話才講完便覺得陰森恐怖。先前只是推論，有點抽象朦朧，現下事實明朗，思及外面有一個冷血殺手裝扮成我的模樣出沒於六張犁一帶連續幹下四起命案，禁不住地打了個哆嗦。此人是誰？他用意何在？

「如果有人要陷害你，他已經達到目的，何必再殺人？」王組長質疑道。「除非你和兇手是同謀，聯合起來耍警方。」

「我跟誰聯合起來殺人只為了耍你們有什麼意義？」

「台灣瘋子越來越多，你不曉得嗎？」

「你到現在還不願承認我是無辜的到底是為什麼？只因為你看我不順眼，或者你是個不懂得承認錯誤的人？」

「我是看你不順眼，但還有其他原因。前面三起命案兇手未曾留下痕跡，這一次卻留下物證。給他看。」

趙科員從桌上拿起兩個牛皮紙袋，從其中之一取出黑色物件，再從另一個紙袋抽出一張紙板。兩件都包在證物塑膠袋裡，一時看不出是什麼。

「這個是黑色漁夫帽。另一個更妙，」王組長說的時候，趙科員將紙板豎起，讓我看個清楚。它是假鬍鬚，兇手照臉型把它貼在紙板。「你看，它像什麼？」

「我的落腮鬍。」

紙板用鉛筆輕輕描出臉孔輪廓，假鬍鬚就貼在上唇、下巴以及兩頰。維妙維肖，和我的鬍子一個模樣。

「帽子加上這個，兇手大費周章擺明的就是說我們抓錯人了。但是，他為何這樣做？先陷害你，然後幫你脫罪？」

「他在耍你們，也在耍我。」

「還有一個可能性。你和他合作一起耍我們。」

「他媽的，你還不死心。我鄭重要求，現在就釋放我。」

「辦不到。」

「如果兇手是衝著你來的，你出去不是很危險嗎？」趙科員插嘴道。

「所以你們要保護我，把我關在牢裡？而與此同時讓媒體繼續糟蹋我的人格？」

「疑點尚未完全釐清前，辦不到。」王組長重申立場。

「是你的死腦袋需要釐清吧。對不起，我現在要求聘請一位律師。」

王組長沒想到我這招，一時愣住。

「我需要打電話聘請律師。」

「帶他去。」

王組長說這話時冷冷的看著我，上唇幾乎沒動。
趙科員把我帶到他的辦公桌。
「你能不能幫我查涂耀明律師的電話？」
「你要找他啊？」
「我一個律師也不認識，只知道這個常上電視的傢伙。」
「那傢伙講話很誇張，太好大喜功了。」
「我正需要一個好大喜功的大嘴巴。」
「你等我一下。」
趙科員用他的電腦搜尋，進入警方建檔的資料庫，沒多久便找到涂律師的手機號碼。
「請問是涂耀明律師嗎？」
「我是。」
「你好，我叫吳誠，就是六張犁──」
「吳誠！久仰大名。你從哪裡打來的？」
「信義分局。我想聘請你當我的律師。」
「我二十分鐘到。」

6.

西裝筆挺的涂律師火速趕來。原本侷促的單人牢房多擠著一個人後更加仄隘了。我告訴他警方之前掌握的證據和最新發展。

「警方沒有理由繼續把我扣押，你能不能把我弄出去？」

「交給我，我馬上下樓跟他們交涉。」涂律師信心滿滿。「你可以開始打包了。」

「等一下，涂律師，我付不出你的價碼。」

「錢不是問題。這一次我免費服務。你也知道我喜歡接大case。我走了，等我好消息。」

涂大律師年近四十，身材保持得很好，顯然是健身房常客。他有點書生樣，又有點江湖味。鼻梁上掛著銀框眼鏡，抹著一層髮膠的髮絲齊致服貼，而那套高檔全套黑色西服更是他上電視針對司法議題高談闊論不可或缺的道具。和我從電視上得到印象一樣，涂律師行事麻俐，口才便給，說話時手勢特別多，渾身充滿戲劇張力。

不用打包，除了身上衣服外，牢房裡沒有一件屬於我的東西。

坐於床沿，把玩著涂律師那張撕不破的珠光紙名片，上面洋洋灑灑印著五六個頭銜，各個烜赫唬人，「涂耀明律師事務所負責人」、「民間司法改革促進會董事」、「光勤企業特聘顧問律師」……

一般情況，涂律師在我眼裡不過是個好出鋒頭、沽名釣譽、一身Armani的庸夫俗子，而生活在雲端、恃才傲物的他更不可能和一個自暴自棄的小角色如我打交道。冥冥之中的和合，我們暫時成為親密戰友。

12 一天吃了兩大碗公豬腳麵線

1.

兩小時後，涂耀明律師風光現身於信義分局外召開記者會。我倆事先約好，他負責轉移注意，好讓我脫身，晚上八點在我家會合。

之前他已向我預告記者會的內容：「有鑑於第四起命案，警察顯然抓錯對象，兇手另有其人。吳誠先生不但無辜且遭受兇手誣陷。目前證據顯示，吳誠先生很有可能是兇手下手的目標之一。身為吳誠的律師，我要求警方儘速釋放，並派員警保護他的安全。」

涂律師正在攝影機前口沫橫飛過足戲癮時，我於六樓跟趙科員握手，向他道謝。往電梯方向走時，忍不住地瞟一眼王組長的辦公室，只見唐吉訶德透過百葉窗直勾勾地盯著我，並用食指朝我指來，上下搖晃。

這訊息再清楚不過，他仍舊認為一切都是我主使的。

在添來掩護之下，我溜出警局，沒引起任何騷動。

「大仔，」上了計程車後，添來急著問道。「開回家？」

坐了四天牢，我突然升級為「大仔」。

「拜託先開車到我媽家，讓她知道我出來了。到民生社區。」

路途中，我問添來外面的情況。他說媒體把我說得很難聽，用影射的方式把我塑造為生活潦倒、情緒不穩、具暴力傾向的精神病患。添來越講越生氣，每隔一兩句就夾雜髒話，我要他不要激動，但心裡也髒話罵盡。

車子經過三民路圓環後，左轉上了富錦街。

我在車內掃描母親那棟公寓的大門，確定沒記者守候後才敢下車。臨去前，我請添來先回家，但他堅持等我，要我不用客氣。

「誰？」對講機傳來小妹的聲音。

「我啦。」

大門應聲開啟，從對講機可以聽到小妹振奮的聲音：「媽！阿誠回來了！」

電梯裡我眼眶溼潤，強忍住一湧而上的淚水，心情頗似行船多年的浪子逃過暴風劫難終於得以再見老母一面的激動。

電梯來到四樓，門打開，方欲步出，卻見母親擋在電梯口外。

「你現在不能進來。」

「是安怎？」

「我剛剛才看到新聞說他們要釋放你，來不及買豬腳麵線，你先在外口等一下，我叫阿玟去買隨來。」

「沒要緊啦，免吃蝦米豬腳啦。」

我人往外走，母親卻把我裡推，電梯門因兩人的推擠開開闔闔。

「你這塊從小就鐵齒今天才會遇到這款代誌。你聽我的，先到樓腳等，等豬腳有了你再進來。太過突然，不然應該在樓下過一下火才行。」

熬不過老人家，只好坐電梯下樓，回到添來車上。甫坐妥，便看到小妹衝出公寓大門，往三民路的方向直奔，買豬腳麵線去也。

「哪這麼快？」添來問。

「沒進去。咱母要先去買豬腳麵線才要讓我進去。」

「照理講，還要過火才行。」

「咱母也這麼說。」

「這款代誌不能鐵齒。」添來難得肅穆地說道。

連日來衰氣纏身，說實話，我也不敢鐵齒，但儀式這種東西總會沖淡原始激情。父親去世時我只有七歲，但身為長子就得一直站在靈堂前，合手供拜，拜久了，心思也飄遠了，喪父的悲情一點一滴由濃轉淡，還記得無聊難耐時，腳尖跟著尼姑的唸誦打拍子，並在腦中數算著哆哆木魚聲。

等候小妹回來時，我的心緒已慢慢平順，而進入屋內後，豬腳插曲則讓我和母親省去了母子相擁痛哭的俗套。

「妳這幾天都來陪媽啊？」我邊吃豬腳邊問小妹。

「誰需要她陪。」母親不屑地說。

「沒法度，每次記者按電鈴，媽媽就拿著掃把衝到樓下趕記者。我在電視看到嚇死了，趕緊跑過來。」

「我才不在怕他們呢。這些記者亂講造口業，總有一天會有報應的。」

「原來妳是來保護記者的，不是保護媽媽。」我聽了覺得好笑。

「我不需要保護。阿誠，你就不知道他們把你講得多難聽，可惜我老了，否則一定告給他們死。說什麼你有憂鬱症，說你一世人在看病，看得我氣到血冒湧而出！」

「沒要緊，隨他們亂講。」

我看著母親和小妹。她們應該明白有些報導有憑有據，並非全然捏造，但隱瞞家人多年的病情於此重逢時刻揭露未免殺風景了些。我在母親家待了將近一個鐘頭。母親希望我搬過來跟她住，我沒答應，臨走前，她塞給我一個小藥瓶。

「這是安眠藥，你要按時吃。」

「我自己有安眠藥。」

「你留著，我這邊隨時都有。」母親一副藥局是她開的口氣。

添來帶我回到臥龍街。出乎意料之外且讓我深深感動的是，阿鑫早已接獲添來通報，在大門前放置一座陶瓷小圓甕，看我下車時便燒起紙錢，並要我過火祛除霉運、消災解厄。鑫嫂也來了，雙手捧著一碗公豬腳麵線。

很多鄰居在一旁觀望，一些電子媒體也來採訪，其中兩名記者粗暴地堵住去路，兩支麥克風衝著我下巴搗晃而來，我見狀氣不打一處來，佯裝要發言時搶下麥克風對著攝影機砸去。雜碎！我怒道。攝影師為了躲麥克風往後一退，這一退剛好撞到旁邊停放的幾部機車，機車如骨牌一輛接著一輛倒下。動粗！動粗！兩名記者一面喊叫一面要過來跟我理論，但被添來擋住。添來一夫當關，說：「塞恁娘！再過來恁爸就讓你們知道什麼叫動粗！」那些機車被弄翻的主人也加入鬧場，要攝影師乖乖把機車扶正，否則他們也要動粗。兩名負責保護（監視？）我的警員眼看事情即將鬧大，趕緊出面打圓場。

趁亂之際，阿鑫扶著我過火，我快速開門，讓大夥進去。

又吃了一碗豬腳麵線。

我再三謝過阿鑫他們，阿鑫說，攏是兄弟了，還這麼客氣就見外了。我要給添來車費，他也說我無聊，看不起他。鑫嫂說兩個小鬼很想念我，希望能早點上英文課。台灣人習慣稱兄道弟、婆婆媽媽，我對此一向反感，但面對他們毫無保留的關切，我似乎找到「那光輝且照亮我今後人生的真正溫暖的情感」。當時無暇細思，其實那分情感一直存於我心，只因長年愚妄乖僻，不是壓抑著它，就是讓它以另一種面貌顯現。

「這個案子目前還沒了結。」我說，「兇手還在殺人，而我可能是他的目標。因此接下來這幾天我們不能見面，也不要聯絡，免得連累你們。這不是客氣的時陣，拜託你們一定要聽我的。等沒代誌了後，我再請大家喝酒。」

他們離去後，我巡視客廳、書房和臥室。警方的搜索並未留下任何痕跡，一切看似完好如初。然而，他們雖然沒攪亂書本的排序，但並不是每一本都緊貼著牆面，以致凹凹凸凸，讓我渾身不舒爽。我花了好一段時間，才把凸出的書籍一本一本推到底。

之後，打開手機，發現裡面有數十通未接來電，還有無數留言和簡訊，我沒心情過濾，花了很多時間將它們全部刪除。之後，也不管加拿大當時幾點，打電話給妻子，向她報平安。

「快把我嚇死了，」妻說，「我朋友從台灣打電話來，告訴我你出事了。我這幾天上網看新聞，不敢相信他們會把你說成那樣。」

「台灣媒體嘛。」我無奈地說。

「現在怎樣了？要不要我回去陪你？」

「沒事了，一場天大的誤會。」我輕描淡寫地說。「千萬不要現在回來，否則妳一下飛機就有人要採訪妳，等事情過後再說吧。」

之後，我寫了一封簡訊給陳婕如，謝謝她出面幫忙。她馬上回覆：「沒事。我一直相信你是無辜的。」

我才看完簡訊就有一通來電，未待思索便摁綠鍵。

「請問您是吳誠先生嗎？」

「我是。」

「您好，我是TVCS台『話說新聞』節目製作人，這幾天辛苦您了，我們想請您上我們的節目，向觀眾分享您的心情。」

「我現在就可以分享。」

「喔，是麼？」

「就是：操您媽屄！」

說完，馬上關機。

等候涂律師來訪期間，我在電腦前看盡有關我的新聞的文字和影像檔案。

「六張犁殺手嫌犯鎖定！」

「看護指證歷歷，公園殺手落網！」

除了我內褲牌子外，媒體全報導了。我的家庭、學歷、人生境遇、為人行徑，我發表過的文章、劇本以及曾經接受過的採訪等等，全都呈現於凹凸鏡前，裡面的吳誠有幾分真實，卻有更多的歪曲。

一位曾經被我教過的學生說，吳老師上課幽默風趣，但生氣時窮凶惡極，判若兩人，情緒控管很有問題。另外一位學生說，同學間早已盛傳吳老師酗酒，有憂鬱症，幽默只是一種掩飾吧。

一名不願具名的劇場人士抖出「龜山島事件」。餐廳亦配合演出，大方提供當天的畫面。錄影帶裡但見我左手搖晃著酒杯，右手對眾人指指點點，站在餐桌上（我忘了激動時爬上桌面這幕）厲聲咆哮。所幸只有畫面沒有聲音，否則我會更加無地自容。

媒體善盡職責，找來心理分析專家根據畫面就我的肢體語言作出「崩潰」、「脫線」的診斷。某媒體更扯，找來一名自稱具文學素養的心理醫師就我的雜文、劇本提出看法，他引經據典，揭櫫文學戲而不謔的宗旨，指出我走的戲謔文風，其實是恨的文學，在在體現內在枯竭與精神破產。

林林總總都讓我看得心膽懸懸，自責不已，媽的，我真的有罪。

關於「吳嫌」的談論節目就有好幾個。

其中之一以「私家偵探」為題，討論台灣有沒有私家偵探。某位來賓指出，吳誠充其量是跑單幫的徵信社，另一位附和地說，沒錯，他根本沒有向政府立案登記，所謂私家偵探是假的。於是大家猜想吳先生應是掛羊頭賣狗肉，警方應徹底查明有無受害者云云。另有一個節目邀來一堆頭銜之前都掛著「前」字的來賓——前警官、前檢察官、前調查局處長——幾位專家一致認為破案在即，目前只等警方攻吳某心防。

好戲尚在後頭。

因為信義分局裡某傢伙暗中透露的緣故，媒體不但獲知我是台大精神科病患，並且掌握了藥方。某談論節目花了一整個小時針對處方探討、揣測我的病例和病情。來賓裡沒有一位是精神科醫生，盡是一些任何議題皆能夸夸大言的名嘴。這一班無恥傢伙各個都是熟面孔，天天在電視上談論政壇祕辛、影星八卦、名流隱私，甚至失落古文明、外星人、靈異現象，即便豬八戒的媽媽是誰都難不倒他們。那天晚上他們七嘴八舌，每位都宣稱掌握獨家內幕，搶著混充「吳嫌專家」。其中一位居然信誓旦旦地總結，台灣像吳誠這樣的人愈來愈多，各個都是不定時炸彈！

看完數不勝數的報導，我這顆不定時炸彈差點沒爆發，很想摔椅子砸窗戶，很想砍人或衝到電視台潑油漆，但我啥也沒做，在浴室沖個冷水澡後，想出了對策。

2.

涂律師依約來訪，換了一身打扮。淡粉長袖襯衫外面套著寶藍雙排扣西裝，加上那件暗色西褲和晶亮的棕色義大利皮鞋，看得我眼花撩亂，忍不住地調侃他。「秋天到了嗎？」其實我本來想說，馬戲班進城了嗎?但跟他不熟且有事相託，造次不得。

「沒辦法，待會兒還得去參加一個party。你們家有冷氣吧？」

為了他只好打開客廳的冷氣，其實也為自己著想，看他這身穿著我驟然覺得酷熱難耐。兩人落坐，涂律師看一眼手錶後便開始說話。顯然他給我的時間不多。

「吳兄，咱們簡單聊聊你的case吧。就我目前對這案子的了解，你已經不需要我了，今天早上的就算是免費服務。Free of charge。Pro Bono。」

「你對警方說什麼他們才同意放我？」

「法律ABC，我對信義分局局長說，要嘛就起訴我客戶，否則當場放人。他們提出了幾個條件，你都清楚吧？」

「短期內不能出國，還得隨時配合調查。」

「老實說，當我發現兇手另有其人時，我有點disappointed。」

「你希望我是兇手？」

「當然。我很忙，只接high profile的case，要是你有重大嫌疑就有好戲可看了。如果你是O. J. Simpson，我就是你的夢幻律師。」

「對不起，讓你disappointed。」我開始學他中英夾雜。

「No problem，今天早上的記者會我已經爽到了。」

「還可以更爽。」

「什麼意思？」他機警的湊過頭來。

「我想請你幫我做幾件事，希望你繼續擔任我的律師。首先我想請你以我的名義控告警方。」

聽到這，涂律師眼睛陡然一亮，看得出腦袋的齒輪已瞬間快速輪轉。

「有意思，請繼續。」

「我要控告臥龍派出所違反偵查不公開原則，把我賣給媒體。我還要控告信義分局違反我的人權，把我的醫療病例洩漏給媒體。」

「妙哉！」涂律師拍著大腿。

「還有更妙的。我要控告媒體和名嘴，凡是針對我個人隱私在媒體胡說八道的記者或名嘴我都要告。」

「這……吳兄，你知道媒體不好對付吧？」

「誰搞媒體誰倒楣這道理我懂，但是我的情況恰好倒過來。我已是被媒體鬥臭、一頭栽進糞坑的人了，還有什麼好怕的？我可以選擇在家燒炭自殺，留下控訴的血書，上面寫著『媒體殺人、名嘴造業』，但除了白白犧牲，無三小路用。不，我要活得好好的跟他們周旋，要他們付出代價。」

「好，既然你都這麼說了，我陪你玩！My God，這將是台灣訴訟史上的頭一遭。我已經看到標題了：大衛挑戰哥利亞！」

「如果你同意，我建議你明天一大早就把媒體找來，在地檢署按鈴申告，先告警方，然後再向媒體丟出炸彈，向他們宣布我們正在過濾所有報導，凡是妨礙、汙蔑、抹黑吳先生名譽的不實報導我們將一併提告，求取賠償。」

「佩服！你是天生律師的料。」

接著，我們討論細節。雙方同意，過濾報導的工作由他那邊負責篩選，經我確認後一併提告。他希望我能跟著一起開記者會，在媒體前擺出一副痛不欲生的模樣，以博取同情，但我堅持不來這套，並說整個過程我絕不出面。最後提到費用問題。

「我沒錢付你昂貴的律師費你也明白。」

「我明白。」

「只能這麼辦，不管從媒體那邊榨出多少錢你來抽成，該抽幾成就抽幾成，我沒意見。」

「等一下，一般high profile的妨礙名譽訴訟，原告通常事先表明所獲的賠償將全數捐贈給慈善機構，你懂我的意思吧，讓社會大眾覺得這是名譽問題，跟錢財無關。」

「喔，不要誤會，我不是在打公關戰。我不需要社會同情，更不管輿論站不站在我這邊。輿論可以親我的ass，你懂我意思吧？我只想在法院跟媒體開幹，這過程萬一有利可得的話，我會欣然收下，一點都不會客氣。」

「有尬滋！」

涂律師離開時鬥志盎然，臨走前對我說：「明天早上十點準時看電視。」

3.

反擊時刻到了，但我心裡其實打著別的算盤。我不致天真地以為此舉能為我從警方或媒體這兩個打死不認錯的體制討回任何公道。我要從警方那兒要點東西；至於媒體，我只想跟他們瞎鬧一場。

翌日早晨，七月二十日，十點不到我已蹲在電視機前，等候好戲上場。

果不其然，涂律師於十點一刻在媒體環伺下按鈴申告。每回在電視上看到按鈴申告的畫面便覺得乖謬可笑，現下看到涂律師以我的名義在媒體前擺出同樣愚蠢的按鈴姿勢，心情真是五味雜陳，既感慨又淡漠。

涂律師說我應該當律師，我說他才是演戲的料。無論掌握時機、搬弄懸疑或臨場即興，他的表現可圈可點，且樂在其中，似乎在演出進行中已預先聽聞如雷貫耳的掌聲。他先在飢渴的媒體前做出按鈴的姿勢，宣布他代表客戶分別控告臥龍派出所和信義分局未遵守偵查不公開原則，嚴重違反吳先生人權，各個求償一千萬元。記者們聽完急著問話時，涂律師張開兩手，請他們稍安勿躁，讓他把話說完。

「各位媒體朋友，辛苦了。今天的申告只是序幕。臥龍街派出所是第一波，信義分局是第二波，之後還有規模更大的第三波。我們還有一個提告對象，那個對象就是你們——媒體。沒錯，就是偉大、神聖不可侵犯、動不動拿言論自由當金鐘罩的媒體。媒體總是說人民有知的權利，但今天我要在此強調，人民也有不被知的權利。因為警方的疏失導致有關吳先生的隱私再三在媒體曝光，吳先生的家人為此受到侵擾，吳先生本人的名譽亦遭受無可彌補的損失。針對這些不實中傷，吳先生將保留法律追訴權。我的事務所目前正在過濾所有報導，凡是在這些日子對吳先生所做的不實新聞、胡亂臆測或惡意誹謗者，我們將視情況針對媒體以及個人提出告訴。給我三天，名單將會很長，請大家拭目以待。最後，吳先生不接受任何採訪，所有問題都由我事務所代為回答。請務必尊重他的隱私，否則後果媒體自負。謝謝各位！」

當然沒有如雷貫耳的掌聲，只聽見記者們歇斯底里地追問。你們要告誰？你們目前鎖定哪個對象？涂律師故作神祕地微笑，對著近在咫尺的記者指指點點，可能是你，可能是你，最後面對鏡頭說，也可能是你。

涂律師的記者會猶如引爆原子彈，於核分裂中釋放巨大能量，造成連鎖反應，掀起另一波關於我的新聞。就在電子媒體忙著放送號外、分析情況、訪問警方和法界人士時，「六張犁殺手」暫時被媒體遺忘了。

然而，我可沒忘。坐在書桌前，攤開記事本，對整個案子重新思考一遍，並寫下心得。

近十一點時，有人敲門。又是不識相的媒體？我作好打人的心理準備。

開了門才知道是陳Sir，小胖。

「什麼風把你吹來？」

「你的龍捲風。」

我請他入內，關門前我探頭掃描外面。

小胖面有菜色，支支吾吾，一逕擺出一張陪笑的臉，我也只好不做聲，陪他微笑。

「是這樣的，老吳，我們所長派我來，因為我跟你比較熟，所以，關於你控告我們派出所的事……」

「這件事鐵證如山，你們所長親自召開記者會承認走漏消息，可不是我誣賴的。」

「我知道，當初其實是信義分局那邊要我們開記者會做損害控管，現在卻反過來怪我們留下紀錄。涂律師的記者會之後，情況全變了，高層給我們壓力，輿論也給我們壓力，尤其網路，很多人連署支持你告到底。」

「不要理會網路，網民都是暴民。」

「我們所長的意思是……他想親自來拜訪你，但又怕動作太大，所以……」

「好了，小胖我不為難你。跟你說，你們找信義分局夠分量的人來跟我談，如果條件談攏了我就撤銷告訴。」

「包括臥龍派出所？」

「我的主要目標是信義分局，不是你們。趕快回去，叫他們找人來談，越快越好，否則什麼條件都免談了。」

我非執意刁難，而是急著執行計畫。雖然孤僻難搞，亦曾著過很多暗算，對於非我族類只有避而遠之、不相理睬，卻從無報復之心，而窮追爛打更不是我的作風。

信義分局的反應比預期還快，近午時已派人登門造訪。來者是公關部張主任，分量夠不夠不得而知。

「吳先生，您好，有件事小弟想向您報告。」

開口您閉口您，一會兒小弟，一會兒報告，滿嘴令人痛恨的字眼。

「張主任，請別客氣，不用您來您去，好似罵髒話，也不必自稱小弟向我報告。我不是你長官，只是在貴局吃過四天牢飯的受害者。」

張主任那張堆滿笑容的臉微微抽搐後又回復原狀。這傢伙長得人模人樣，但更像是一張軟塑膠片。

「您說笑了，吳先生。」

我瞪著他。

「對不起，吳先生，我們局長派我來拜訪您，不，拜訪你，主要是想了解這場誤會。」

「沒有誤會。我的病歷以及其他個人資料就是從你們那邊洩漏出去的。」

「這你沒有證據。」

「證據就在偵訊錄影帶裡面，我的律師目前正在向法院申請查扣那些錄影帶，作為物證。如果我沒記錯，貴局偵查組王組長很得意的告訴我，媒體已經取得我的資料，而且他很慶幸有媒體幫忙辦案。真是如虎添翼啊，他一字不差地這麼說。」

「這不能證明什麼。」

「咱們就看法官怎麼解讀了。你們要冒這個險嗎？」

「吳先生，請問您，請問你希望我們怎麼做才能，才能……」

「我要參與辦案。」

「我不懂。」

他難得有真表情，可見他真的不懂。

「我不要坐在家裡等警方破案。既然我受兇手陷害，而且我極可能是兇手下一個目標，我要主動配合偵查，而你們要提供和案情有關的所有資料供我參考。換句話說，我要跟你們合作，一起揪出兇手。」

「你要搞清楚，吳先生。哈！」張主任忘我的笑出聲來，「因為法律的關係我們不得不放你出來，但這並不表示你完全沒有嫌疑。對王組長來說，你還是他心目中的頭號大嫌犯，他甚至認為整件事根本是你搞出來的勾當！」

走火入魔的公關人通常兼具兩張面孔，一張是趨炎附勢，禮貌到靠背，另一張是尖嘴薄舌，毒言辣語。張主任雖極盡隱忍，第二張臉已然浮現。

「正因如此，在完全洗刷罪嫌之前，我每天要到信義分局報到，甚至睡在那兒也在所不惜。我可不願等到下一起命案發生時，又讓你們找到抓我的理由。你回去跟局長報告，我的條件很簡單，讓我參與調查，不妨聽聽我這外行人的意見，要是他答應我馬上撤銷告訴，要是他不答應，咱們就看著辦。無論如何，我不會躲在一旁看猴戲的。」

13 我要不是在警察局就是在家裡

1.

「兇手應該是我認識的人，或認識我的人。」

七月二十一日，我坐回信義分局六樓偵訊室裡那張曾經讓我如坐針氈的老位子，但這回不再是嫌犯，而是協助警方辦案的關係人。身分的改變讓我有點飄飄然，得意忘形時甚至站起來，兩手搭在散置著一堆資料、照片的桌上，煞有其事地說出想法。那模樣真像資深幹練的刑警，要是套上一組吊帶褲，嘴裡叼支菸斗，則神似蘇格蘭神探了。

信義分局局長向上級請示後第二天便答應我的條件。王組長雖極力反對，堅稱此乃天大錯誤，無異引狼入室，可他官小聲音小，抵不過高層以庭外和解為優先考量的決策。據可靠消息，我之所以如願以償的另一個因素是，警方的意見分歧不一，有些刑警贊同王的看法，另有一些卻認為我是無辜的。後者的思維不外是，真如王組長所言，整起案件由我和同夥一搭一唱、裡應外合，在媒體凝視下跟警方跳著恐怖的死亡之舞，則吳誠這傢伙應是台灣犯罪史上最病態最令人匪夷所思的怪胎。紀錄和機率對我有利，台灣從未出現這種案例。

王組長拒絕和我合作，我自然也不想與他共事。局長應我要求，由分局偵查組趙科員和臥龍派出所的小胖負責和我溝通。除外，局長硬是塞進位階比趙、陳高出一截的女巡佐，名叫翟妍均：三十歲上下，個兒瘦小，蓄著短髮，兩眼炯炯有神，說話直來直往。

翟巡佐負責主持會議，坐的位子就在我正對面。開會之前她直言無諱，向我坦承，她的責任是「聽那個人胡說八道，隨便寫個報告」。

「吳先生，請坐下，這裡不是講堂。」

我乖乖坐下。

「兇手可能是你認識的人這我懂，」翟說：「但什麼叫兇手可能是認識你的人？你自以為很有名嗎？」

打初次照面，她便充滿敵意，一絲淺笑也吝於施捨。她八成是王組長派來臥底搞破壞的抓耙仔。

「我名氣很小，這一兩年更是沉寂，早已自我淘汰或被人淘汰，但我曾經是老師，十年來教過很多學生，多到我不能記住每一位，其實我幾乎把他們忘光了，但他們可能記得我。」

「因為你教得太差了麼？」

這麼幼稚的抬槓居然逗著趙科員和小胖發噱，我只好跟著傻笑。

「或許吧。」

如此委曲求全，翟卻仍保持冷面。執教多年，遇過比她更為刁鑽的聽眾，這種場面從來難不倒我。

「翟巡佐，如果妳對於被派來聽我胡說八道很不爽，建議妳馬上出去跟妳上級抱怨，要求轉調，否則請妳閉嘴讓我把話說完。」

她坐著不動，兩道寒光從眼眶朝我直射而來，我亦不甘示弱，死盯著她看。兩人用眼力搬演一齣金光布袋戲。有那麼一剎那，我以為她要拍桌大罵，但那神色閃過即逝。

她沒反擊，我算是贏了第一回合。

「王組長怎麼想我管不著，這個房間只有一個假設，那就是有人先布局陷害我，後又犯案讓我脫離罪嫌，結論只有一個：兇手不是在玩警方，他在玩我。依此推斷，這個兇手如果不是跟我有過接觸，我還真想不出其他可能性。再來，就是時間點的問題。我五月一日搬到六張犁，兇手可能從那之後便開始跟蹤我，因此我需要過濾自那時起到七月十一日我被臥龍街約談那天之間你們找到的所有和我有關的監視器錄影帶。」

「這些我們都有，」趙說，「而且我們的技師已經把你的行蹤按照日期的順序剪輯成很多帶子。」

「太好了。我需要一個個仔細看過，重點是要找到我覺得眼熟或似曾相識的人。同時，我相信兇手一定跟蹤過那四名受害者，因此我們需要比對我的帶子和四位受害者的帶子。」

「這些我們都做過了，」翟說，「我們找到的唯一交集就是你。」

「甚至第四名死者？」

「目前沒有。」小胖說。

第四名被害人叫許洪亮，三十五歲，經營一家早餐店，和家人住在信和街上的公寓。警方查不出他和先前死者有任何關係，而且從錄影帶裡也找不到我和他有何交集之處。據警方研判，許應是傍晚爬山時被兇手襲擊，軀體被兇手棄置在富陽公園東側步道旁的草叢裡。死因也是後腦遭鈍物重擊，不過他死前曾奮力掙扎，雙手伸出抵抗時抓到了兇手的手臂或頸項。警方在他右手中指指甲深處挖出不屬於死者的皮下組織，裡面還帶有一點血絲。這是目前最大的突破，只要找到嫌犯，經過DNA比對確認無誤後，案子自然破解。

雖然命案當時我被關在牢房，警方為求謹慎，還是拿它和我的DNA比對，結果當然不吻合，若吻合，那可真的有鬼了！

局長對我並非有求必應，他特別交代不能讓我直接看到鑑識或其他關鍵報告，只能提供可以讓我知道的資訊，但小胖仍向我透露不少。據他所言，警方已排除省籍因素，四名死者裡有兩名是台灣人，一名客家人，一名陝西籍退伍軍人。除外，被害有男有女，性別因素也不在考慮之列。因為第四名被害人只有三十五歲，「老人殺手」的理論因此站不住腳，目前只剩一個共通點：他們都是六張犁居民。

「我知道你們比對過錄影帶，否則不會找上我。但是，你們找到我之後就停了。我建議重新過濾，重新比對，但這次的重點是找到第三者。找到那個人，我猜，我們就找到兇手了。」

「可以下課了嗎？我們還有其他正事要辦。」翟舉起右手說。

「我還沒說完。」

「不，你說完了。」

碰！我用力拍桌。

「妳給我出去！回去告訴王組長我不需要妳幫忙。」

這一拍把趙、陳驚得從椅子上彈了起來又跌回去。翟巡佐也嚇著了，但她故作鎮靜，臉色鐵青地瞪著我。

「出去！妳不走我走！」

我在課堂上常用這招，屢試不爽。有一回上課，全班四十幾位同學只有三分之一帶課本，我一怒之下要求沒帶課本的同學滾出教室，那些同學卻死皮賴臉地坐著不動，我只好一個人走出教室。那天我偷得浮生半日閒，在肯德基買了一杯中杯可樂，坐在人行道水泥座上看報紙吹涼，實在愜意。

「吳先生，你要搞清楚，這裡是警察局，只有我叫你出去，輪不到你發飆！」

聞此，我忿忿收拾桌上的東西，塞進背包，騷起一陣風地邁出偵訊室，把門狠狠關上。雖然架勢十足，但出了門後卻茫茫然，一時不知下一步該如何是好，悻悻然往電梯口的方向邁步時，暗罵自己太意氣用事。

這時，趙科員從後面追來。

「吳先生，你要去哪？」

「我要去找局長，跟他理論。這不是我們當初講好的條件。」

「吳先生，請不要生氣，翟姊其實人很好，她個性就是這樣。」趙打圓場地說。

「她個性如何不關我事，可是她擺明就是來吐槽的這點我受不了。」

「翟姐請你進去。」

我遲疑了半秒後，跟趙科員往回走。

走進偵訊室時，發覺趙沒跟進來。

翟巡佐先看我一眼，然後用眼神向小胖示意。小胖站起，朝我的方向走來，和我交錯時拍一下我的肩膀，走出偵訊室。

「我需要跟你單獨談談。」翟說。

「好。」

「請坐。」

「我要站著。」

「隨你。我首先要申明，吳先生，我不是王組長的人馬，也不是他派我來找碴的。找碴完全是自動自發。」

「我不懂為什麼？」

「我平常的工作是外勤，根據線索在外頭查訪。整天窩在警察局開會讓我窒息。我之所以被派過來是因為局長認為外勤單位需要一個人知道你在玩什麼花樣。結果我的主管不派行動力較差的過來，卻把我調來，只因為他想喝酒的時候我不參加，他講笑話的時候我沒有笑，卻說得很好聽，說他需要一個資深的巡佐觀察你。」

「所以妳忿忿不平，氣往我身上發？」

「不只因為那個原因。你要搞清楚，我從一開始就反對讓你這種身分的人參與辦案。」

「什麼身分？私家偵探？」

「什麼私家偵探？你只是個老百姓！而且，」翟稍微停頓後，重重說出：「你還是個嫌犯。」

「原來妳就是王組長的人馬。」

「王組長的判斷很少出錯。」

「偏巧這次他錯得離譜！」我因動了氣，呼吸急促。

「整件事荒唐到極點，」翟接著說，「就因為你要告我們，上層就嚇得屁滾尿流，一點脊椎也沒，凡事只想到公關、公關，完全沒考慮到讓你加入偵辦違反程序這件事。」

「難道妳敢說你們完全不需要我嗎？」

「我們是需要你，但不是找你來指揮辦案。我告訴你，你這三腳貓想得到的我們早就想到了。」

走了王組長，來了翟巡佐，日子並沒好過些，我仍只是有嫌疑的死老百姓。

我軟化了。

「你們需要我做什麼？」

「我們需要你過濾所有監視器錄影帶，找出你可能認識的人或可能認識你的人。」

「這句話我好像講過。」

「我說的才算數。」

「所以我只能消極配合？」

「你終於瞭解了。」

「我總可以發表意見吧？」

「可以。」

「需要舉手嗎？」

「隨便你。」

2.

與翟巡佐對峙敗陣後，我乖乖坐在偵訊室看錄影帶。小胖坐在我左側，盯著另一台機器，翟巡佐和趙科員則忙進忙出，也不知在忙什麼。

為了讓我看錄影帶，小胖特地搬來設備，來回搬了好幾趟，我想幫忙，但他一直說沒關係。為了這個大案子，局裡特別在六樓騰出空間，另闢一間「偵查中心」，每天至少有七八位幹員在那裡沒天沒日的工作。我問他，為何不直接過去加入他們。他說，王組長吩咐，不能讓你進入那個房間。

我只能苦笑。王組長的偵查目標是找到我的同夥人，我的則是找到陷害我的人，雙方的動機雖南轅北轍，目的其實一樣：揪出可疑的第三者。若兩邊能互通有無，交換心得，則效率倍增，像現在各搞各的不是辦法。

看著錄影帶清單，苦笑變成慘笑。警方大費周章，把我每天的作息剪輯成一片光碟，從五月一日到七月十一日，一共七十二片。要看到何年何月！坐在螢幕前，觀看由我主演的連續劇，感覺怪異，彷彿那個人不是我，而是我的分身或過去的幽靈，漫無所以地漂泊於街道巷弄中。

拜天羅地網錄影監視系統之賜，每一集都彷彿鉅細靡遺的紀錄片，從我清晨走出巷口踏上臥龍街，走進富陽街口的便利商店，購買東西，出來後走向富陽自然生態公園爬山，之後走出公園，回家，出門，走向和平東路，走到公園……幾乎沒漏掉什麼。我生活在歐威爾筆下「大哥」虎視眈眈的世界。

台灣監視器之多你無法想像。內政部早已花了十億元執行「錄影監視系統整合」計畫，而警政署正如火如荼地利用監視系統的設置，在全台灣建立所謂「電子城牆」。日前台北市政府宣布將撤下十六億元在台北市架設一萬三千部「智慧型錄影監視器」。市長拍胸脯保證，「畫面只有公部門可以調閱，不會造成隱私權問題。」言下之意就是公部門絕無監守自盜的敗類，就是資料絕對不會外洩。正值「維基解密事件」，美國外交部機密文件如蒲公英冠毛隨風散落全球的當下，市長的保證反而令人不安。

台灣人權促進協會及一些學者為此憂心忡忡，認為全面監控系統違反民眾的表意自由。打擊犯罪，必須犧牲隱私權？一位學者如此詰問。儘管如此，電眼的經費逐年追加。警政署拿出統計數字為政策辯護，「二〇〇八年藉由監視系統而破獲的刑案共有六千三百六十一件，較去年的三千七百一十五件，大幅提升了兩千多件，顯示監視器的確有助於警方破案。」民眾似乎支持警方的做法。一份民調顯示，四十五%受訪者認為裝設監視器對於偵防犯罪「非常有幫助」，僅四%民眾認為「非常沒有幫助」。

人總是自私自顧，只要有助於治安，監視器不嫌多，可一旦自己隱私遭受侵犯，高調便唱將起來。我的心情也很矛盾，一方面看到自己無所遁形於電眼之下而倍感無助、受盡愚弄（算哪門子韜聲匿名、遺世獨立？），另一方面卻不得不仰賴這些錄影帶來洗刷冤屈。

看完五六片光碟後，發覺內容大同小異。

搬來這後生活規律，作息正常，看似萍蹤浪跡、無所事事，卻頗有照表操課的僵板。不禁暗忖，真的要如此百無聊賴度過餘生嗎？我所圖不多，無欲無求，亦不再鑽牛角尖滋養黑色情緒，只盼內心無風無雨，但也不應這般死水一潭，不起波紋吧？

不行，我得專注。

專注什麼呢？說實話，我毫無頭緒。螢幕裡，很多人走在我後頭，很多人與我錯身而過，很多人和我走進同一家餐館，很多人和我同時坐在公園。個個都有嫌疑，卻沒一個顯示跟蹤我或注意我動向的跡象。

可想而知，小胖那邊也一無所獲。

「我們局裡已經有了賭盤，」小胖跟我耳語，「一些人賭王組長的判斷是對的，一些人賭你是被冤枉的。」

「你呢？把寶押在哪一邊？」

「屁話，當然賭你是無辜的。」

原來有了賭盤，不知賭局大小，我很想下注。

3.

「我們要找的人應該是二十至四十歲的男性，」我再次提醒和我盯著螢幕的小胖。雖這麼說，卻沒把握，我不過是套用國外的統計。遵照翟巡佐指示，我負責過濾和我有關的錄影帶，小胖負責過濾三位受害者生前的錄影帶，兩人看到「可疑人物」時記下光碟日期與時間並交換意見，反覆交叉比對，或許可以找到兇嫌的身影。可疑人物？我想起「疑鄰盜斧」的典故：「人有亡斧者，意其鄰之子。視其行步，竊斧也；顏色，竊斧也；言語，竊斧也；動作態度，無不竊斧也。」後來那個神經過敏的莊稼漢總算在山谷找到了失蹤多日的斧頭。日後又碰見鄰居的兒子，再留心觀察，不管橫看豎看，那人的臉色、表情、說話或走路的模樣都沒有竊賊的跡象。

整個過程——歷時兩天——我和小胖就像兩個丟了斧頭的村夫，覺得人人可疑，沒一個善類。

——你看看，是不是這個？

——你也看看，是不是這個？

趙科員沒別的差事時也會加入我們的行列，也時不時問我們，「是不是這個？」這期間，翟巡佐大多不在偵訊室（我猜她在「偵查中心」玩大人的遊戲），只每隔一兩個小時走進來，問道有沒有線索。我們三個呆子會同時抬頭，齊聲說，沒有。不能說翟巡佐把我們當猴兒耍，因為這起多重命案裡錄影帶絕對隱藏著關鍵證據——兇手不可能完全躲過監視器——而像這樣的苦勞總得有人去做。然而經過兩天的折騰，當初對於加入偵辦和刑警平起平坐、腦力激盪的浪漫想像已蕩然無存。

第三天，七月二十三日，我決定待在家裡，昨夜已打電話向小胖報備，佯裝身體不適，得在家修養。這多少有點嘔氣的成分，但我另有正當理由。沒有任何「理論」指引，光是盯著電腦螢幕找線索無異海底撈針。我相信警方目前已經有偵查方向，甚至數個方向，但他們把我蒙在鼓裡，一逕要我埋起頭來做苦工，這只會讓我見樹不見林，忘了大圖像。

早上起來，出門爬山，才走到巷口即有兩名員警攔住去路。這兩位和另一組夜間輪班的兩名員警，自我於七月十九日出獄後便每天負責我的安全。可想而知，他們的任務同時是監視我的行蹤。前兩天我往返信義分局就是由他們開車護送的。

「吳先生，你不是身體不舒服嗎？」

「好點了。」

「現在要去分局嗎？」

「不是，我想散步。」

「不好意思，吳先生，為了你的安全，你必須待在家裡。」

「為什麼？」

「組長交代的。」

「你是說除了警察局，我別的地方都不能去？」

「沒辦法，為了你的安全。」

「我算是被軟禁了麼？」

「不能這麼說，但請你體諒我們。目前兇手是誰、在哪都不知道，你又可能是他的目標，要是你隨處亂跑，我們要花多少警力保護你啊！」

「我總該吃飯吧？」

「吃飯當然可以，但最好是我們幫你買回來。」

我不想為難他們，當下轉身，走回家裡。

4.

情緒跌落谷底，連Van Morrison也幫不了我。沒心情聽音樂，也沒心情看書。坐在沙發前盯著電視螢幕。我決定把遙控器修好。裝上新的電池，用透明膠帶捆住電池蓋，遙控器完好如初，卻沒心情看電視。該做什麼呢？

隱隱焦慮。這是因無聊引發的焦慮，若不適度紓解，它會像混沌理論一樣導致排山倒海的恐慌。吞下一粒鎮靜劑後，在客廳來回踱步。同時，我警覺地提醒自己，「不是踱步，是散步。我在散步，我正在運動，雖然只是在客廳來回走著，這也算是運動，絕非因焦慮引起的踱步。」一依多年經驗，對抗恐慌症，心態很重要，而心態的調適有時得仰賴語言。語言影響情緒，偏偏以前我常常用語言鞭撻自己。如今我學會了，不時充當自己的啦啦隊。我沒事，只是無聊。

吃完中飯（條子幫我買來的五十元便當，滿盒味精的人工甘甜），拿出記事本，一頁一頁翻看。我需要趕進度，需要知道目前警方在想什麼。翻完後，我寫出幾項疑點。

首先，關於第三起命案：若真如研判，兇手襲擊看護前發出聲響是為了讓她回頭，以便日後做出對我不利的證詞，兇手如何確定看護只是重傷而不致死亡？即便是職業殺手，也不致對自己的力道有那麼把握吧。看護昏迷數日恐怕不在兇手逆料之內。換言之，我被警方收押的日期（七月十六日）比兇手預計的可能要晚了好幾天。不過話說回頭，要是看護不幸喪命，她不就無法指認出「我」了麼！

此點或許透露出兇手帶著且戰且走的心態。或許，他想，這一起陷害不了吳誠，下一起辦到就是了。

再來，照犯案模式看來，兇手的計畫是先讓警方懷疑我，爾後在我被羈押期間再度犯案並留下證據為我脫罪。先不管動機何在（想破頭也摸不著頭緒），該問的是：這一切是否照他的計畫發展？要不是小胖在錄影帶看到我和第一、二起命案兩名死者在戶外的照片，警方無論如何也不致懷疑到我身上。如果沒有先前的「約談」，看護甦醒後的證詞也不致於讓警方馬上想到我。兇手這麼有把握？除非，他先在公園看到我和兩位死者常於戶外不期而遇——與第一位於嘉興公園，與第二位死者於捷運站旁的涼亭——從而決定下手的對象，唯有如此才能確保警方從錄影帶找到我和兩名死者的關聯。從這點看來，我宛如瘟疫，凡與我有所接觸的人都有喪命的可能？

第三，仍是第三起命案：我和中風老嫗毫無接觸的機會；而且，看護為了照顧老嫗，根本無暇散步、逛公園。這一起命案使得「瘟疫說」出現了破綻。或許我和看護曾於某時某地錯身而過，只是沒出現在錄影帶罷了。因此，「瘟疫說」仍可保留。

最後，整個過程，除了於第四樁命案兇手完全達到為我脫罪的預期目的外，前三起命案仍帶有太多「意外」的成分：錄影帶、眼尖的警員、看護倖存。兇手若執意要陷害我，他的王牌是什麼？

寫下上述筆記後，我已昏昏沉沉，思路纏繞如麻，而「瘟疫說」更讓我渾身不舒服。隨手拿起茶几上的《大台北地圖》，翻到信義區那頁，看著之前畫出的三角形。加上第四起，範圍更大了。我試圖在那頁找出命案的地點，但無法確定位置。警方只公布命案地點在「富陽公園東側步道旁的草叢」，而手邊的地圖太小，根本無濟於事。

走進書房，打開電腦，以Google地圖索引碰碰運氣。先叫出六張犁的地圖，用滑鼠點入，找到我要的區域。街道名稱與細部的巷弄號碼全有了，而且幅員廣大的富陽公園亦包涵在內。印出那頁後，我在第一起命案的位置打上黑點，針對第二、三起命案的位置亦如法炮製，因第四起沒有明確地址，只能用猜的。

一個新的圖形出現了：

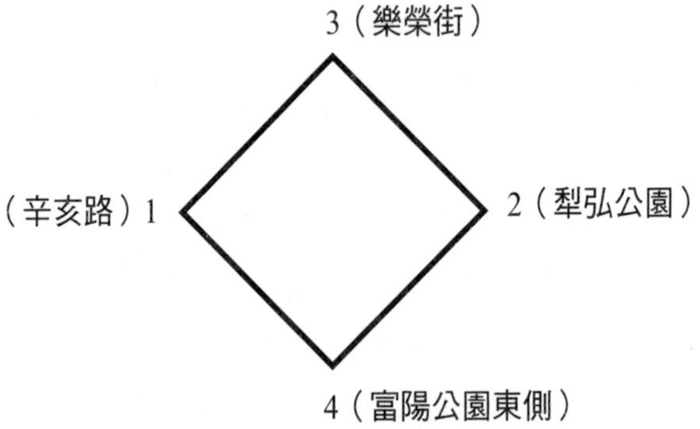

原來的三角形換成了看似金雞獨立的正四方形。只能說「看似」，因為第四點的位置未必準確。

這圖形具有任何意義麼？正思索時，突然憶及，我先前已實地觀察前三起命案現場並記下確切地址，心想，若用地址搜尋，得到的結果必然更為精確。回到電腦，我先後打出三個住址——辛亥路幾段幾巷幾樓、犁弘公園、樂榮街幾號幾樓——衛星地圖依序顯現。不但如此，每個地點都出現精確的經緯度數。

基於謹慎，我按序抄下三組號碼。盯著那三組號碼，起初看不出什麼端倪。然而，當我再三交叉比對時，有了驚人的發現。

我收拾東西，衝出家門。

14 觀樹見林殊不知林中多出一株樹

1.

「拜託，你們一定要聽我說。」

七月二十三日下午三點，我回到偵訊室裡，面對翟、趙和小胖。翟巡佐滿臉不耐煩的表情，我只能低聲下氣，委曲求全。

「這是我從電腦印出的地圖。」

我從背包拿出地圖，將它放在長方桌居中的位置。

趙和小胖狀似長頸鹿，同時翹起臀部，前傾上身，伸出脖子詳細看，翟則像顆磐石，動也不動。

「這是我以Google地圖標示的方位為基準，根據案發地點畫出的圖案。我就是為了這三角形被你們當成頭號嫌犯。目前又多了一起命案，圖形也變了。第四起地點約莫在這。」

我邊解釋邊在三角形（圖一）下方距頂端約五公分處用筆打上黑點，並將三角形頂端和黑點用一條線連結，圖案頓時狀似一把傘（圖二）。然後，我把橫線左右兩端和底端連結起來，圖案變成一個被切割成四個三角區塊的正方形（圖三）。如果我將正方形的四邊塗掉，它只不過是簡單的十字形（圖四）。

我在一張紙上將四個圖形按解說順序畫出。

「這些圖形有什麼意義？」小胖問。

「我也不曉得，但在確定它們不具任何意義、確定命案四個地點只是兇手隨機挑選的結果之前，我必須假設它們藏著訊息。這機率不大，我知道，台灣還沒出現過小說裡按照北斗七星排列位置殺人的兇手。然而像我這種人無緣無故被人陷害的機率也不大，但它確實發生了。就社會關係來看，四位死者完全沒有交集，他們互不相識，他們的子女親戚也毫無瓜葛。把他們連結一塊的除了六張犁，還是六張犁，這八成不是隨性的。依目前局勢看來，三

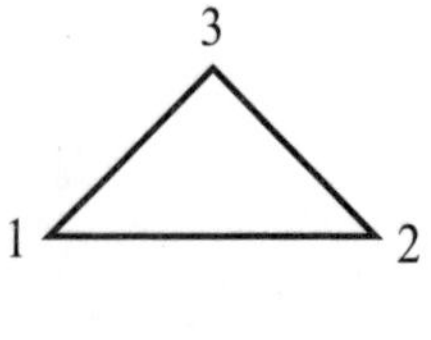

（圖一）

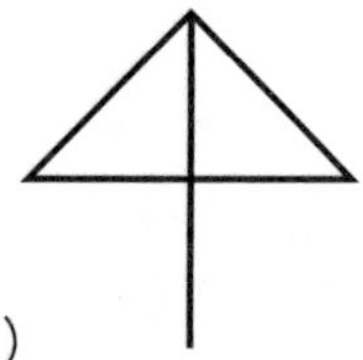
（圖二）

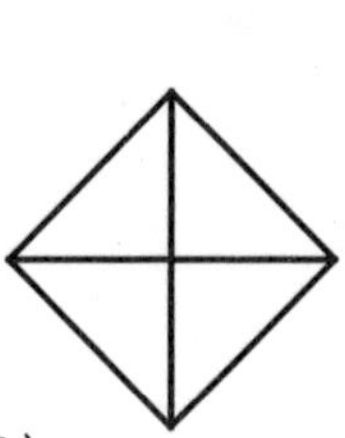
（圖三）

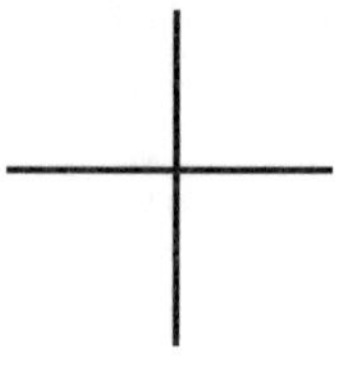
（圖四）

角形不必考慮了，至於圖二、圖三和圖四代表什麼，有何意義則尚待推敲。」

「圖二讓我想起一首日本情歌，」趙在一張白紙畫著，「曲名好像就叫〈相合傘〉或〈愛情傘〉，傘下寫著一對戀人的名字，表示風雨中兩人永恆的戀情。」

「就是洪榮宏唱的〈一支小雨傘〉嘛！」小胖竟不自覺地輕聲唱了起來。「咱二人，做陣遮著一支小雨傘，雨愈大，我來照顧你，你來照顧我——」

「你需要合音天使嗎？我可以陪你啦啦啦。」

翟怒斥小胖，然後冷眼瞧著趙。

「你們兩個笨蛋難道看不出來這傢伙在耍我們麼？」

一毛四大過一毛三，趙和小胖兩個大男人不敢頂嘴，只能脹紅著臉低下頭，但我這死老百姓可管不著幾毛幾。

「請妳讓我把話說完。」

「不必說完，你整理出來的圖形我們早就想到了。」

「我猜你們早就想到了，但是你們不知道的是這個。」

我打開記事本，翻到寫下三組座標那頁。

「這是什麼？」趙伸手把記事本拿過去看，看完後交給翟。

「這些是前三起命案現場的座標。每一組各有兩個號碼，前面是N，後面E，之後還有度數和時間符號。每組號碼前面是緯度，後面是經度。經度的每一度分為六十角分，每一分分為六十秒，所以會有分和秒的符號。緯度也差不多這樣細分。現在請仔細比對三組座標，然後看看地圖。第一起命案在西邊這點，第二起在東邊這點。詭異的是，兩個命案幾乎在同一個緯度上，只有秒數上些微的差別。至於第三起和第四起北南這兩點，它們的經度是不是一樣則有待查證。」

小胖一臉茫然，完全不知道我在說什麼，因為翟專注地比對三組座標並參照地圖，忘了把記事本傳給他。

「你怎麼查到座標的？」翟問。

「用Google衛星地圖，輸入你要找的地址，座標就會出現在螢幕上。」

「天啊！」小胖終於聽懂了。

「我可以用攜帶式GPS衛星定位器跑到第四個命案現場測量座標。」趙說，看看巡佐。

「馬上去。而且，每個現場都量一次。」翟接著說，「還有，我們現有的地圖都太小，搞一張大一點的來。」

「我可以到戶政事務所試試。」趙說。

趙正要離去時，小胖突然指著地圖，說：「注意到沒，老吳？不管什麼圖形，它們的中心點都是你，我是說，都是你住的所在。」

經小胖提醒，我才察覺忽略了這點。我抬頭看看翟，她馬上會意，才要開口時，趙也懂了。

「我知道。除了四個命案現場外，還要去吳先生家測量座標。」

「快去快回！」

翟巡佐兩眼透著激動的光芒。「借我一下。」她對我說，指的是手上的記事本，「我得查證這些座標。」臨走前她看我一眼，那神情曖昧難解，好似向我致意，卻又充滿狐疑。

2.

偵訊室只剩我和小胖，邊打哈欠邊看著錄影帶。

「你知道嗎？」小胖身體湊過來，低聲細語，一副要說人閒話的模樣。「王組長有一個理論，不准屬下告訴我，怕我會透露給你，但還是被我偷聽到了。」

「好複雜。」

「我告訴你，他認為兇手不像是慣竊，不懂得開鎖，否則他不需要攻擊那個看護奪取鑰匙。」

「我以為攻擊看護是為了陷害我。」

「那也是目的之一，但王組長認為那不叫陷害——」

「我知道，是我和同夥一起搞出來故布疑陣的把戲。」

「對。」

「繼續說。」

「在他看來，第三起命案和其他的命案搭不起來。第一起被害人是男性，且現場都沒有強行入侵的跡象，兇手怎麼進去？因此他認為兇手一定是找機會認識受害者，跟他親近，混熟了以後找一天晚上登門拜訪，就有機會殺人了。第二起命案現場在犁弘公園，第四起命案在富陽公園，因此沒有入侵不入侵的問題。第三起命案的死者是個難得出門的中風老太太，還加上看護，兇手根本找不到機會搭訕，因此只好擊昏……你懂吧？」

「所以？」

「他現在偵查的重點是找出在公園裡曾經和三名男性死者接觸過的人。找到他就找到兇手了。」

「聽起來很有道理，但這還是沒解釋兇手為何非要殺那個老婦人不可，為什麼不找別的、較容易下手的對象？」

「這……」

「等一下，咱們重新來過，案子一個一個照順序來。」

王組長果然有兩把刷子，推理方向正確無誤，雖然結論錯得離譜。

我怎麼知道？

因為我忘了告訴警方一件事。

腦袋打結的地方忽然鬆開了，但想通了什麼，一時還搞不清楚。

「第一位死者鍾崇獻住的是被夾在連棟公寓中間的二樓，左右兩邊沒有窗戶，前後陽台都裝了鐵窗，因此最簡單的方式就是從前門進去。因此兇手不是懂得開鎖，就是認識死者。」我說。

「對。」

「假設兇手會開鎖呢？」

「死者家裡不但有兩道門，還有從內反鎖的裝置。」

「有反鎖就有反反鎖，對懂的人並不難。」

「慢點，」小胖右手一揮，故作神祕狀地停頓，然後說，「死者家的鐵門還有手拉扣環，這你怎麼說？」

我思考了幾秒鐘。

「鐵門外有沒有裝紗網？」

「有，而且是不鏽鋼紗網。我知道，如果沒有紗網，兇手可以從外面用鐵絲把拉環鉤起來。但是，我們仔細檢查過了，紗網完全沒有被動過的痕跡。」

「我問你，小胖，你家鐵門有沒有反鎖裝置？」

「有。」

「你有沒有天天反鎖？」

「幾乎天天沒有。」

「我以前住的地方兩道門都有反鎖裝置，外門有手拉扣環，內門有門閂，但我不記得哪一次鎖上的。」

「說得也是。」一絲驚慌的神色掠過小胖臉龐，我猜他從此睡前都會反鎖家門。

我無法向他解釋，自從十九歲驚聲尖叫那夜之後，只要獨住時我一定不會反鎖，因為一旦再發生，我需要外面前來搭救的人可以破門而入。

「第二位死者張季榮在公園遇害。」我接著說，「根據發現屍體的老太婆的證詞，她到公園時除了屍體外，沒看見任何人。這意味什麼？死者張季榮可能是那天第一個出現在公園的人，而那名證人是第二位。」

「那又怎樣？」

「假設如此，兇手很可能只是要在公園殺人，誰先到他就殺誰。換句話說，要是那名證人早點出現的話，今天死掉的就是她了。」

「可是——」小胖搖頭。

「聽起來很奇怪，我知道。別忘了，犯案當天凌晨兇手特別事先破壞公園的監視器，這意味他打算在那殺人。但問題來了，如果他的目標是張老先生，他如何確定張老先生走到公園時，附近沒有其他早起的老人家？」

「兇嫌可能早知道張老先生的作息。他一向是第一個到那報到的，這個我們查證過了。」小胖說。

「嘖，是有可能。」

經他這麼一說，我的思路瞬時斷了。

「先不管那個，繼續討論第三起命案。」小胖說。

「第三起最奇怪。死者是……」

「吳張秀娥。」

「她半身不遂且神智不清，或許最容易下手，但是她住在三樓，又有兩道門鎖？兇手何苦為自己找麻煩？」

「所以他才需要打昏看護拿到鑰匙啊？」小胖理所當然地說。

「但是我認為一般的門鎖難不倒兇手。為什麼，我等一下解釋。兇手扮成我的模樣襲擊看護，襲擊之前還故意露臉，我覺得一定是為了陷害我，否則就多此一舉了。因此，鑰匙不是重點。從命案的日期判斷，不論國曆還是農曆，兇手似乎是不挑日子的，且每一起命案間隔的日子也不一樣。換句話說，兇手沒有時間壓力。癥結在於，兇手挑不挑人？」

小胖蹙眉，咀嚼我的推論。

「不挑行兇對象就難以理解了，但是我們仔細調查四名被害人的背景，他們還真的一點關係也沒。」

小胖說到了重點。諸多證據顯示——第二起預先破壞監視器、第三起襲擊看護、第四起留下漁夫帽和落腮鬍圖樣——兇手分明是有預謀地犯案。設若他既不挑人，又不挑時間，這一來卻給人隨機行兇的感覺。計畫與隨機，兩者之間的矛盾如何解釋？

「你剛才說要解釋為何你覺得兇手懂得開鎖。」

「對，差點忘了。」

我回過神來，凝視小胖。

「我覺得兇手進過我家。」

「啊！」

我打開背包，從裡面拿出一支手電筒。

「這是我搬來六張犁後買的第三支手電筒。第一支被我拿來敲那個變態敲壞了。」

「這我知道。」

「目前這一支是出獄後買的，因為第二支莫名其妙的不見了。」

「怎麼不見的？」

「我不是很確定，我覺得是兇手偷的。」

「怎麼可能？」

「我記得有一天把它放在家裡沒帶出門。」

「哪一天？」

「就是我和陳小姐去北海灣那天。」

「你確定？」

「我幾乎確定，不敢說百分百，因為我常掉東西。但是我明明記得跟她出發前，我回到家裡拿衣服、藥瓶時，隨手把它拿出來放著。有一天大清掃之後，還是沒找到，我才——」

「你為什麼不早說呢？」

「因為我不是百分之百確定，而且第二天早上就被抓來這裡了。緊接著就是馬拉松偵訊，我就把這件事給忘了。」

「這件事非同小可，我一定要向王組長報備。你買手電筒的發票還在嗎？」

「怎麼可能？但是三支都是在復興南路、和平東路上的盛力百貨買的，他們應該有紀錄。」我指指疊成一堆的光碟，「這裡也應該有紀錄。」

「你記得前兩支是哪幾天買的嗎？」

小胖拿起錄影帶清單，交給我。

「誰會記得？」

我看著清單，只看到很多數字。忽然間意識移位，但這回不是恐慌症的前兆，而是我於剎那間明白了。原來答案就在清單！

觀樹見林，只不過林中多出一株樹。

「幹！」

「安怎？」

「有眼無珠！我和王組長都錯過了。」我拍著桌面。

「你是看到鬼了麼！」

「你看看清單。從五月一日到七月十一日，我有一天人不在六張犁，那就是七月七號，那天我都待在翡翠灣，為什麼還有七月七號的光碟？」

「恁娘！」

小胖搶過清單看分明。

「靠背喔！」

我倆像爭奪玩具的小孩，湊在一堆光碟前搶著找出那片幽靈光碟。小胖捷足先登，迫不及待地把它放進機器。

我們不敢置信：那天早上我照例八點出現在臥龍街，照例爬山、散步、逛公園。真是活見鬼了！

只要仔細一瞧，那個人不是我。他的衣著配備——漁夫帽、背包、落腮鬍、運動長褲、休閒鞋——從頭到腳樣樣到位，而他的身高形體也近似。從解析度低的錄影帶看來，真是如假包換的「吳誠」。然而走路的姿勢儀態是無法精準複製的，無論他是多麼優秀的演員，我確定那個人不是我。

我左膝蓋軟骨磨損，行進時雖不致一拐一拐的，但身形略微左傾。而且，我長年有腰部疼痛之患，剛起床時身體特別僵硬。螢幕裡那個人沒這些毛病，反而走路時身體習慣性的往右偏。

「雄雄看很像你，」小胖瞇著眼盯螢幕，「但是走路的架勢不同，而且你的帽子不會戴這麼低，他的已經快要蓋過眉毛了。」

錄影帶裡，冒充者以我的形象在六張犁一帶蹓躂，但刻意避開兩個我每天必定報到的地方——便利商店和咖比茶咖啡——裡面的人和我熟識，他不敢冒這風險。

「我」走進一條漆黑的巷弄，自此消失無蹤。螢幕顯示，七月七日，晚上十點二十四分。帶子播完了。原來，那天晚上兩名人證看到的是冒充著我的兇手。

「這條巷子可能就是他藏身的地方，也可能他在那裡換裝，恢復自己的原樣。我們一定要找出那天巷子附近的其他帶子。」我說。

「我去找。」

「等一下，我先確認一件事。」

我找出七月六日、我和陳婕如出發前往翡翠灣那天的光碟。

我快轉到下午四點後，以正常速度播放。

四點二十三分，我從臥龍街走進巷子。

四點三十七分，我走出巷口。

四點四十一分，我坐上一輛計程車。（前往通化街和陳婕如會合，但警方沒找到之後的影像。）

晚上十點五十三分，我出現在臥龍街，走進巷子。

那不是我，是冒充者。

看到他的身影，小胖嘖嘖稱奇，不敢置信，我則全身毛髮豎立，驚懼悚慄。

兇手那天晚上睡在我家？讀我的書，用我的電腦，吃我的藥，睡我的床！

「兇手不是膽大包天，不怕我突然回家，就是早已獲知我那天晚上不會回家。小胖，我還需要一些帶子，就是所有照得到咖比茶咖啡店的錄影資料。」

「為什麼？」

「北海灣之行是臨時起意的，當時我和陳小姐就在咖比茶，說不定兇手就坐在附近聽到了。」

「我馬上去。」

小胖出去後，我已經坐不住了，很想出去走走，整理思緒，但又怕小胖馬上回來，只得在偵訊室裡乾著急。

目前的突破令人振奮，但它代表的意涵卻匪夷所思。我一直有個「分身」，隨時注意我的動向，甚且在我家住了一晚。

第二支手電筒果真是他拿走的，但所為何來？

這個人到底是誰？

或許，他此刻正在我家沙發翹著二郎腿看報。想到這，我在紙上寫下兩項因應措施。

3.

小胖去了很久，把我獨自留在偵訊室將近一個鐘頭。我不禁納悶，找幾片光碟需要多久時間？

等門再度被打開時，趙科員已經回來了，後面還跟著翟巡佐和小胖。

「光碟呢？」我問小胖。

「還沒找齊。」小胖不擅說謊，眼珠子亂轉，說完還不自覺地看了翟一眼。

趙手裡捧著狀似設計圖的紙捲，神采奕然，看來有所斬獲。

「你們看。」

趙攤開紙捲，原來是一張放大的衛星地圖。

「戶政事務所的地圖還是太小，所以我到住都局試試運氣，結果找到這張衛星地圖，光是影印就煞費工夫。」趙上氣不接下氣地說，「我已經在上面打出四個點而且連結起來。依順時鐘方向，西邊這點是第一起命案，北邊是第三起，東邊是第二起，南邊是第四起。東西連成一線，南北連成一線，剛好形成十字形，而交叉點就是你住的公寓。還不只這樣——」

趙從口袋拿出一個電子儀器。

「這是三代晶片的藍芽GPS，是最新款式5.2版，比之前的5.0版更方便。它簡化了解碼方式，不需要解碼盒，直接連結到手機或電腦就可以了。別看它小巧玲瓏，麻雀雖小，五臟俱全。它多功能，不但可以追蹤定位，最多能找到十二顆衛星，還可以設定三組回傳號碼和一組回撥號碼。而且裡面還有麥克風，可以用來監聽，屌暴了！」

趙好似忘情的推銷員霹靂啪啦說了一串資訊，我和小胖只能愣怔地看著他，而翟則是兩手叉腰等他發作完畢。

「講完了嗎？」

「抱歉。五個座標我都量過了，你們看——」趙把地圖翻過來。地圖背面畫著如下的圖樣：

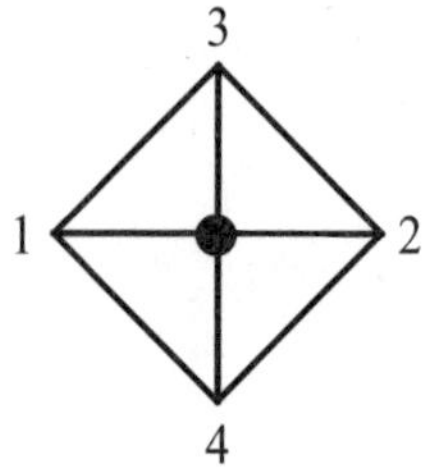

「吳先生說的沒錯，第一起命案現場和第二起命案現場幾乎在同一個緯度上，而第三起和第四起，它們的經度也幾乎一模一樣。而且，吳先生住處的座標，它的緯度和第一、二起的幾乎吻合，它的經度則和第三四起的幾乎吻合。我一直強調『幾乎』是因為這些座標不是完全一樣，都有小數點的差異。不過，這樣已經夠嗆人了。」

「我們似乎可以斷定兇手用GPS決定下手的地點。」翟一語道出癥結。

「或對象。」我補充道。

一時沉默，每個人都需要時間消化這符合推論邏輯卻又難以置信的結論。兇手依位置與座標決定生死，殺機就隱藏在經緯度裡面。冷漠、客觀、非人化。前所未見的品種浮現於台灣犯罪史的地平線上。

我突然想到另一個細節。

「趙科員——」

「叫我小趙。」

「小趙，你量過沒？」我指著地圖。「這四點之間的距離，還有十字形的長度。」

「量過了，十字形的橫線和直線等長，而且把四點連結成四方形，每一邊長度也一樣。正四方形，就像你猜測的。」

我腦海倒帶，回到我從臥龍派出所出發，先後走訪三個命案現場那天。記得回到家門時若有所思的看看手錶，原來對時間一向敏感的我——教書多年染上的職業病——那時已半意識地察覺，儘管巷弄蜿蜒曲折，從A現場走到B現場與從B現場走到C現場兩段路程所花的時間差不多是一樣的。

「兇手要的是——」翟說。

「對稱。」我幫翟把話說出。

「沒錯，完美對稱。」翟附和道。

彷如甫射出的箭瞬間折回射中自己，我驟然意識到自身的對稱強迫症。震愕，惚恍，一顆心像高空彈跳似的墜落又彈回。墜落又彈回。兇手和我患有同樣的強迫症？抑或他意反諷而嘲弄的箭靶是我？然而除了陳婕如外，我從未向任何人透露這個祕密。

正猶豫該不該向他們坦承時，小胖說話了。

「假設你們的推理是對的，那麼兇手該殺的人都殺了，只剩下最後一個，那就是你，老吳。」

小胖的手指按在四方形的中心點。

4.

一小時過了，他們還沒回來。三人正和王組長開會。

我藉故上廁所，偷溜到樓梯間抽菸，透過窗戶看著底下的街道，為了滿足菸癮，懼高症可暫時擺一邊。汽車、機車、行人、紅綠燈、招牌，以及每坪上百萬的大樓；窗外的景觀再熟悉不過了，此時卻沒實在感。眼前的窗戶把我和外在世界隔絕開來；更貼切地說，占據我心思的謎團使得真實世界不再真實。我和兇手彷彿在真空狀態下較勁鬥智，好似打了一夜麻將後閉起眼睛躺在床上依舊看到麻將，好似閉關寫作後出門上街但心靈還仍留在虛構的文字世界，更似廢寢忘食打電腦遊戲後意識回不到現實世界，感覺輕飄飄，薄如紙片，弱如秋葉。

無論代表相合傘、正方形或十字，鮮血染成的圖形使得關於動機的探究超脫了世俗層次。年齡、性別、感情、階層、高矮胖瘦這些具體因素已微不足觀。

一切變得抽象。

兇手宛如無影鬼魅，一旦試圖進入他的世界，我即使不幻化為幽靈，亦庶幾近之。過度的投入對我不利，塵埃落定之後如果還活著，恐慌症勢必不會放過我，但這是我必須付出的代價。

5.

翟巡佐、小胖、小趙先後走入。我正要問結果如何時，王組長也出現了。

「大家坐。」他沉穩地說。從他的表情看不出任何跡象。

「恭喜各位，你們的發現很有價值。」王組長向翟等三人致意，偏偏把我漏掉。「命案地點看來不是巧合，是兇手精心設計的結果。還有，我們早已確切查證，七月七日那天吳先生和陳小姐在翡翠灣渡假，因此出現於帶子的人應該就是裝扮成吳先生模樣的兇嫌。因為這兩個發現，我們的偵辦方向得稍作調整。首先，吳先生，你需要回想，兇手如何知道七月七日那天你不會回家。如果不是你告訴他，誰告訴他？你和陳小姐怎麼約好的？前幾天？還是當天？經由電話、電郵、或者面對面？我們從錄影帶得知，七月七日當天下午三點多時你和她在咖比茶咖啡店會面，如果是在那約好的，我想請你明天仔細看看帶子，看看旁邊有沒有可疑的人。以上，請吳先生配合。再來，冒充吳先生的嫌犯在七月七日晚上十點多走進吳興街的巷弄後便銷聲匿跡。我要你們實地探查他如何憑空消失。我的猜想是，他很可能就住在附近；或者，他在暗處變裝，恢復原來的面貌。因此我們除了要挨家挨戶清查那邊的住戶，還要過濾附近所有的監視錄影帶找出可疑份子，再拿來跟咖比茶咖啡店找到的線索比對。最後，吳先生，多虧了你才有重大突破。你果然是塊偵探的料，但我同時要強調，你仍然在我懷疑名單之列，尤其你得知家中失竊、手電筒不翼而飛之後卻沒告知我們這點更顯得刻意隱瞞。誰曉得，這一切——」

「都是我一手策劃的詭計，我知道。王組長，你的立場我很清楚，不要老是跳針，更不用誇我腦袋又踢我胯下。至於手電筒可能遭竊這事，只可惜我當時不敢確定，更可惜你當時一心要我畫押承認犯罪，我縱使說了，你會信麼？」

王組長悶悶哼了一聲。

「不管怎樣，接下來該我做的我一定配合，但有兩件事得麻煩你。」

我看著剛才寫字的那張紙，告訴王組長我需要警方兩項支援。

6.

離開信義分局時已是交通尖峰期，正好是台北市區最令人抓狂的時刻。基隆路塞得水泄不通猶似堵住的大腸。我原想散步回家，但如此便連累了負責護送的兩位員警，只好坐上警車從另一頭，松智路往台北醫學院的方向，繞道駛向臥龍街。途經莊敬路時，車子也不少，我建議拉響警笛，要死老百姓讓開。坐在副駕駛的條子轉頭冷冷瞪我，負責駕駛的也從後視鏡瞅我一眼，看來他們對於護送這檔差事極為不爽。

車子來到巷口。其中一位陪我走到家門，確定沒事後，對我說，他們就在巷口巡邏，八點時另一組會來接班。

警方已經就一九七巷的居民做地毯式清查。除了兩戶最近才搬來外，其餘都是死巷裡的老居民。兩戶裡，一戶住著一個家庭，先生從事水電修繕，太太為家庭主婦，在家照顧兩個上小學的兒子。一家四口於五月十二日搬進。另外一戶是三十來歲的單身女子，來自南部，於四月二十四日搬進。為慎重起見，警方已派人到家查訪，並核對兩戶的身分證件。一九七巷沒住著可疑人士，警方無「後顧之憂」，只要派人盯著連接臥龍街的巷口便能滴水不露。

等他走離視線後，我拿出手電筒，蹲下，檢查大門底緣。我早已懷疑家裡曾被入侵但沒十足把握，這幾天出門到分局前都會把塗上糨糊的白毛線貼在裡面的鐵鋁門和外面的鐵門上，兩條都黏在門與門框鄰近地面的地方。即使今天下午兩點多匆忙離去，也沒忘記這項行動。這招從〇〇七學來的，只不過史恩康納萊用的是頭髮和口水。

鐵門上那條白線不見蹤影。

我陡然豎立，往巷口疾走，當下直覺是告訴警察，但沒走幾步便踟躕不前，杵在巷子中央。會不會是風吹的？被郵差踢落？兇手還在屋裡的機率多大？微乎其微，我想。兇手既然已逃之夭夭，報警有何意義？他們會相信我嗎？

往家門回走。打開鐵鋁門時盡量不發出聲響，先用手電筒確定前院沒人後，輕步走向內門。再度蹲下，檢查內門底緣。白線也不見了！

這廂終於確定。今天的風可沒那麼大，一口氣吹落兩條線。我不作多想便把鑰匙塞進孔裡，開鎖後沒敢入內，卻往右邊閃開。當時只想自保，若有人從裡面衝出，可不想被他撞倒或淪落更慘的下場。十秒，二十秒，三十秒……我按照急速的心跳測量時間。三、四分鐘過去了……毫無動靜。

我輕輕推開鐵門，仍舊先用手電筒察看客廳裡沒人後才敢進去。這時候該不該開燈？電影裡好像都不開燈。開燈吧，管他去死，寧可視線無礙，免得被自己的影子嚇得心臟病發。

我徹底檢查書房、臥室、衣櫥和浴室兩遍。沒有驚奇。關上鐵門，反鎖。生死關頭，恐慌症算什麼？

我花很多時間檢查電腦，察視兇手有沒有留下任何訊息。桌面和「我的文件」都沒有可疑檔案。我的電腦沒設定密碼，只要開機便可直接進入，對方可任意瀏覽我上過的網站，至於生意清淡的郵件信箱也可一覽無遺。我上Google，檢查今日上網紀錄，看不出有何蹊蹺。打開信箱，亦無異狀。

檢查臥室確定兇手沒拿走或留下東西後，我站在客廳中央掃描四周，仔細端詳每個角落：跡象顯示沒什麼被動過，也沒少什麼東西。

風聲惡訖之際，他貿然闖入用意何在？該不會只為了在我家睡午覺吧？想到這，我快步走進臥室，檢查床邊地上的書籍。我每天睡前一定要看書，翻完一本就往地上一扔，因此總是散置三四十本書，直到起床時常常被絆倒後才會整理放回書架。我仔細檢查，沒一本感覺陌生的封面。

我回到客廳巡視書架，無啥可疑之處。忽然，我注意到有一本書特別礙眼，很不尋常。這本書與牆面至少有十公分之距。

我取下書皮暗藍的《金剛經講錄》。快速翻一遍，檢查裡面是否有兇手留下的字條或任何訊息。沒有。再翻一次，這次放慢速度，以免錯過蛛絲馬跡。這時，我赫然發現某頁左上角被摺了起來。

就是它了！

我對父親印象模糊，但他立下的一些小規矩（來不及教我大道理）我自小及長便慎而重之，奉行不悖，藉以紀念面嚴心慈的父親。譬如有一回，他用筷子夾一塊紅燒豬肉給我，我拿筷子去接時，他說，用碗，不要筷子接筷子，這樣很粗俗也很沒禮貌。另外一道規矩和書本有關。我才上小學，他便再三叮囑，在書畫線、作筆記都無所謂，但千萬不能反摺頁角，否則對書不敬。父親受過日本教育，亦受祖父影響潛習漢學，十足書生氣。母親不只一次表示，只嘆我父親英年早逝，否則他兒子日後不致明明是大學教授卻不修邊幅看起來像流浪漢。有時她會換個說法，所幸父親早逝，才不會看到他兒子徒有學者頭銜卻講話粗裡粗氣。我總是回以「被妳帶壞的」，她總是不忘罵我一句「死囝仔賊」。

就是它！我從不敢將書頁摺成狗耳狀。

這一頁上面，我於某段文字旁畫線並於頁緣空白處寫下眉批。

畫線部分：若心有住，即為非住。

眉批：奧義之玄尤甚古希臘玄學。

從底部算起，書架三、四兩層擺滿了和佛教相關的書籍，都是近半年蒐集所得。一些是花錢在書店買的，一些為結緣佛書，於爬山或散步時找到的贈品。我抽出其他佛書，一本本仔細翻閱，確定只有《金剛經講錄》一書有摺角後，盤坐於地，端詳那頁。

「是故，須菩提！菩薩應離一切相，發阿耨多羅三藐三菩提心，不應住色生心；不應住聲香味觸法生心，應生無所住心。若心有住，即為非住。」和所有佛經其他文字一樣，這段經文無異希臘語，總讓我這門外漢丈二金剛摸不著頭腦，即便細細咀嚼道源法師的揭示也只能但知其一不知其二。

若心有住，即為非住。道理很玄，卻不是芝諾（Zeno）那種為玄而玄的詭辯。法師釋道：「你若有所住，就是妄想心，妄想心取相作緣，臆想分別，取捨不停，與離相無住的般若空慧不能起相應。這樣真心就不能坦然自在、無罣無礙，隨緣任運的修持下去；這樣就不能安住真心了。」

據我淺薄的領會並關照自身的際遇，這八字道盡我近來的頓悟與妄執。心性但求安住，若迷惘於表相之住，即為非住。因此人們仍為俗事紛擾懸念不絕，為人情世故而喜而悲。離相無住乃為真住。

道理不難懂，境界卻非俗人可及。我切斷一切、絕念絕情，隱居於死區未嘗不是離相的作為。我不再冀求恐慌症放我一馬何嘗不是拋棄我執的努力？然而弔詭的是，意欲離相的「作為」或「努力」即是妄想心，反而使心性更趨近之於相的執迷。放手一搏與兩手一攤不過一線之隔。之於我的「壯舉」，我間或竊竊自詡，卻常因悟出我恐怕又掉落另一陷阱而惴惴不安。到底我正邁向救贖之路抑或毀滅之途，我毫無解答。

兇嫌摺下此頁用意何在？他在取笑我？他想提醒我什麼？這又和他冷血殺人並誣賴我有何干係？

我在記事本上抄下那段經文和法師解析後，將《金剛經講錄》置回書架，並確定單是這本不緊貼牆面。關鍵的十公分。我希望兇嫌以為我沒留意到他的訊息。

他膽敢再度闖入，這回我可是嚴陣以待。稍早前王組長已答應我的要求。明天清晨警方會在我屋內加裝監視器，並在臥龍街部署員警於車內監控，兇手一旦出現於螢幕必將無所遁形，手到擒來。

7.

十一點正，我依約去電給涂律師。被釋放後，手機始終保持關機狀態，必要時才打開，否則會有接不完的電話。

「你真的要撤銷對警方的告訴？」涂律師深表惋惜地問道，失望的口吻像個要不到糖吃嘟起嘴的小孩。

「沒辦法，我需要他們讓我加入調查。」

「很可惜，我原本想跟你一起創造歷史的。」

「我知道，不過咱們還可以告媒體。目前狀況如何？」

「已經鎖定七個目標。一個文字媒體記者，兩個電子媒體記者，四個名嘴。」

「太棒了，凡是名嘴求償金額多一倍。」

「交給我。公布前我需要和你confirm，如果你也認為他們涉及汙蔑誹謗，我馬上開記者會。」

「不必confirm，我相信你的專業判斷，你認為告得成就儘管告，不用問我意見。」

「要是他們想和解呢？」

「一個原則，記者可以考慮，名嘴絕不和解。」

「這麼討厭名嘴？你知道我也算是名嘴。」

「改天再告你。」

「謝啦。明天早上十點整看電視。」

「拭目以待。」

其實我明天沒時間看電視，一大早就要到分局報到。

躺在床上，想像明天媒體反應和名嘴錯愕表情，帶著微笑滑入夢鄉。隔天醒來後始察覺，竟忘了吃安眠藥。

15 一個充滿自稱佛教徒的美麗新世界

1.

「有時候，」宗薩蔣揚欽哲仁波切寫道，「由於佛陀的教法沒有如我所願地風行而引發的挫折感，或有時候出於自己的野心，我會想像一些改革佛教的主意，想把它變得更單純、更直截了當、更清教徒式。以歪理歧見來想像，將佛教簡化成定性、定量的修行，諸如每日禪坐三回，堅持穿著某種服裝，堅信某種意識形態——譬如『全世界的人都應該轉信佛教』。如果我們能許諾這種修行會帶來立即、實際的結果，我想世界上就會有更多的佛教徒。然而，當我從這個幻想醒過來，清醒的心會告訴我，一個充滿了自稱佛教徒的世界，不見得會是一個更好的世界。」

2.

七月二十四日早上九點半。

「若心有住，即為非住？」小胖看著我的記事本唸出聲來。

「太玄了，我看完解說仍然似懂非懂。」小趙說。

「一點都不玄，是你沒慧根。佛教的道理其實很簡單。」翟說。

「各位，暫時不討論這個，」王組長不耐煩地打斷他們，「沒這回事。一個佛教徒會幹下數樁殺人案件我無論如何不能相信，有的話老子頭剁下來給你們當椅子坐！」

「說不定兇手走火入魔，曲解佛教。」我說。

「以佛之名殺生？荒謬！」

「我也認為不可思議。沒這種前例。」翟附和著。

「吳先生，如果你提前告訴我們家裡曾被入侵，兇嫌昨天就落網了，不致讓他來去自如；如果你是個夠格的私家偵探，看到異狀時第一個動作就報警，而不是拿起書翻了一整夜，我們說不定早就有兇嫌指紋了。因此，我對這一切還是不太相信。」

「我們還要原地踏步嗎？」

「是你在原地踏步。我好奇的是，吳先生，你是不是佛教徒？」王組長說。

「算不上是。」

「怎麼說？」

「半年前我才開始接觸佛教，讀了一些書，對我有些啟發，但我不打坐、不禪修，菸酒不忌，髒話連篇，餐餐有魚有肉，怎敢自稱佛教徒？但是我辭掉工作、賣掉新店的房子，搬來臥龍街多少和佛法給我的啟示有關。」

「有沒有人知道這半年你專研佛法？」

「專研不敢說，隨便看看罷了。」

「專研、隨便看看、附庸風雅，怎麼說都可以。」老傢伙毒舌又發作了。「有沒有人知道你這方面的興趣才是重點。」

「應該沒有。」

「你不確定？」

「不確定。不過我記得退出劇團時，我發了一封信給很多人，裡面似乎提到了佛教。」

「吳先生，我建議你用力回想，到底有誰可能知道，這是第一點。第二點，先不管嫌犯留下的訊息，因為我不確定那是真的。吳先生宣稱他的書都是擺得好好的，只有這本看起來不對勁。這理由有點牽強，誰敢把握他的內衣褲每件都是摺好燙過的？第三點，假設吳先生所說屬實，我們即刻派人把臥龍街一九七巷口的錄影帶調過來看便可見分曉。但是別忘了，錄影帶也有盲點。據我所知，兇嫌和吳先生一樣，對於六張犁何處有監視器瞭若指掌。無論如何，目前吳先生住處已經裝了監視器，兇嫌再度現身一定可以逮個正著。今天的工作主要還是從錄影帶找出可疑人士。巡佐，妳把昨晚通宵過濾、篩選的帶子讓吳先生過目。就這樣，開始工作。」

王組長走後，翟巡佐取而代之。

「首先，咱們回到七月七號那天。兇嫌扮成你的模樣在六張犁一帶出沒，但是他後來轉往三張犁，於十點二十四分走進吳興街七〇一巷後，便消失無蹤。我們已經調查戶口紀錄，昨晚也派人到那兒一家家查訪，沒發現可疑人物住在附近，可見答案就在錄影帶裡面。吳興街七〇一巷子通往兩個方向，左轉通信義路五段，右轉通祥雲街，因此有兩組帶子。你先看看通往信義路這組。」

我盯著螢幕。十點二十四分到十二點之間，有八個人從七〇一巷左轉走向信義路，其中兩名是夜歸女子，有兩名青少年結伴而行，還有一對看似夫婦的中年男女。換言之，只有兩名可疑人物：一個是身高中等、穿著球鞋的年輕男子，另一個是身材矮胖、穿著拖鞋的中年男子。

我們查過了，翟說，他們兩個都是七〇一巷住戶。兇嫌有沒有可能開車，我問。不可能，她說，巷子太小不能停車，機車也很少。

接著，我看另一組帶子。祥雲街沒信義路熱鬧，那段時間從七〇一巷右轉的只有四人，按序為一名十四五歲的青少年、一名老翁、一名中年婦人、一名中年男子。我再三倒帶，仔細端詳中年男子的長相、衣著、姿勢。我確定從未見過此人。我再倒帶，略過中年婦人，回去端詳那名老翁。只見他舉步維艱，一瘸一拐的走著，那模樣我似曾相識，感覺頗眼熟。

「他有點怪。」我不敢確定，喃喃地說。「好像在哪見過。」

「就是他。」翟說。「我和小趙今天一大早拿他的影像給巷裡的住戶看，結果沒有人見過此人。雖然影像不夠清楚，你注意看他穿的休閒運動褲和球鞋。對老人家來說太時髦了點，而且經過比對，和兇嫌消失前穿的是同一款式。」

「變裝！」我恍然大悟。

「沒錯，」小趙說，「而且不是一般的偽裝。他冒充你，只要戴上漁夫帽、貼上落腮鬍就可以了，但是要變成老人可沒那麼容易。你看鏡頭裡的他，皺紋看不出是假的，滿頭白髮也像是真的，加上走路的姿勢，即使在大白天也不一定有人看出破綻。」

「最近有一個新聞，」小胖說，「香港有一個年輕人打扮成滿臉皺紋的老人，居然騙過加拿大航空公司的驗票人員而成功搭上班機。」

我記得那則新聞。年輕人裝得維妙維肖，彎腰駝背地拖著行李，引來其他好心旅客的幫助，直到他進入廁所、變回本尊模樣後，鄰座的旅客才發覺不對，白人老翁不見了，卻多了一名黃皮膚的少年郎。

「大白天也看不出破綻？」我似乎記得在哪看過這老人家了。「趕快，幫我找咖比茶的帶子，我要看的是七月六號我和陳小姐約好到翡翠灣那天三點多的時候。」

我話還沒說完，小胖已經抽出我要看的光碟。我不解地看著他，感覺他的反應快了半拍。螢幕裡，我坐在塑膠椅上看報紙，陳婕如尚未出現，但隔壁桌坐著一個人，正是那名老翁。老翁若無其事的喝茶抽菸。三點五十四分陳婕如現身，坐下。以兩桌的距離研判，老翁應該聽得到我們之間的交談。

「沒錯，就是他！」

原來這名與我偶爾在咖比茶「不期而遇」、疑似患有皮膚鬆弛症的老翁就是一直跟蹤我、陷害我，甚至侵入我家的人。

「果然是他。」翟幾乎同時說。

果然是他？我不解地看著他們，三人臉上都帶著神祕的微笑。

「你們哪時確定的？」

「昨天半夜已懷疑是他，今天早上實地查訪後就確定了。」翟回道。

「為什麼不直接告訴我呢？何必浪費時間——」

「我們必須要看你的反應才決定要不要告訴你。」

此時我終於明瞭為何昨天我想看咖比茶的錄影帶時，小胖佯稱找不齊的緣故了。原來，警方昨晚瞞著我自行先過濾一遍了。

「搞了半天你們到現在還在試探我，這是王組長的主意對不對？」

「對。組長認為，要是你到現在還不指認他的話，表示你故意隱瞞。」

「現在呢？我已經指認了，嫌疑也沒了吧？」

「對王組長來說，還沒。但是小胖認識你，小趙偵訊過你，他們對你有一定的了解，早就認為你不可能和兇手同夥。而我呢，一開始認為你嫌疑很大，但是現在、此刻，我終於相信你的清白。」

「謝謝。」聽她如此表白我反而有點靦覥，想改變話題。「接下來怎麼辦？」

「尋找老翁的蹤跡。我們發覺你搬來的第二天，老翁就盯上你了。」

「我猜也是。現在回想，我第一次到咖比茶就注意到他。他跟我一樣是老菸槍，和我抽同樣的牌子，也戴著漁夫帽。每一次碰到時我總是向他點頭示意，有一次還跟他借過打火機，但我們從來沒講過話。」

「另一個房間正有一批人在搜尋老翁的形跡，但截至目前老是碰壁。兇嫌有時消失在人多的地方，比如臨江街夜市，有時從莊敬路上象山或從富陽街上福州山後就不見蹤跡了。」

「有夠奸巧，幹！」小胖脫口而出，不好意思的覷著翟。「歹勢，長官。」

「說得好，但不要叫我長官。叫我——」

「翟姊。」小趙說。

「什麼『翟姊』！」我沒看錯，翟姊的臉霎時緋紅。「我年紀又沒比小胖大。」

台灣人論起輩分大小，總是扯個老半天，我得及時止住。

「就叫妳翟佐好了，我也叫妳翟佐。」

我的提議獲得所有關係人同意。突然，小趙像是發現新大陸似的叫了一聲。

「哇，我們忘了一件重要的細節。兇嫌先是冒充吳先生，然後躲進巷子易容為老翁，很有可能之後變回本尊的面貌。」

「胡說八道，」小胖說，「又不是在搞川劇的變臉。」

「嗯？」翟佐側著頭思考可能性。

小趙的發現算不上突破。即使兇嫌變回原來面貌，只要他在暗處或山裡完成，再多的監視器也無法把本尊和老翁聯想一塊。但是，經他這麼一點，加上小胖提到的川劇，我赫然聚焦，想到了關鍵。

「小趙，你剛才提到來自香港關於變裝的新聞，能不能找出來印給我？」

「沒問題。」

「怎麼啦？」翟佐問。

「小趙的想法和小胖的反應同時觸及一個重點，那就是易容這種技術，沒有一點訓練、沒有專業素材是不可能辦到的。」

「對！我怎麼沒想到。」翟佐自責地說。

「因此——」

「因此，我們要查出台灣有哪些店在賣這種東西。」翟佐把我要講的話幾乎一字不漏地說出來。

「沒錯。而我呢，需要去找一位專家。」

「誰？」三人異口同聲地問。

「以前同事。」

我向他們解釋，台灣影劇圈內特殊造型的人才少得可憐，電影圈有一些，戲劇界只有一位。我口中的同事叫李維雯，三年前自美國獲得藝術碩士學位後回國任教，她的專長就是特殊造型和面具。

3.

小胖開著警車前往我以為此生再也不會踏進一步的戲劇系館。沿路，我讀著小趙幫我印出的資料。

那位易容闖關的華裔青年從網路買了SPFXMasks面具公司代號「長者」的產品。所費不貲，價格逾1200美元，若要安裝毛髮則另需加錢。該公司出產的面具極薄，具「真人皮膚般的質感，可如實表現出各種面部表情。」半年前，美國俄亥俄州辛辛那堤市發生數宗銀行搶案，一名白人青年戴著一只購自SPFXMasks的黑人面具，連續闖入五間銀行，順利搶走大把現鈔後逃逸。警方根據監視錄影帶發出相片通緝非裔搶匪，後來才發現被易容術耍了。為此SPFXMasks負責人向傳媒表示，「對於有人將自己的產品用於犯罪活動感到震驚以及難以置信。但本公司的面具確實有可能將人變成另一個人而不被發現。」儘管負責人公開表示遺憾，我想，他不得不承認這是花錢買不到的廣告。

走在系館，感覺很怪。有穿著警察制服的小胖陪著，更覺奇異。

早上十一點多，大部分學生正在上課。一兩位學生認出我，正想打招呼，看到小胖後，嘴巴張開又闔上，手舉到一半又放下。

我們悄悄走過系辦公室，搭電梯至四樓，來到李維雯教授的辦公室兼工作室前，叩門。

「請進！」裡面傳來清爽明亮的聲音。

李見到是我，驚呼一聲，趨前給我一個美式擁抱。

「好久沒見！」她邊說邊看著站在一旁的小胖。「沒事了吧？我在電視上看到——」

「沒事了。這位是我朋友陳警員。」

兩人握手。李維雯三十出頭，身材高䠷，蓄著齊耳短髮，上身那件藍色T恤塞進沒繫皮帶的淺藍牛仔褲，看起來像個研究生。

「有件事想請教妳。」

「跟兇案調查有關嗎？還是需要我做人格證人？我願意作證，陳警員，吳老師是個好人，雖然個性孤僻、講話機車。」

小胖大概很少遇見這麼年輕、講話又如此直率的女老師，一時不知如何回應，只顧傻笑。

「我們想請妳看看這些資料，然後告訴我們妳的想法。」我說。

她大致翻了幾頁便說，很熟悉這則新聞。

「我們想問的是，這種面具可不可能自己做？」

「製作頭套的過程很複雜也很專門，先要臉部翻模，然後打出模子，最後還得上色，中間出錯時還要知道如何修正，但是最重要的是材料。我上課示範頂多用便宜的軟皮塑膠，但幫職業劇團做特殊造型經費多一點時，用的材質是發泡乳膠。好萊塢常用的材質是強化矽膠，也就是SPFXMasks公司用的那種，幾可亂真，但是超貴。唯一的缺點是不透氣。那個闖關的年輕人會在途中跑到廁所把面具卸下，原因應該是他再撐下去就會因窒息而不支倒地。」

「因此如果某人戴這種面具在太陽底下走來走去，他——」

「不中暑也會心臟病發。」

「要是妳，妳會怎麼做？」

「要是我什麼？」

「如果要妳戴一個可以長時間在外走動且不被人看出的面具。」

「你們要搞臥底是不是？」李老師兩睛一亮，眼珠子隨著想像咕溜滾動。

「不是，只是假設性問題。」小胖說。

「如果是我，我會選乳膠為基本材質。乳膠以橡樹汁為原料，天然又透氣；矽膠是利用藥水發泡製成的化學產品，散熱差而且不環保。而且，我會自己做，不會在網路買。」

「為什麼？」我問。

「網路賣的都是白人或黑人面具，我會買材料自己上色。」

「這需要專業技術，一般人辨不到吧？」

「網路時代什麼都辦得到。有人可以從網路學會製造炸彈，面具算什麼？」

「說得也是。」

「如果你們那邊需要，」李對小胖說，「我可以為你們上課。半年前我就在劇場技術協會主持一場工作坊。」

「是嗎？有很多人嗎？」我問。

「很多人報名，阿貓阿狗都來了，我不得不篩選，只讓有影劇資歷的人參加。」

「有沒有名單？」小胖的聲音突然緊繃。

「喔，你們在找嫌犯！天啊，原來六張犁殺手是戴面具的！」

「我沒這麼說，」小胖急忙否認，可惜多說了一句，「請妳務必保密。」

「沒問題。你沒這麼說，我也一定保密。」

李老師走到檔案櫃，拉出最上層，用手指翻著文件夾，未幾，從中抽出一份。

「學員名單就在裡面。」

「太棒了，謝謝。我影印一份後馬上奉還。」小胖說。

「不必了，這資料早該丟了。」

臨走前，我倆再三道謝，李老師再給我一個擁抱。

「不要辭職了就不找我喝酒。」她說。

「一定找妳喝酒。」

「我差點忘了，」我正要關門時，李突然說，「台北有一家公司叫Hollywood Secrets，他們以特殊造型和面具為噱頭，定期開班授徒，並在網路販售從加州進口的材料。你們應該到那邊問問。還有，還有，最近都在報導，你正在告記者和名嘴，真是酷斃了。告死他們！」

回程路上，小胖打電話給翟佐，向她報告這邊的收穫並請她調查李維雯提到的那家公司。

「是英文名字，好像是維多利亞祕密。」

「不是啦！」我在一旁大叫。「幹，那是賣女人內衣的！是好萊塢祕密。」

「啊？不是，不是，」小胖滿臉通紅，結結巴巴，「應，應該是好萊塢祕密。」

幹！掛上電話後小胖懊惱地罵了一聲。

「她會不會以為我在吃她豆腐？」

「怎麼會？不過一時口誤罷了。不過據我所知，口誤是內心的表白。」

「你到底在安慰我還是糗我？」

「老實講，你是不是……」我故作嚴肅狀。

「什麼？」小胖警戒地轉頭看我。

「你是不是喜歡……」

「你在黑白講啥！她官階比我大，我怎敢肖想？」

「你想到哪裡？我是問你，你是不是喜歡維多利亞祕密？」

「幹！拉撒鬼，苔膏人！」

小胖罵中帶笑，如釋重負的吁一口氣。

4.

回到偵訊室。

翟佐告訴我，她已經派人帶著偵查令到「好萊塢祕密」那，要求對方配合調查，提供必要資訊。

「但是，」她接著說，「我們看了昨天臥龍街一九七巷的錄影帶，沒看到神祕老翁的影子。」

「怎麼可能？」我說。

「或許就像組長說的，兇嫌知道怎麼躲監視器才不會出現在螢幕上。」

「巷口左右各有支監視器，會有盲點嗎？」

「監視器掛在臥龍街上，離你住的巷口有一段距離，因此有些地方照不到。」

「我還真住在窮人巷裡啊。」

台灣較高級的地段通常架設了過多的監視器，連一隻蝴蝶都無法遁形，但窮一點的地方不但監視器少得可憐，有的甚至只有外殼。

我在回程的車裡已經過目李老師提供的名單，只有兩個名字略微耳熟。一個是我曾經教過的女學生，另一個應是活躍於小劇場的男性。睽違劇場已久，加上懶得記別人姓名的壞毛病，這份名單即使暗藏玄機我也不甚了了。

「小胖，這個名單光是這樣看，看不出什麼端倪，我需要的是照片。」

「我可以到那個什麼協會——」

「劇場技術協會。」

「我現在去。這些人申請時應該都會填一些個人資料。」小胖看看翟佐。

「去吧。」

小胖走出偵訊室，差點和步入的小趙撞個正著。

「賣面具的公司實在太多了，」小趙面帶倦容地說，「有店面的就十幾家，用網路賣的更多。這只是台灣。美國、日本、香港、大陸都有販售面具的網站，兇手不一定要跟台灣的公司買。」

他把一疊從電腦印出的資料拿給我看。

「這些公司賣的是party用的面具，例如萬聖節或化妝舞會。兇嫌需要的是更專業的東西。」我說。

王組長走進。

「今天早上的錄影帶整理出來了。沒老翁的蹤影。」

昨日離開警局前，我請王組長幫我兩件事。其中之一就是在我家安裝監視系統，另外一件則是派便衣跟蹤我並拍下錄影帶。

我已跟警方達成共識：今後來往於住家與分局兩處我不會再像前幾天那樣坐上警車。我要一路走過來，一路走回去。王組長剛開始反對，認為此舉讓歹徒有機可趁。我笑著問道，組長，你該不會為我擔心吧？王組長說，不管我有多大嫌疑，確保我安全仍是他的責任。我向他道謝並解釋我的想法：「既然我們懷疑兇嫌一直在跟蹤我，沒有理由認為他不會繼續跟蹤。因此我建議組長沿路派一些便衣跟在我前後，用隱藏式攝影機拍下來往的行人，說不定能找到那傢伙。」王組長揣想半晌後終於贊同我的提議，但有個附帶條件：「要設定路線才容易部署並減少出錯的機率。」

於是，今天早上我按路線行進，從臥龍街走到和平東路，於基隆路右轉後一直走到松仁路。這是我平常散步較少選擇的路線。比起蜿蜒的巷弄，和平東路和基隆路直楞楞的，既嚴重汙染又噪喧，毫無情趣可言。沿途，我努力克制回頭張望的衝動，感覺真難受。同時，我暗自觀察哪些是預先部署的便衣。說也奇怪，居然看不出半個。當時想，王組長不會是跟我鬧著玩的吧。

「你確定？」我問道。

「當然確定。我派了一組人馬一路跟著你，而且安插四個便衣在定點伺機而動。這加起來有多少監視紀錄，你知道嗎？一共五個帶子。我們交叉比對了半天，就是找不到老翁的影子或可疑人物。」

「我可以看嗎？」

王組長想了一下，對翟佐說，「給他看。」

小趙起身說，我去拿。

王組長說：「不用了，帶他過去。」

翟佐、小趙和我都愣住了，以為聽錯了。

「組長，哦……」小趙喃喃道。

「你重聽嗎？我說帶他過去看。」

「是。」

我看著組長。老傢伙總算相信我了，本想說句俏皮話來打破尷尬，幸好及時煞車。

終於獲准進入「禁區」。

信義分局在六樓近二十坪大的空間設立了「偵查中心」。四面牆裡有三面幾乎貼滿各式資料。有一面牆盡是圖表，有的標示命案現場的地理位置，有的標示出每個命案日期（紅字為農曆、黑字為西曆）與命案間隔的比對。最大的一張就是小趙蒐集而來的衛星鳥瞰圖示，上面有四個紅色圖釘標出四個命案地點。另一面牆全是照片，依案發順序，貼出每起命案死者、現場，以及周遭環境的照片。之前我只能在腦海想像死者的慘狀，如此近距離觀看還真驚心動魄，渾身起雞皮疙瘩。還有一面牆用幾張海報紙標示出四名死者的社會關係，其中一張試圖建立死者之間可能存在的關聯，但上面沒有一條連線，只有很多問號。

除了翟佐和小趙，共有八名幹員在裡面工作，各個神色凝重。有一名正在閱讀資料，另外一名忙著打電話。正中央，有三名便衣聚攏於由四張辦公桌湊成的臨時會議桌旁討論案情。其餘四位面對著光溜溜的那面牆，坐在椅子上專注地看著電腦螢幕。

王組長帶我走進時，幹員們紛紛抬頭，詫異地瞅我一眼後，隨即回到自己的工作。

錄影帶已經備妥，小趙為我推來一張上了滾輪的電腦椅。我、翟、趙三個腦袋瓜湊在一塊，盯著同一個螢幕，花了一個鐘頭多才把五個帶子看完。每隔一段時間小趙或翟佐就會問我，是不是這個？我都說不是，我對這些路人毫無印象。

沒有老翁蹤影，亦無可疑人士。

翟、趙兩人陪我回偵訊室時，王組長走出他的辦公室。

「你們先進去，我和吳先生到我辦公室聊聊。」

王組長請我坐下，關上門。

「吳先生，這兩天我們一直在觀察你，從內從外。」

「我不懂。」

「翟巡佐他們三人在我指令下和你合作，必要時才餵你資訊，看你的反應，主要是為了觀察你有沒有誤導調查方向的嫌疑，此為從內。」

「從外呢？」

王組長略微抬起下巴，指著我身後。我皺眉，不解其意。

「從外觀察在保密中進行，連翟巡佐他們都被蒙在鼓裡。偵訊室和我辦公室之間有個小房間，是單向透視偵查室。從你再度踏進這房間的那一刻起，我們就全程錄影，找測謊以及心理專家監視你一舉一動，一言一行。我要他們觀察的重點不是你說了什麼、做了什麼，而是你有沒有一直在注意那面玻璃。我同意他們的判斷：你沉浸於推理中，急著破解謎題，以致於把之前讓你渾身不舒服的單向玻璃給忘了。為了慎重起見，我們重看之前的帶子，發覺原先紓解焦慮的肢體動作這幾天完全不見了。你不再十指交叉，你不再捏著身體。換言之，你不再焦慮。

「多虧你的投入，本案調查有了明確方向，但不要以為走到這一步全是你的功勞。關於面具這件事，我們早有警覺。鑑識科在第四起命案死者的指甲挖出疑似兇嫌的皮下組織和血液。這是你知道的，你有所不知的是，他們同時找到不屬於人體的微量證據——乳膠。我們一直不確定它代表什麼。乳膠的用途多廣，可以用來做手套、鞋墊、保險套，也可以用來當作海綿製品或化妝用具的材料。因為你，我們才確定它來自於高科技面具。我現在完全相信你的清白，也希望你繼續和我們合作。

「但是，有一件事別人不能幫你，只能靠你自己，那就是你要細細思考曾經冒犯了誰。不要跟我說你跟任何人無冤無仇，也不要說，你跟誰都沒有金錢或感情瓜葛。偵訊時你一再疾呼，從未對人動粗，我也相信。但是非肢體暴力是無形的，看不見的傷痕有時反而深入骨髓。殺機這種東西也一樣，有的具象，有的抽象。有時你偷了別人老婆也不一定惹來殺身之禍，有時你只是無意間瞄了陌生人一眼就莫名其妙被痛毆致死。因此我希望你今晚回去想想，殺機從何而來？為何有人恨你到絞盡腦汁設計陷害於你的地步？不要執著於哪件事或哪時候得罪了誰，從深處著眼，挖你的心、你的過去。給你一個提示：你這個人最令人討厭的地方是什麼？」

一向厭煩別人說教的我將王組長這番語重心長的提點一字字聽進耳朵，灌進心靈。

我才要走出辦公室時，王組長又說話了。

「其實，我一開始就游移於懷疑你和相信你之間，並不是你以為的打死就認定你是兇手。」

「為什麼相信我？」

「因為你是左撇子。」

「我不是早跟你說了？」

「鑑識報告顯示，兇嫌八成慣用右手，但錄影帶裡你用手電筒攻擊那個年輕人的畫面顯示，你當時用的是左手。這是很難改掉的習慣，尤其當一個人情急或動粗的時候。然而當你主動提出這個細節時，我倒多了一份警惕，覺得你很可能是左右開攻的老狐狸。」

「所以你要我接住鋼筆。」

「那不算什麼，只是跟你鬧著玩的，如果你用左手接住我反而更懷疑。」

「我玩不過你這老狐狸。」

5.

回到偵訊室時，需要的資料皆已到齊。小胖從劇場技術協會取得了學員的資料，且另一名警員也從Hollywood Secrets帶回會員名單。我看著兩份資料。小胖已影印另一份，也在一旁仔細查對。

「兇嫌很專業，他需要去上這些基礎課程嗎？」翟佐問。

「我猜想他總要有個起步，學習實務操作，不可能全靠網路從A學到Z。台灣這種工作坊少之又少，要是我一定會找機會參加。」我說。

「師父領進門，修行在個人。」小趙說。

「可以這麼說。」

兩份名單都有個人資料——出生年月日、性別、學經歷——但沒有大頭照，這些名字仍然很陌生。小胖抬頭，面帶失望地說，兩份名單沒有重疊的人名。聞此，我遽然想到一件事。

「誰借我電話？」

我其實帶著手機，但出獄後除了於固定時間和母親、涂律師、阿鑫他們通電話外，其餘時候仍舊保持關機狀態。不想受任何人打擾，尤其媒體。

小趙拔槍似地迅速掏出手機。

我撥到戲劇系辦公室，還好接電話的是工讀生，不是我熟識的助教，否則又會聽到尖叫——「老師！哇！」

我請工讀生幫我轉到李維雯的辦公室。

「哈囉！」

「李老師，又是我，吳誠。我記得妳提到當初主持工作坊時報名超額，妳需要刷掉一些人，對不對？」

「沒錯。」

「被妳刷掉的名單還在嗎？」

「應該在，你等一下。」

過了一會兒，她再度拿起聽筒。

「我找到原始名單，只要跟入選名單比對就知道被刷下來的是誰了。」

「真厲害，半年前的名單還留著。」

「現代人的悲哀啊，什麼資料也不敢丟，但留著又沒什麼用。你知道嗎，我三年前給學生考試的試卷到現在還——」

「我懂妳的意思。能不能請妳把名單傳真到——」我看看小趙，後者馬上把號碼寫在紙上，我照著唸出。「傳到這個號碼，拜託越快越好。」

小趙走出偵訊室，等候傳真。

「我知道你想縮小範圍，」翟佐面帶疑慮，「找出同時報名兩邊工作坊的人。但這並不意味，只參加一邊的人就沒有嫌疑。」

「同意。但是李老師的工作坊是今年一月舉辦的，而Hollywood Secrets兩個月後才開始開班授徒，我覺得兇嫌兩邊都報名的機率很大。妳放心，我只想走捷徑，找出重疊名單，但不會忽略其他人。現在的問題是，我通常只記臉不記人名，這些人名對我一點意義也沒。何況，名字有可能是假的。」

講到這，我突然想到某人。

「對不起，電話再借一下。」

翟佐和小胖同時「拔槍」，小胖早了一步。

「謝謝，果然是快槍俠。」

翟佐噗嗤笑出，小胖頓時臉紅，瞪我一眼，我則一副無辜狀，不覺得說了無聊的有色笑話。

我先撥一〇四，請查號台幫我查一家劇團的電話，並請小姐為我代撥，但對方說手機不能代撥。我只好記下號碼，自己打。

「異色劇團，你好。」

「妳好。我是吳誠，請找小張導演。」

「對不起導演正在排戲，請問有什麼事嗎？」

「有急事，能不能請他聽電話？」

「實在不方便。你能不能留下電話？待會我請他回電。」

「這不是我的手機，我不知道電話。」

翟佐突然把手機搶過去。

「對不起，這裡是信義分局，我們有急事請教導演，請妳立刻找他過來聽電話，謝謝。」

翟佐把電話還給我。這招果然有效，一分鐘不到就聽到小張氣喘呼呼的聲音，顯然剛才正帶領演員做暖身運動。

同時，小趙走進，手上拿著傳真紙，坐下來和小胖一起比對名單。

「吳誠，什麼事這麼急還跟警察有關？」

「我人在信義分局。」

「啊，你又被抓去了！」

「不是，我在幫忙辦案，需要你的幫忙。」

「不行啦，我正在排戲而且進度delay。」

「少來，劇場哪一次不delay。事關重大，我需要你立刻過來。」

「媽的跟我有什麼關係？」

我把電話交給翟佐。翟佐跟小張打一陣官腔後，小張再百般不願也只得唯唯從命。

「他半個鐘頭就到。小胖，麻煩你跟樓下交代一聲，人一到就帶上六樓。」

「是。」小胖離去前語帶神祕地對小趙說，「跟他們講。」

「找到了，有三個名字重複出現在兩份名單裡面。資料在這。」

他把那三個人的資料拿給我看。兩男一女，這三人報名參加李老師的工作坊未果，之後成為Hollywood Secrets不同期的學員：

陳煜興，男，社會人士；專長：無；興趣：妝扮。

劉仲麟，男，戲劇系畢業生；專長：導演；興趣：特殊造型與面具。

孫雅施，女，影劇系在學生；專長：舞台設計；興趣：特殊造型。

不難想像李老師為何把這三人刷掉，她要找的應是對服裝與化妝稍有涉獵的學員，不是單有興趣。Hollywood Secrets在商言商，來者不拒，他們只要繳費，自然可以上課。三人裡，第一位陳煜興無戲劇背景，和我有過接觸的可能性不大；第三位孫雅施為女性，不在考慮之列。第二位劉仲麟較為突出，極可能是我教過的學生或在劇場共事過的年輕後輩。名字看起來有點眼熟。

只能等小張出現，給我提示。小張在劇場混了六七年，個性樂天圓融，人緣特好，和前輩有點交情，與同輩更是熟稔，對提攜後進亦不遺餘力，有「劇場小百科」的渾號。

等候期間，翟要小趙上網查出這三人的資料。

陳煜興有自己的部落格，孫雅施有臉書，偏偏有關劉仲麟的資料不多。我益發覺得可能是他。

「來了！」小胖開門，說。

「你怎麼去這麼久？」翟佐問他。

「組長找我說話。」

「喔？」翟佐略有所思地看著他。

我走出門外迎接小張，不希望他被這場面嚇著了。一名員警前引下，小張步出電梯，但見他露牙欠口，睜大眼睛，四處張望，絲毫沒緊張的神色。

「小張！」我向他招手。

「我靠！終於看到警察局的內部了，應該要上手銬這經驗才夠完整。」

「我可以安排。往這邊走，請進。」

「媽的，老吳，到底怎麼回事十萬火急把我找來？」

「我需要你——」

「小張導演，請坐。我是翟巡佐。」

翟佐怕我透露案情，趕緊搶詞，避重就輕地向小張解釋。

「喔，你們要找的是可能和老吳認識的關係人。沒問題。」

「小張，你先看看這三個人的資料。」我說。

小張翻翻資料，然後說：「陳煜興和孫雅施這兩個我都不認識，應該和劇場無關，跟老吳認識的機率不大。不過這個劉仲麟，我很熟，老吳或許認識，他參加過兩齣戲的製作，負責造型。」

「就是他！」我一時亢奮，忘了掩飾情緒。

「他？他怎樣？」小張警覺地抬起頭看著我。

「沒事，你知道怎麼聯絡他嗎？」翟佐說。

「他前一陣子出車禍，騎機車摔斷了腿，現在還在醫院治療。」

「你確定？」我失望地問道。

「當然確定，我前兩個禮拜還去醫院看他。」

「哪家醫院？」翟佐問。

「仁愛醫院。」

「小趙，你去查一下。」翟佐說。

小趙咚的站起，走出偵查室。

「你們把我找來就為了讓我看三個人的名字？電話上問就可以了嘛！」

「還有這些名單，」小胖收齊三份名單，交給小張。

「請你幫我們看看這些名單，筆在這兒，請你勾出任何可能認識吳先生的名字。」翟佐說。

「長官，妳小看我們老吳的名氣了，只要對戲劇稍有興趣的人都認識他。」

「少那麼誇張！這樣好了，小張，你只要勾出可能和我有機會接觸的人名就好。」

小張慢慢看著名單。他在第一份（被李老師刷掉的名單）勾出兩個名字，接著在第二份（工作坊學員）勾出四個名字。第三份名單來自Hollywood Secrets，有六十幾位，分三頁印出。這些人或許和影劇沒多大關係，小張看完前面兩頁後一個名字也沒勾。翻到第三頁。咦！小張側頭揣想，神色有異。

怎麼啦，我問。

「他的名字居然出現在這。」

「誰的名字？」

「蘇宏志。」

沒有印象。

「怎麼寫？」

「宏大的宏，志向的志。」小張把名單拿給我看。「你忘了？他就是那個失蹤的編劇，我不是請你幫忙尋找他的下落被你拒絕嗎？」

「是他？」

難道是他？

「就是他。」

「他長什麼模樣？」我下意識地抓著小張的左手肘。

「網路有沒有他的照片？」翟佐緊接著問道。

「不太可能。他是編劇，搞幕後而且剛出道，幾乎沒有名氣。等一下！電腦借我。」

小胖轉過筆電，交給小張。小張在鍵盤上敲打，進入他劇團的網站。

「去年我的劇團製作過他自編自導的一齣小戲，記得好像有宣傳照。」

小張點進「作品集」，找到他要的那頁，出現一些文字和照片。滑鼠往下拉，再拉，最後，停在一幀照片上。

「就是這張。這是我，這是舞台設計，這就是他，編劇兼導演。」

場景是排練室，三人排成一列，直視著攝影機，站在最右邊的就是蘇宏志。蘇宏志眉清目秀，膚色白皙，理著平頭，看起來根本不像殺人犯。

「你應該有印象了吧？」小張回頭問我。

「有點印象了，但不記得我和他在哪見過。」

「是你貴人健忘，你和他見過很多次了。最近的一次就是龜山島，那天他也有去啊！」

龜山島？

翟還沒來得及下指令，小胖已經起坐，匆匆走出。

「到底怎麼回事？他該不會……難道他就是……天啊！」小張不敢置信地驚叫。

「小張，有關蘇先生的事我們需要你的幫忙，盡量提供資訊。」翟說。

「是他嗎？」

「很可能是。」翟佐掙扎了一會兒後，終於說出小張所想的。

「怎麼可能！我認識他，他只是話不多，和人保持距離，但人很善良。而且他是虔誠的佛教徒啊！」

「佛教徒？」我和翟同時驚呼。

小胖拿著一片光碟走入。

「小張先生，這是你提到的龜山島那天的帶子。我放出來，請你幫忙看看。」

小胖把光碟放進機器。那天讓我羞愧難堪、但願從此遺忘的畫面再度映入眼簾。

「就是他！」小張指著螢幕。

小胖立即停格。

畫面裡，我站在桌上，旁邊圍著一群人，蘇宏志就站在左邊角落。

「放大。」翟說。

小胖把蘇宏志框起來，點進去，畫面從模糊慢慢轉為清晰。

「就是他沒錯。」小張說。

四人看著畫面，一時沒人吭聲。

「等我一下，馬上回來。」翟說完便走出門外。

「吳誠，你確定沒有搞錯？可不要冤枉好人喔！」

「你怎麼知道他是虔誠的佛教徒？」

「他自己跟我說的，還會有錯？你都忘了，他的作品都和宗教有關。有一次他把劇本寄給你看，你懶得理他，是我拜託你，你才讀了劇本，後來──」

「忘了。」

「豈止！你寫了一封長信給他，把他的作品批得體無完膚，你都忘了？」

「我記得了，原來是他。我寫了一封信勸他寫點有人味的東西。」

「忘了也好，那段日子你真的很可怕，尤其喝醉時就開始罵人。」

翟佐走進，手上拿著一片光碟，沒說話便把光碟放進機器。

「這是什麼？」我問。

「今天早上你從家裡走到這裡的錄影帶。」

畫面才剛啟動，翟佐便快轉。

「這裡。」翟換回正常速度。

畫面中，一個穿著很像哈日族的年輕人背著背包走在騎樓底下。

「就是他。」翟說。

小張瞇起雙眼，看個仔細。

「是他沒錯。」

我也確定這名年輕人就是蘇宏志。

只不過，畫面裡的他頂著一個大光頭。

16 王組長的頭要被剁下來給我當凳子坐

1.

兇嫌身分曝光，長相也已確定，大夥士氣大增。王組長當下指派新任務，兵分三路追捕緝拿。第一路由中心負責，於六張犁、三張犁一帶進行地毯式搜索，盡快找出蘇宏志藏匿之處。第二路由翟佐和小趙帶著搜索狀至台南拜訪蘇的老家，除了訪談他父母外，主要是為了找到足供比對DNA的物證。至於第三路，組長請小張務必和警方合作，盡其所能地透露蘇的為人脾性和相關資訊。組長把小張和我交由小胖負責。我向組長提議回到我住處進行「人物側寫」，小張亦表示他的資料都存在筆電，組長起初以安全為由認為不妥，應留在警局執行任務，這時小胖跳出來，他說只要加派警力在我住處埋伏，應無安全之虞。我全權負責，小胖很man的加了這句。組長帶著欣賞的眼神看著小胖說：「好，這邊就交給你。」

「剛才組長把你叫到辦公室是為了什麼？」我問小胖。

警車停在小張劇團的門口。小張由一名警員陪同，走進劇團辦公室。我和小胖坐車裡等候。小胖神經緊綳，兩手握住方向盤，腦袋像雷達似的轉來轉去察看有無可疑人士。

「沒事。」小胖敷衍地回答。

「是不是叫你繼續觀察我？」

「跟你沒關。」

「跟你有關？他刮你一頓？」

「剛好相反。他說很賞識我，說我做事認真客觀，尤其看到公園的照片一認出你來就馬上報警。」

「你就是警察還跟誰報警？」

「你懂我的意思嘛，就是跟上面報告。」

「大義滅親。」

「你嘛好了，誰跟你那麼親？」

「就這樣，只是讚美？」

「這件事告一段落後，他想把我調到信義分局。」

「加入大聯盟。」

「可以這麼說。」

「你呢？想不想？」

「不知道。在這之前我胸無大志、芹菜過日，查戶口、巡邏，有時幫民眾找到走失的狗就很開心了，從沒想過要參與連續兇殺案的場面。因為你的關係，我被捲入了，不是，我被拉進團隊，整個過程我其實是驚驚仔，但心裡卻很實在，覺得我正在做警察該做的事。」

警員現身於門口，左右張望，確定沒事後，才讓小張出來。小張提著一只鼓脹的背包，神色緊張的鑽進車內。

2.

「真不敢相信，」小張不停地重複著。

我和小張、小胖坐在客廳，小胖像記者似的拿著筆紙不斷做筆記。

「我和蘇宏志不算熟，但我可能是他少數願意交談的人之一。大約去年年初，我的email收到蘇宏志寄來的劇本，希望我能幫他看看。我回信給他，告訴他我是導演，編劇不在行，建議他轉寄給你，吳誠。他回信表示早就寄給吳誠，但音訊全無，石沉大海。」

我下意識地翻白眼。

「不要擺那張死臉，大家都瞭解你的脾氣，但不認識你的年輕小輩怎麼知道。他們多麼希望能得到像你這種人的關愛眼神啊。」

「不要跟我講這些。」

「不提就不提。為了不想讓他再度碰壁，我只好讀了他的劇本。結果發現，不管是人物、語言、基調，那個劇本簡直是你的風格的翻版，差別在於嬉笑怒罵是ㄍㄧㄥ出來的，尖酸刻薄也是硬拗的，導致一點都不幽默，比較像是謾罵。我寫信把以上的感想委婉地告訴他，並勸他寫作要走自己的路，寫自己的內心世界等等濫調。三個月後，他又寄來一個劇本，也就是後來我劇團幫他製作的那齣。」

「《井中影》？」

「對。原始故事來自《說法經》：一隻狗在井邊看到自己的倒影，以為是另一隻狗，於是對它狂吠，影子也對它狂吠，那隻狗一怒之下就跳進水井淹死了。故事很簡單，但是他處理得還不錯，用抽象的語彙描述現代人的困境。」

「我記得了，他設計了七、八個奇裝異服的人物分別代表嗔癲痴怒或什麼的，搞得彷彿中古世紀傳教劇。」

「雖然不成熟，但誠意十足，也頗有創意，但是偏偏被你罵得一文不值。他把你的觀後感轉寄給我看了。」

小張挪動身子，從身旁的一疊紙張抽出兩份資料，交給我。

「這是他的劇本。這是你回給他的信。」

我把劇本放在一旁，迫不及待地讀信：「你好，我應該是醉了，唯有爛醉如泥才有心情給陌生人寫信。奉張導之命拜讀大作，其實只看了三分之一，現就三分之一的印象發抒讀後心得。首先，容我提醒一句，文學或戲劇不光是象徵的遊戲。象徵是末流，是三流作家的拐杖、新手的救生圈。這個代表那個，那個暗喻這個，多乏味啊！有話直說，有屁就放，哪天寫出味道了，屁自然有附加象徵意義。切忌倒行逆施。大作的主旨不外控訴現代人脫離本性，倒行逆施，然而文學不是控訴，更非傳教平台。感覺你一心向佛，似已登堂入室，甚幸！但你真正的『舞台』或許不是劇場裡的舞台，它可能在佛光山或峨嵋山，偏偏不在牯嶺街。老實說，我近年之作也好不到哪去，大都是幻滅後的囈語詛咒，與其說我在寫劇本，毋寧說我以藝術之名造口業。哪天我大徹大悟，金盆洗手，對我或觀眾都是解脫。我不是勸你金盆洗手，更不是勸你出家，只想告訴你，你也需要解脫。放自己一馬，放藝術一馬吧。總之，太玄的東西我不懂也不碰，下次寫出有點『人味』的東西再寄來。算了，請尊重我的隱私，今後不要再寄任何信件給我。切記，個人造業個人擔，做人如此，創作亦是。其實，以上都是客套。若想聽真話，現在給你：幫人讀劇本最大的痛苦在於我不是掛牌醫師。醫生可以為人把脈，然後如上帝般給予體質不良或癌症末期的診斷，他不但不會被打還有酬勞。拜讀大作之後，我真希望自己的職業是醫師。」

讀完這封出自我手、既機歪又刻薄的信後，我壓抑著想把它撕碎的衝動把它交給小胖。手指微微抖動，紙也跟著屑屑索索的發出聲音。

我低頭不語，心中滿是慚愧。

「恐怖吧？」小張譏呵地問道。

「我當然知道恐怖！」

打從步出分局那時起，小張便陰陰沉沉，在車上半句也沒吭，一逕擺死臉。我猜他不敢相信蘇宏志竟會犯下殺人罪行之餘，把中燒的怒火悶悶地往我身上發。我有愧於心，一直隱忍，看完信後更覺無地自容，現在被他這麼一激，整個人失控地咆哮起來。

「我他媽刻薄耍賤，可我沒教他去殺人啊！他是因為我這封信而大開殺戒的麼？如果我的態度可以這麼輕易改變一個人，我其他的呼籲怎麼沒人理會？那一陣子我自己在水深火熱當中，擺張臭臉給全世界，擺同一張臭臉給自己；我唾棄世界、踐踏自己，而所有的怒氣就在龜山島那天晚上爆發了。那天之後，我沒有一天不後悔，沒有一天不自責，再三思索為什麼會變成那樣，是哪根筋歪了或腦袋長瘤，但我至今仍舊搞不清楚原因。它到底是中年危機高潮還是更年期前兆，到底是因為安眠藥嗑太多或者是百憂解吃太少，我毫無解答。因此我只能選擇放棄，放棄事業、家庭、親友，放棄過去的生活方式，像隻受傷的野獸鑽進臥龍街這個洞裡。原本以為我為自己判的刑、給自己的懲罰已經足夠，但顯然不夠，外面有一個叫蘇宏志的傢伙已經殺了四條人命而且居然是衝著我來的，你以為我心裡好受嗎？這種時候還輪到你冷嘲熱諷！」

我全身發抖，淚水盈眶從兩頰流下。

不知何時，小胖已站在我身後，一隻手搭在我肩膀。

「對不起，」小張也走過來。

「不用，」我抬手示意，要他止步，「我只是發洩。」

我用手擦拭眼淚，情緒漸漸緩和。

「我需要喝酒。」我說。

「我去買。」小張說。

「不行，你們得待在裡面，我叫外面的同事去買。」小胖說。

我把手伸進口袋掏錢，小張也急著掏錢，小胖則揮著雙手在空中畫叉。

「三八囉，我請就好了，你們坐。」小胖走到門邊又折返。「歹勢，我說句話就好。小張，你不要怪老吳。沒有一個人因為一封信而動起殺人的念頭，一定是別的因素。希特勒要是考上美術班就不會作亂麼？洪秀全中了科舉就不會搞太平天國嗎？痟仔就是痟仔，不是一封信兩封信的問題。」

「小胖，你放心，小張不是在怪我。」

「你們稍等，馬上回來。」

小胖走出門外。

「我去洗把臉，」我對小張說，「你坐。」

在浴室待了很久。洗完臉，用毛巾擦拭，突然一陣噁心自丹田湧上，整個人俯蹲馬桶前嘔吐，不但把傍晚在警局囫圇下肚的便當全吐了出來，還沒完沒了地吐著酸水，且因食道破皮而出現血絲。

止吐後，洗臉漱口，抬頭看著鏡中的我。兩眼血絲密布，視線綿纏。走出浴室，小張滿臉憂心的站在門外。還好吧，他問。沒事，吐完就好多了，我說。

「還要喝酒嗎？」

「當然，喝酒壓驚。」

這時，外面有人敲門。我請小張代勞，要他確定是小胖才能開門。

小胖買來一些啤酒和零食。我和小張各拿一罐，小胖堅持不喝。任務在身，要保持清醒，他說。

「小胖，真服了你。」我舉起鋁罐，向他致意，「希特勒和洪秀全都扯進來了！」

三人憨憨的笑著。

「小張，還有什麼關於他的事我需要知道的？」我問道。

「不曉得為什麼，蘇宏志一直注意你。你寫過的劇本、雜文、學術論文他都讀過，算是崇拜吧。他平常寡言木訥，但每當有人提到你，他會湊過來發表意見，到最後通常變成他一個人在發表演說。我們有一次戲稱他是吳誠專家，他說他比吳誠還了解吳誠。他對你的態度很矛盾。有人批評你時，他會面紅耳赤的為你辯護，有人讚美你時，他卻會很冷靜的反駁。他說，外界看到的只是表相，其實有兩個吳誠：一個是真摯善潔、對世界掏心剖肺的『吾誠』，代表我的『吾』，另一個是陰鬱冷感、一味隱藏自我的『無誠』，代表沒有的『無』。總而言之，他說，吳誠看清了塵世，卻看不見自己，他需要被救。」

聽聞此，我先是刺蝟般挺直上身，急欲駁斥，旋即又頹然彎跧，默默承受。這是他病態的解讀，抑或一語中的的診斷？憤怒與心虛同時在心裡翻騰。

「有件事我剛剛在車上才回想起來。」小張繼續說，「有一次他突如其來地對我說，『你知道嗎，吳誠每天傍晚丟垃圾的時候總帶著一種不願回家、想一走了之的表情。』我聽了一驚，問道，你怎麼知道？他說散步時正好看到。那時你還沒搬家，住新店，他住三重，相距甚遠。我覺得奇怪，隨口問道，怎麼散步到那兒了？他只說他平時喜歡隨處亂走。」

「他說『每天』？」小胖偏頭問道。

「對，我也問他，怎麼會是『每天』。他笑著說，這是他舉一反三的推論。我也沒再追究，後來也忘了這回事。」

「很可能你住在新店時，他已經跟蹤你了。他哪時失蹤的？」小胖說。

「很難說。他不是我們劇團的團員，有工作的時候才會找他幫忙，因此不是每天會出現。有一次我們需要人發ＤＭ，打電話給他一直沒開機，後來也是住在三重的團員順道去找他時，才從房東那得知他已經搬走了。」

「大概是什麼時候？」

「大約是四月中。」

「三重哪裡你知道嗎？」

「我不知道。明天可以問那個去找他的團員。」

「你最後一次見到他是哪時候？」我問。

「龜山島事件之後就沒見過他了。」

「那天晚上我有攻擊他嗎？」我問。

「沒有。當時在場的人一個個被你指名批判，幾乎無一倖免，就除了他。我猜是因為你根本不知道他是誰。」

「還好。」我心存僥倖地說。

「很不好！」小胖反駁道，「這表示你根本沒把他這個人放在心上。」

「有一件事我一直無法證實。那天大夥對你賭爛到極點，一哄而散。事後我問團員，吳誠喝得爛醉怎麼回到家的？每個人都說管他去死，但有一位團員輾轉聽到，好像就是蘇宏志送你回家的。」

「我完全沒有印象，我以為我是用意志力撐住的。」

「不可能，」小張說，「你整個人掛了。」

我再度陷入迷茫。要是那晚真是他送我回家，過程中發生些什麼事？我對他說了什麼無可挽回的話語？我竭力回想但徒勞無功。

十點半左右，小張打道回府。小胖叫一名警員護送他回家，我請小胖也回去休息。他想留下來陪我，但我很堅持，告訴他我需要一個人靜下來思考。

「老吳，不要過於自責。」小胖臨走前對我說。

「你不曉得我以前多麼糟糕，對人多麼殘酷，你要是那時就認識我恐怕也會對我吐口水。」

「就算真是那樣，我也不會去殺人。何況你已經變了，不是，你已經變回你的真性情，那陣子的你就把它當作是中邪犯煞，如今你醒過來了。過去的你已經死了，要記住這點。好好休息，記得反鎖。」

過去的我已經死了？我不相信。心魔尚在，邪靈猶存，我只不過躲著它，並沒化解或消滅它。死區這段時日堪稱安穩平順，自得自在。我卸下警戒不再老是提防恐慌來襲時，焦慮的癥狀反而遞減，有時甚至忘了吃藥。散步時訓誡自我以寬厚的眼神觀看世界，是以我在那些曾遭我鄙薄的芸芸眾生找到心靈連結。辦案時但憑助人之心為當事人設身處地，是以喜其所喜，哀其所哀。這些感受談不上悲憫境界，然而我敢說，我正朝著恕人恕己的道路緩緩而行。

同時，我一再省思，未曾間斷。驕矜自持、德薄寡情，從何而生？反覆揣想、不斷醒悟輒即推翻所悟之後，我似乎找到了緣由，而它和恐慌症息息相關。對於長年受其折磨、非但沒倒下且仍健在而小有成就這點，我深感自豪；對於與它搏鬥纏綿而從中悟出道理、看破人性這點，更覺自傲。我因此目空一切，誤以為擁有制高位置，立於山丘對他人指指點點。沒錯，我活下來了，卻不心存感激，反而多了怨恨，總覺得一般人活得太舒適，他們的存在太便宜；總覺得這世界欠我一個公道。那陣子，我猶如希臘神話復仇女神的化身，充滿狂怒與暴戾。就佛教而言，我無異妄執於頓悟而陷入更深、更難解套的妄執。我以為醒來，其實睡得更沉。這些我都想過，亦逐漸釋懷，如今蘇宏志令人不解的行徑卻猛然一扯把我拉回亟欲擺脫的夢魘。

王組長要我探究，「你這人最令人討厭的地方是什麼？」答案就在我對待蘇宏志的方式：關閉自我，拒人於千里之外，卻不時以覺者自居，逞勇好鬥，傷人自尊。

沖完澡後，我拾起《井中影》，逼自己閱讀一遍。不過四十幾頁的稿紙卻宛如千斤重。第一頁印出劇名與作者姓名，第二頁是引文，出自《說法經》之〈井中狗〉：「如狗吠井，自見形影，怒眼豎毛。謂井底影，欲共己鬥，橫生嗔忿，投井而死。」我翻至下頁。人物有九：律師、政客、商人、水電工、股市菜籃族、攤販、流浪漢、護士、醫生。地點：閉室。

第一幕彷彿浮世繪鬧劇，刻劃眾生相。人物共處一室，爭鬥不休。煩囂喧鬧的密室裡除了一只木箱外，空無一物。律師和商人因一樁訴訟有所過節，其中且涉及關說的政客。水電工找股市菜籃族的碴，認為後者買空賣空無異社會寄生蟲。水電工看不慣律師，對商人也不滿，對政客更是嗤之以鼻。菜籃族因投機失利，指控政客黑心，詛咒商人內線交易，也謾罵律師只因他長得尖嘴猴腮。攤販只顧推銷蔥油餅、甜甜圈、雙胞胎，誰照顧他生意他就機械性地送他一句「感恩，祝你賺大錢」。她對其他人卑躬屈膝，皆以貴人看待，唯獨對飢腸轆轆、身上一個蹦子兒也沒的流浪漢沒好臉色，一再把他當野狗般地厲聲訶斥。就在眾人推來擠去、搶著站在木箱發表高論時，醫生帶著聽診器、護士帶著大筒針，洋洋上場。原來這是一家精神病院。

第二幕基調峰迴路轉，由喜轉悲，由極悲轉為至喜。眾人懾於醫生威嚴，受盡擺布，而醫生更因此變本加厲，在護士協助下，對病人極盡凌辱虐待之能事。突然，傳來一聲痛喝，眾人怔怔莫名所以，以為聲音來自天上，紛紛抬頭仰望卻不見跡象。其實聲音的來源是一直盤腿端坐角落的流浪漢。但見他聳然豎立，走上木箱，先是一聲「阿彌陀佛」，接者指陳眾人的罪衍業障。原來，這八位人物分別象徵嗔、癲、痴、怒、怨、悔、愛、恨，原來他們所在之地不是精神病院，而是輪迴的地獄。最後，罪人受流浪漢提撥感召，褪去外服，只剩肉色緊身衣褲，跟隨流浪漢盤腿打坐，閉目靜思。燈暗。

儘管閱讀過程中不斷提醒自己要宅心仁厚、寬大為懷，要從鼓勵、支持的觀點看待新手的作品，我仍覺得《井中影》是爛戲一齣。全劇唯一可取之處是醫生化身為閻羅王、護士儼然判官，兩人合力凌虐眾人那段，作者發揮極大想像力，生動地呈現出人間煉獄的景觀。它帶點殘酷美，趨近S／M情調。除此之外，人物制式，對白淺薄，濃厚的教化氛圍更令人呼吸不順。

掩卷嗟嘆。厚道歸厚道，藝術體會是勉強不來的。

我想這應是我和小張最大不同的所在。他屬於戲耍世代——Let's Play！——劇場只是他揮灑創意、恣縱感官的場域，我則屬於古典世代，強調基本功和人文養分，沒這兩樣打底不可奢言創作。對於我的堅持，小張總是用年輕人的套語回應。「有那麼嚴重嗎？」因此，他一向能從拙劣不堪的作品找到可取之處，而我彷彿藝術警察，總是嫌東嫌西，雞蛋裡挑骨頭。打個不倫不類的比方，小張像個來者不拒的妓女，我則是難以取悅的老嫖客。

想這些幹嘛？我猛可甩頭，回過神來。這一甩使我想起一件事，馬上打電話給小張。

「《井中影》有沒有錄影帶？」

「有。」

「可不可以寄給我？」

「沒問題。劇本有沒有再讀一遍？」

「讀了。」

「怎樣？」

「有些可取之處。」

「屁！」

檔案很大，我在電腦前等了很久才收到。

我跳著看，用滑鼠快轉，只花二十分鐘便把八十多分鐘的戲大致瀏覽一遍。看完後有一種解脫感，彷彿終於還了一筆債。

走回客廳，一時不知該做什麼。看完蘇宏志作品的影像版後但覺夢夢查查，倒無睡意，也讀不下書。我忍著不打開電視。連續幾天沒看電視，清靜爽心，不該破壞。驀地，我似乎聽聞溪水般的碎聲細語透過兩道門窸窣傳來。十二點都過了，誰在我家外頭喁喁私語？凝神諦聽，好像是小胖的聲音。他怎麼還在這？再側耳詳聞，又似乎是小趙。

「外面是誰？」我打開鐵門，問道。

「是我，小胖。吵到你睡覺了麼？」

「你怎麼沒回家？」

我打開外面的鐵鋁門。

「小趙，你怎麼也在這？」

「我來接小胖的班。」小趙說。

「接什麼班？小胖你怎麼又回來了？還是你一直沒回去？」

「我在外面站崗。」小胖微微笑道。

「小胖跟組長拍胸脯掛保證確保你的安全怎麼可以回家？」小趙取笑道。

「三八囉，」我模仿小胖的口吻，「既然如此為何不進來保護我，在外面吹風？」

我請他們入內。

「翟佐呢？」小胖問小趙。

「幹嘛？你想她啊？」小趙說。

「幹，囝仔人黑白講，我只不過──」

「她留在台南繼續調查蘇宏志的底細。目前他父母守口如瓶，什麼都不說，但我們知道他們在隱瞞一些事情。」

小趙把台南之行的收穫大致告訴我和小胖。他們造訪蘇在台南的老家，詢問他的父母，也查訪了他的老師和同學。蘇有一個哥哥住在高雄，還有一個妹妹住在嘉義，警方已分別找到他們。同時，警方在蘇的房間蒐集到毛髮及其他可供驗證DNA的樣本。

「他是你死忠的粉絲。」小趙說。

這句話聽起來很怪，心裡發毛。

「他的書架有一排都是和你有關的東西──」

小趙的手機響起。

「喂？」

小趙沒再說話，光是聽著對方講話。臉色瞬間變換，先是沉了下來，繼而流露驚沮之情，其中還夾雜一絲亢奮的成分。

「好，瞭解。」小趙講完電話，對我們說，「又有一起命案，他們認為是蘇幹的。小胖，組長要我們馬上過去。」

「我也想去。」我說。

「不行，組長要你待在家裡，我們會加派警力保護你。對了，組長要我給你這個──」小趙從口袋拿出一支手機。「我們用這個手機互相聯絡，裡面已經輸入翟姐、小胖和我的電話。組長交代，請你務必保持開機狀態並隨身攜帶。還有，他要我提醒你，記得檢查你的手機。組長認為，姓蘇的既然侵入你家在一本書留下記號，他說不定會透過手機和你聯絡。」

小趙和小胖匆忙離去。

我震驚之餘，不敢多想，照王組長指示，開啟自己的手機。從昨晚十一點多關機到現在，有三十四個未接來電，有二十六個留言和十五封簡訊。我過濾一遍，查無異狀，全數刪除。有的是廣告，有的是麻友打來的問安，力勸我重出麻壇，一吐冤氣。添來和阿鑫分別留言，問候近狀；添來期待和我一起辦案，阿鑫很想跟我喝酒。不少來自媒體的留言和簡訊，有些希望能獨家訪問我，有些邀請我參加談話節目，現身說法。有一封簡訊發自某名嘴，他認為我和他之間有點誤會，想找機會跟我「溝通溝通」。看來涂律師的行動正持續發酵中。

之後，我坐立難安，無所適從，不知該吞下安眠藥、躺在床上看書，還是該有所行動。什麼行動？我已被列為潛在遇害目標，保護我安全成為首要事項，一切全由警方接手，不再有我揮灑的空間。

七月二十五日凌晨，發生第五起命案，受害人不是我，這到底怎麼回事？

清晨兩點多，小趙他們已去了現場快兩個小時了。我用小趙給我的手機撥電話給小胖試試運氣。

「小胖，狀況如何？是不是他？」

「應該是他，我們找到目擊證人。」

「地點呢？」

「奇怪，這一次居然是敦化南路二段上的分隔島。」

「小趙有沒有用GPS測量？」

「你等一下。」

少頃，小趙的聲音出現在電話上。

「量出座標了，但是衛星圖和之前的座標都在分局，一時沒辦法比對，已經找人在分局裡幫忙查了。」

「我記下了所有座標。你把現在的座標給我。」

他唸出座標，我記在一張紙上。

「二段分隔島靠近哪裡？」

「差不多在敦化和和平東路十字路口，靠近基隆路這邊。」

「好，等一下打給你。」

掛上電話，我從背包拿出記事本，翻到寫著四個座標那頁，加列第五個座標於下方。五組數字密密麻麻，乍看令人眼花。

我又從背包抽出地圖，在大安區那頁找到第五起命案的大概位置。腦海冒出的第一個念頭就是，兇手作案的範圍已越出六張犁，從信義區轉移至大安區。這代表什麼？另闢戰場？另一個圖形？

我翻到信義區那頁，又翻回大安區，反覆對照數回之後仍看不出它們之間的關聯，只好回去研究座標，一個個比對。有了！第五起命案的緯度與第三起樂榮街命案的緯度大致相仿，但有差異，而它的經度和第一起辛亥路命案的經度也只有些許差異。不同的是，這一次的差異和前四起之間的差異似乎大了些。

電話聲響。

「是我，小趙。」

我快速地把我的發現告訴他。

「沒錯，分局同仁也已回報。他們仔細量過，在衛星地圖上，第五、第三之間的距離和第五、第一之間的距離差不多一樣。對不起，組長找我，不能多講了。」

第五、第三之間的距離和第五、第一之間的距離差不多一樣？沒視覺輔助，這句話毫無意義。我決定上網，藉助Google地圖，搞明白相對位置。

印出地圖，找出第五點的位置，出現如下圖案：

一個金雞獨立的正四方形左上方多出了一點。若將它和正北的那點連結，結果如下：

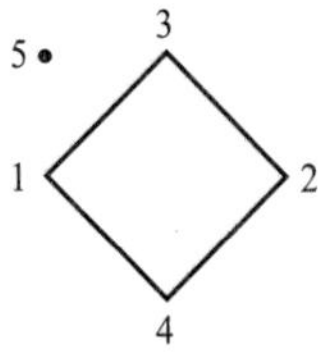

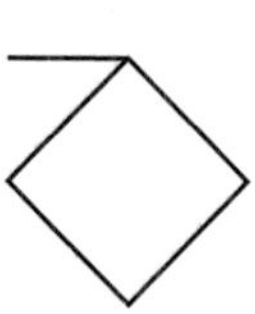

若同時將第五點和正西的那點連結，則成了五邊形：

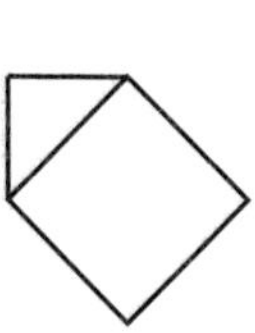

接著，我在筆記本上用虛線畫出其他各式各樣的圖案：

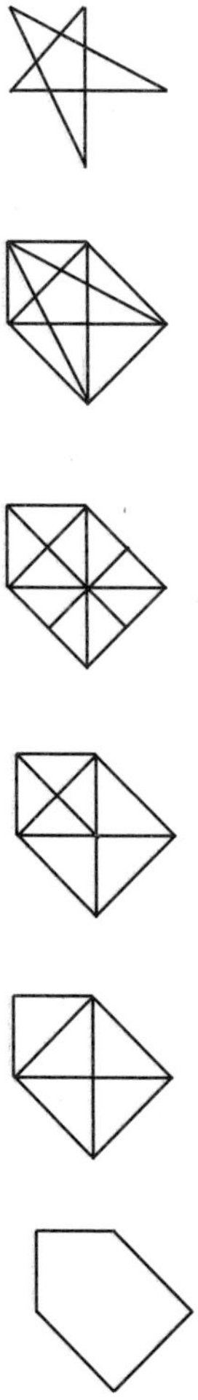

兇手慎選地點幾乎到分毫不差的地步，但從這些圖形看不出什麼名堂，無從論斷哪一個是他意欲完成的模式。

我閉起眼睛斜躺在沙發上，在腦中推敲著圖形，不知不覺中進入半睡半醒的狀態。寤寐間帶著意識進入夢境，夢裡我隨意變換圖形，讓五個座標自由連結，線條由虛轉實，由實化虛，圖形幻化為實物，似乎是一顆若隱若現的星體，或一幢屋宇、煙囪、積木，或３Ｋ黨的尖頂帽……之後，大概是睡了稍沉些，腦中的畫面不停地跳躍更替。忽而我人在室外，疾走在如網狀四散、永無盡頭的巷弄間；忽而人在室內，像是回到母親一直為我保留的臥房，又像是被關在黑森森監牢中。我試圖張大雙眼瞧個清楚，但眼皮重如鐵捲門，突然燈光驟亮，刺得我一時目盲，俟定睛一瞧始發覺我正站在舞台上，化身為因忘了台詞而手足失措的演員。就在那一刻，我驟然驚醒。

我明白了。我在夢裡變成了《井中影》的一個演員。

急忙起身，走到書房。電腦還開著。叫出《井中影》的影像檔案，從頭到尾仔細看過一遍，看到最後時，我終於破解蘇宏志意欲完成的圖形。

3.

早上醒來便急著出門，趕往信義分局。

半夜四點多有了新發現後，立即聯絡小趙和小胖，聽到鈴聲卻沒人接電話。翟佐的手機也一樣。試了好多回情況依舊，心裡既焦急又亢奮，只好乾坐客廳默默的巴望天快點亮，沒想到我竟睡著了，醒來時竟然已過了九點。

方步出巷口就被一名警員攔住。

「吳先生，組長交代過，兇嫌還沒落網前你最好待在家裡。」

「不行，我有要事向組長報告，你帶我到分局。」

警員要我等會兒後，打電話回分局詢問。同時，我打給小趙。這回總算有人接聽。

「小趙，你怎麼到現在才接電話？」

「對不起，我們徹夜在中心緊急會議，不方便接。」

這些人真奇怪，給我一支手機要我緊急時打過去，等我真打了，卻不方便接。

「我需要去一趟分局。」

「老吳，你最好不要出門。」

「我知道蘇宏志為什麼選那個地點了。」

「真的嗎？為什麼？」

「當面才說得清楚，而且我需要再看一次衛星地圖才能確定。」

「我問組長，待會打給你。」

我關掉手機時，剛才那位警員走回來。

「對不起，我奉命不能讓你出門。」

「可是我已經跟分局通電話了。」

「我沒接到通知。」

他的手機響起。

「喂……是，是。」警員關上手機，轉頭對我說：「走吧，我送你過去。東西都帶了吧？」

帶好了，半夜四點多就全帶好放進背包裡了。

進入分局後，坐上電梯，來到偵查中心。王組長正和所有幹員開會，小趙和小胖也在其中。

「聽小趙說，你有一些發現。」王組長抬頭說。

「我需要看看衛星地圖。」

我走近掛著很多圖表那面牆，盯著那張衛星地圖。王組長跟在我後面，其他幹員跟著他，在他身後圍成一圈。地圖原先只有四個紅色圖釘，現在多了一個，標示著第五起命案的位置。我注意到地圖右邊牆面貼滿了畫著各式各樣圖形的紙張。正如猜測，警方和我一樣也煞費苦心地揣測各種可能性。

沒有一張吻合我心中的圖形。

「王組長，或許我們把圖案想得太複雜了。誰有鉛筆？」

有人聞言便遞給我一隻。

「對不起，我用鉛筆在上面畫給你看。」

「用簽字筆，這樣才看得清楚。」王組長說。

馬上有人遞來一隻雄獅粗黑簽字筆。

「咱們暫時不管案發順序，」我邊說邊在地圖上做記號，「把前四起命案的位置從北東南西這樣順時鐘方向標示出ABCD四點。然後連結A、C兩點，也就是北南，再連結B、D，也就是西東。」

「成為十字形。這個圖形你早就畫過了。」小趙說。

「對，因為這個十字形，我們以為最後一個目標是我，因為我家的位置就在AC和DB兩條線的交叉點上，但是第五點的出現顯然擊破了那個推論。第五點是E。E和A的距離與E和D的距離等長，而且從經緯度來看，這個地點不是隨便選的，而是在精細計畫之內。」

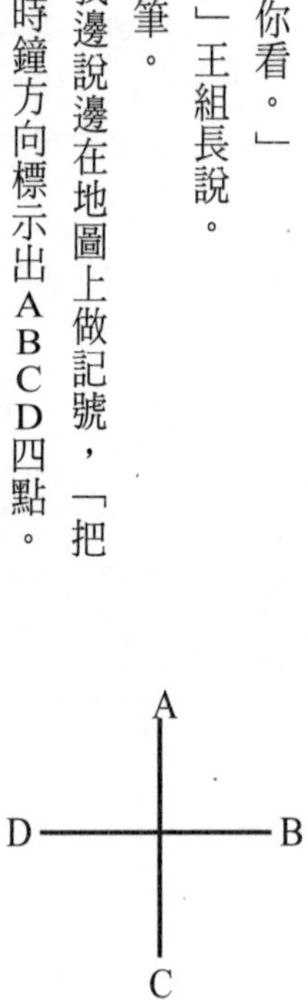

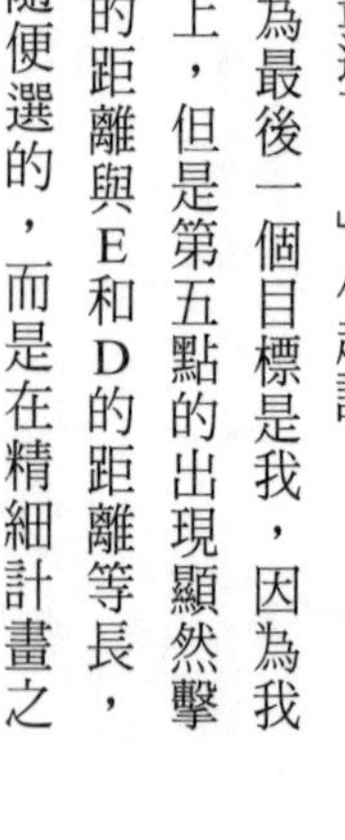

我指著地圖旁那些警方畫出的圖案。

「昨天半夜我和你們一樣也試著畫出各種圖案，結果出現了很多不代表特殊意義的幾何圖形。有一段時間，我認為這個星球的圖案很可能就是解答。」

「很有可能，」王組長說，「而且從圖形的交叉點分析，兇手很可能還會殺五個人。」

「沒錯，星球的形狀是一個可能性。但是，後來我發覺我把圖案想得太複雜了。先不管星形，我現在把A、E連起來。」

「然後呢，我不連結D、E，反而——」

「天啊！」組長失色道，彷彿看到了鬼魅似的。「不可能！」

「我也覺得不可思議，但是假設我從D點用虛線標示往下走，一直到與C點相同緯度的地方。再來，從C點用虛線標示往右走，一直到與B點同一經度的位置。接下來，你們應該知道了，從B點朝上延伸一直到與A點同一緯度的地方。」

「不可能！」王組長再度咆哮，因為呈現在他眼前的圖形竟是：

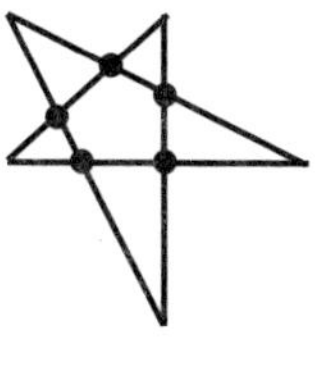

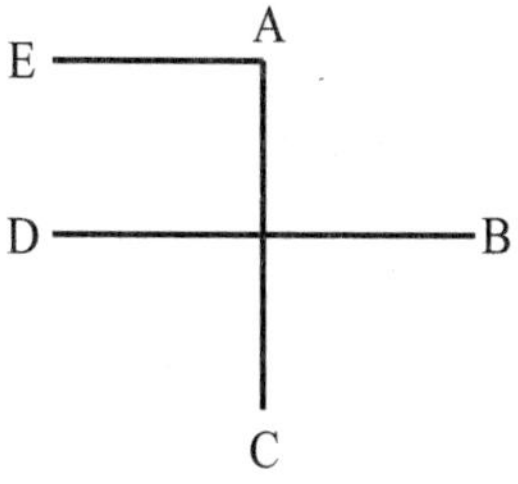

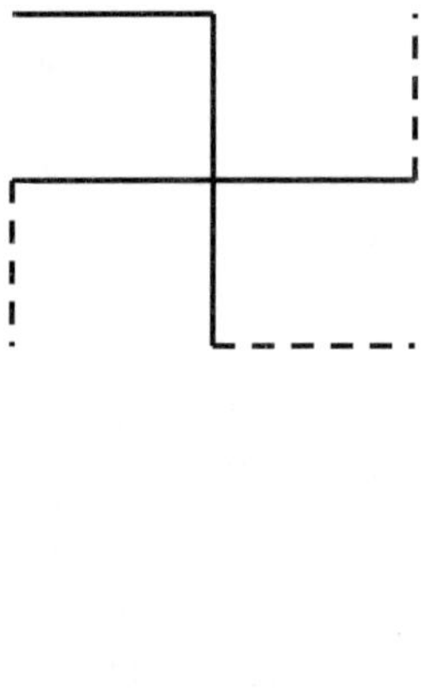

「納粹！」有人驚呼。

「笨蛋！」王組長斥道，「那是佛教萬字。」

「是萬字，」我說，「納粹的黨徽朝另一個方向，而且它不方正，是歪斜的，呈四十五度角。」

「這只是你的想像。」王組長說。

「我也如此希望。但是根據小張的說法，蘇宏志是個佛教徒。而且，他還在我家裡的一本佛書留下提示。還有，」我從背包拿出燒製的光碟，「這是蘇宏志自編自導的一齣戲，誰幫我放一下。」

「我來。」

一名便衣接過光碟，找一部最靠近我們的機器播放。

畫面出現《井中影》。

「跳過前面，直接拉到最後頭的高潮戲。」我說。

滑鼠指標往右快移。

「就是這裡。看到沒？」

畫面裡，九名劇中人物排列成萬字形盤坐於地，念念有詞，坐在正中的那位是流浪漢。

「天啊！」王組長說。「光碟給我，我需要仔細看看。」

王組長拿著光碟，神色黯然地走回辦公室。我、小趙、小胖來到偵訊室，討論兇手設計那個符號的涵義。

「我只知道萬字代表佛教，」小胖說，「好像和功德有關。」

「這個符號來自梵文，讀音『室利踞蹉洛剎那』。」小趙唸出電腦上查到的資料：「意指『吉祥海雲相』，也就是大海雲天間的吉祥象徵。它被畫在佛祖如來的胸部，被佛教徒認為是瑞相，能湧出寶光，所謂『其光晃昱，有千百色』。」

「我也查過了，」我說，「不管是左旋的卍或右旋的卐在佛教文物上都看得到，都屬瑞相。二次大戰後，人們看到右旋的卐就以為它和納粹黨徽有關，代表邪惡，其實希特勒想出來的符號和佛教完全沒有關係。」

「對，納粹黨徽其實是兩個S的變形，是禁衛軍的德文縮寫，但還有其他說法……」小趙突然不說了，專注地閱讀。

「不要管納粹什麼碗糕，我們需要思考蘇宏志這禽獸設計這個符號到底是為了什麼？」小胖不耐煩地說。

我提出萬字圖形的推論後，小胖似乎和組長一樣受到不小衝擊，神情煩躁，說話有點氣急敗壞。

「他以為他在做功德。」我說。

「替天行道？」小胖說。
「或許。」
「不通。被他殺害的人我們都已查過背景，他們都是善良老百姓，沒有一個是大惡不赦的罪人啊。」
「他們都是犧牲品，我覺得這個符號是衝著我來的，蘇宏志想要告訴我什麼。」
「等一下，」小趙打岔道，「這或許有幫助：在武則天之前──」
「這關武則天什麼事？」小胖說。
「聽我說完，這個符號有人把它譯為『德』，有人譯為『萬』，武則天繼位後欽定讀音為『萬』，意指吉祥萬德之所集。」
「所以呢？德或萬，兩個都有萬德圓滿的意思，只是讀音不同罷了。」小胖說。
「既然它代表『德』，吳先生剛才說兇嫌自以為在做功德或許是有道理的。」
三人反覆討論著，但大多時只是原地兜圈，無具體突破。
關鍵在於，這個符號和我有什麼關係？我還是不是目標？我的住所正好在萬字形的交叉點上，而《井中影》劇終時那名流浪漢坐的位置也是兩個十字的交叉之處。我和流浪漢相似的地方在於，我不務正業，成天四界遊走，但流浪漢在劇中乃得道之正面人物，我當然算不上。他看破紅塵，深悟四大皆空的真理，我呢？或許蘇宏志意在強調差異：我是流浪漢的反面。
心若有住，即為非住。兇手意欲暗示，我魔障未除，所作所為仍執著於表相，白費工夫。如此一來……
「兇手想要度我。」我突然說。

「什麼？」兩人同時問道。

我向他們解釋剛才的推論。

「佛度有緣人的度。兇手想要度我。」

「所以他大發慈悲心殺了那麼多人？」小胖說。

「對，在他變態的心裡，他認為是慈悲心。」

「而且他自認跟你很有緣分。」小趙補充道。

「沒錯，兇手想要度你。」

聲音來自王組長。他站在門口，身後跟著甫自台南回來的翟佐。

「剁下我的頭吧。」王組長重重地坐下來，椅腳發出與地面摩擦的刺耳聲響。「我看過那個帶子了。恐怕吳先生的推論正確無誤，我們面臨的對手是新品種，一個走火入魔卻自以為了悟佛教真諦的瘋子。」

眾人無話，彷彿默哀。

「巡佐，」王組長對著翟說，「把妳剛才跟我報告的扼要地告訴他們。」

翟佐想必和其他人一樣在台南通宵辦案，加上舟車勞頓，看起來有點憔悴，但聆聽她娓娓道出蘇宏志的故事，我方領悟，身體的疲憊尚屬其次，真正令她神傷的是故事本身。

4.

蘇宏志是個奇怪的人，短短二十八歲的生命便歷經好幾個階段。翟佐和小趙拿著搜索狀在他家蒐證時，他父母從頭到尾不發一語。其中透著詭異，遇到這種事，一般父母都會大聲喊冤為自己子女辯護，但他的父母卻悶不吭聲，一副早已預期會有今天的神情。警方將他們帶回台南刑事警察局不久，兇嫌住在高雄的哥哥和嫁到嘉義的妹妹也先後被帶到局裡。警方分為四組，採個別偵訊的方式。以下是翟佐綜合一家四口的證詞以及老師與同學所提供的資訊的嫌犯側寫。

蘇宏志自小安靜寡言，不愛嬉鬧，看起來早熟，加上資質聰慧，課業對他而言向來不是問題。小學導師表示，蘇智商極高，不管學什麼一點就通，且能舉一反三。導師曾建議他父母把他送到有資優班的學校，父母欣然同意，但後來發生了一件事，因此作罷。蘇有一個問題，小學五年級被發現的。他喜歡沒事按別人家的電鈴。他會選定某人家，每天上學時按那家的電鈴後，便若無其事的走開。有一天他被主人逮著，被揪到學校，老師才發現他有這個問題。無論學校如何警告，父母如何打罵，他照樣按電鈴，這一家不行，換一家按。父母只好帶他去找心理醫師。根據醫師診斷，他的行為已超出惡作劇範疇；就被他選上的都是社區裡獨門獨院的透天厝研判，蘇很可能羨慕那些家庭，幻想自己就住在裡面。而且醫生認為，蘇的問題不是強迫症，而是強迫性人格。兩者的差異在於，患有強迫症的人通常自己覺得不對勁，希望情況可以改善，但強迫性人格的患者並不覺得自己有什麼問題。

這毛病到了國中時莫名其妙消失了。國中的蘇更加沉默孤僻，和班上同學少有互動，活在自己的世界裡。然而國三時，他心性起了變化。在一個偶然機會，他接觸到佛教，深受其教義所動，於是他不再顧及課業，對於以前喜愛的漫畫、電玩也不再熱中，成天捧讀佛書。上課看，下課看，回家看，幾乎到了廢寢忘食的地步，對於周遭人事似乎不再理會，對於家人師友的勸言充耳不聞，兀自沉溺於一種玄思冥想的狀態。同學們因此給他取了「小和尚」的綽號，動不動就欺負他。

高一那年夏天某日，他趁家人不在客廳時，把家裡神龕上的神像全搬到屋外，打算放一把火燒光，幸好家人及時趕來制止。當他被父親痛毆一頓時，他默然承受；當他母親跪下來問他，到底怎麼回事時，他才說話。他說，拜拜不是正信，而是迷信，有違佛祖教誨。聽他這麼一說，他哥哥當場又把他打了一頓並把他趕出家門，但他才走出家門沒幾步，便被母親和妹妹勸了回來。母親要他保證以後不再破壞神像，他頷首應允，但他同時表示，從此不再拿香祭拜。

從此家人對他敬而遠之，任由著他成天躲在臥室讀經書或坐在桂花樹下打坐念念有詞，母親更為了他每餐烹煮素食。有一天，他突然不知去向，家人遍尋不著，只好報警。沒想到五天後他自己走回家門，容顏憔悴，衣衫襤褸。對於家人的詢問，他總是不吭一聲，等到家人放棄時，他卻說話了。他說：「唯佛無廟。」意思是只有佛，沒有廟。所有的教派都是騙人的。他只信佛經，不再信別人胡說八道。母親多方打聽才發覺，原來失蹤那幾天，他徒步走到台南縣深山裡的佛寺一心要剃度出家，住持和他懇談多時後，拒絕了他的要求。當地警方找到那位住持，問他當時為何不成全蘇的心願，住持說：「罪孽！這孩子走火入魔，誤解佛法之深難以教化。若不是他未成年，還真想把他留下來開導一番。」之後，除了原典，其他闡釋佛法的書籍全被他放一把火燒了。

大學考上成大哲學系後，蘇一半住家裡，一半在外租屋。大學時期的他，潛心研究西方哲學，在校成績名列前茅。他一反常態，積極參與社團活動，並時常在系刊發表比較佛學與西方哲學的文章，常常因言論偏激和別人打筆戰。他認為佛法實踐之道早已走入玄想的死胡同，並深信西方哲學裡強調的個人意志可被用來實踐佛法。他甚至在「佛法論壇」的網站發表文章，抨擊佛教關於禁慾的說法，認為禁慾違反人性、違反佛陀關於順乎自然的遺訓。這篇文章引來多方圍剿，蘇因此被網站列為拒絕往來戶。當時的他自認是佛陀的真正追隨者，有責任讓全世界的人領悟真理。

大三時他和一名大他五歲的王姓女子相戀，不久便和她同居。王小姐是某劇團演員，蘇宏志經由她開始注意到我的存在。她所屬的劇團曾經演過我編的劇本，蘇看過那齣戲。據王小姐說，她那時因酗酒且染上毒品而不再被劇團錄用，蘇宏志決定幫助她，但他的方式很奇特。為了證明他有超人意志，蘇先陪著女友酗酒嗑藥，並當眾宣布他們倆將於某天某日說戒就戒。到了那天，蘇果真說到做到，不管多麼不舒服，就是可以藉由打坐或唸誦經文加以化解。可是王小姐根本辦不到，她受不了、想要出門尋找解脫時，蘇竟把她綁在床上並用一條布塞住她的嘴巴。她整整被囚禁了三天，那三天蘇一逕坐在床邊唸著咒語。第四天，王小姐趁蘇出去買東西時，掙脫束縛，逃出公寓。警方在恆春找到王小姐，她已結婚生子，和先生經營一家民宿。

王小姐表示，蘇對我的作品有強烈的感應。蘇曾跟她說，人如其文，吳誠這個人正生活於水深火熱的煉獄裡，需要被人拯救。同時，他因為我的作品而開始對戲劇著迷，認為戲劇是宣揚佛法的絕佳媒介。於是他一頭栽進劇場，學習編劇、演戲、導演，比那些靠劇場吃飯的人還要投入。王小姐說，蘇有模仿天分，演什麼像什麼，即便是女角也難不倒他。

蘇畢業後在高雄當兵，有關他當兵的經歷，尤其他為何提前退伍一事，因為軍方不願合作，警方所知無幾，仍努力查證中。蘇下了部隊後就搬到了台北，這四年他靠打零工賺錢，不時換工作。差不多兩年前他認識了小張導演，算是踏進了戲劇圈。接下來的事大家都知道了，他一直想要跟我建立某種關係，但我總是相應不理。或許他想要度我，但或許他需要我度他，誰曉得？總之，今年四月初，他突然回到老家，向父母要求分財產。父母不答應，他就威脅他們。父母只好給他三十萬，但有一個條件，就是從此和他斷絕關係。
自那時起，他就消失了。

17 所謂地獄只是自身瞋恨的覺受這個概念

1.

反覆閱讀記事本上綜合自翟佐關於蘇宏志的側寫後，我並不因此多了解他，更不明白他小時乍顯即逝的強迫性人格症和後來的發展有何必然因果。從按電鈴到宗教狂熱，從宗教狂熱到虐待女友，一直到目前濫殺無辜，這過程展現了何種樣態的進化或退化？若強作解人，我大致會說這是宗教（或偽宗教）的感染力，宗教可以使人放下屠刀，亦可使人大開殺戒。

然而，我並不覺得台灣是一個宗教感很強的地方；它不是印度或泰國。台灣的問題一向不是宗教，而是將政治宗教化。台灣極端世俗，甚至許多宗教團體都沾滿市儈氣息，或許此為物極必反的現象，蘇的存在不啻是這凡事講究務實、工於心計的社會的反面。當社會愈趨現實與物質化，蘇卻反其道而行，走向抽象意念的世界。對他而言，肉身、形體不過是毀之不足惜的幻象。

第五起命案的受害人是年輕女性，名叫郭奕芬，三十一歲，上班族，家住敦化南路。七月二十五日半夜十二點多郭女在分隔島遛狗時，前額被疑似鈍金屬物擊中兩次致死。警方根據監視器錄影帶及目擊證人得知，蘇宏志身穿暗色連帽休閒外套，佯裝運動，從另一個方向慢跑而來，俟雙方即將錯身而過時冷不及防地拿出看似鐵棒的兇器攻擊目標。郭小姐立時倒下，蘇俯身察看，發現目標一息尚存，再補一記。期間，馬爾濟斯不斷吠叫，被蘇踢了一腳後逃之夭夭，不知去向。當蘇拖著屍體往基隆路方向移動時，一名路人遠遠瞧見，尖叫一聲，蘇只得丟下屍體，逃逸時頭罩被風吹開，路人很明確的告訴警方，兇手是個大光頭。

據翟佐猜測，蘇之所以冒險拖著死者是因為他要把屍體擺在GPS設定好的地點，但被那名路人的尖叫擾亂了計畫。這或許足以解釋經緯度上較大的差異。依此研判，蘇未達成目標，他追求的對稱被稍稍破壞了。另一點值得注意，從先前四起襲擊被害人後腦到這一起採取正面攻擊的方式顯示，蘇已不再是生手，已能面對他的目標。

蘇仍在演化中。

2.

鑑識比對結果出爐了。從蘇家裡找到的毛髮DNA和第四位死者手指裡挖出的皮下組織吻合。罪證確鑿，王組長下令全面通緝，並召開記者會向媒體提供蘇的照片。

隨著第五起命案的發生，兇手已從信義區殺到大安區，蘇已不再是「六張犁殺手」。媒體來不及掰出新說法，只好以「連續殺人犯再度行兇」的標題報導。不消說，這個案件占據所有版面。值得慶幸的是，關於萬字形，媒體一直被蒙在鼓裡。

王組長根據左旋萬字形，在其他三個潛在的犯罪現場部署便衣警力：

以左旋、逆時鐘方向，它們依序為芳明路、富陽公園西側、崇仁街。翟佐已用GPS找到精確位置，芳明路和崇仁街上哪一棟公寓、哪一戶人家也已鎖定，警方有十足把握，在防堵上必能做到水泄不通。

富陽公園西側則難以部署。福州山四通八達且草叢遍布，方便兇嫌藏跡匿形，而蘇擅長變裝易容，大可混跡三五成群的山友中，更讓警方防不勝防。「可惜不能封山！」王組長怨道。另外一個難題是，蘇宏志依座標犯案，卻無時間表，萬一他按兵不動，進入冷卻期，警方的部署能維持多久？

「因此，」王組長說，「除了消極等待蘇嫌再度出手，我們更要積極找出他藏匿之處。之前我們只鎖定六張犁和三張犁一帶，現在要擴大搜索範圍。蘇嫌既然時常跟蹤吳先生，不可能住太遠，但也不至於住太近。因此和大安區緊鄰的信義區地段要徹查。尤其，信義區莊敬路山區、莊敬隧道附近山區以及芳仁路山區的住戶更要清查。已經查過的，再查一次。」

發展至此，真的沒我的事了。

「你可以做的都做了。接下來這幾天，我希望你忍耐，在家待著，我保證三天之內一定抓到那傢伙。」

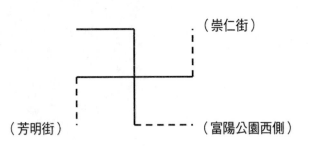

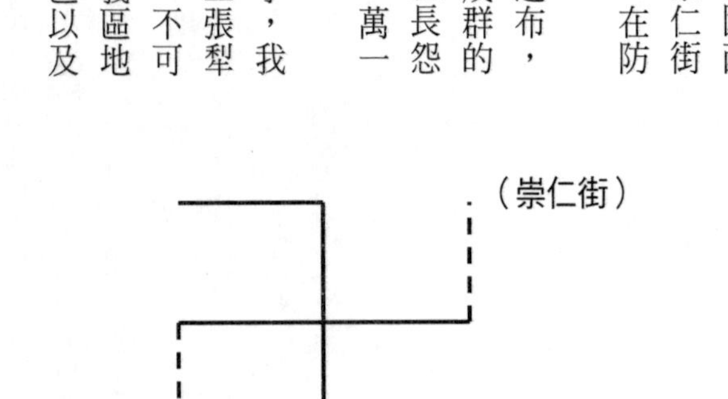

離開分局前，王組長對我這麼說。

兩人握手。

三天之後要是沒抓到呢？我很想問，但沒說出口。

不可能住太遠，但也不至於住太近。返家途中，一直想起王組長這句話。

回家前在便利商店買了很多食物和飲料，準備再一次長期抗戰。我不致驚怕到不敢出門的程度，只是不想麻煩警方或驚動鄰居，因此決定少在外面蹓躂，需要活動筋骨時把範圍縮限於一九七巷裡。

晚上九點多，涂律師來電。我幾乎把他給忘了。

「吳兄，需要跟你商量一件事。」語氣頹喪，顯然為某事煩憂。

「什麼事？」

「出現了一個problem。」

「什麼problem？」

「其實是我的problem。」

他沒繼續說下去，我也懶得問，總不能老在problem上打轉。

「我們不是一次告了很多媒體和名嘴嗎？那些被我們告的人聯合起來——」

「怕他們不成？」

「我還怕他們挖麼！」

「不是，請聽我說，他們聯合起來挖瘡疤。」

「不是，他們挖我的瘡疤。」

喔，這我倒沒想到。媒體果然惹不起。

「而且還挖了不少。」

「挖到什麼？」

「我跟女人的事。吳兄，我這人什麼都很精明，就是英雄難過美人關哪。他們拍到我和一個美眉幽會的照片，現在拿來要脅我，要是我不勸你撤銷告訴的話，他們將會把事情鬧大，讓我在老婆面前難看。」

「關我啥事啊！」知道原委後我已決定幫他了，但還是忍不住戲弄一番。

「拜託，吳兄，do me a favor，不要讓我死得很慘啊。我的事務所還是老婆家裡出錢讓我開的呀！」

當一個男人講話以「呀」收尾時，此人已慌亂得神志不清了。

「好吧。」

「啊！真的嗎？」

「Of course！」

「哇，感謝感謝！吳兄，您的大恩大德，來日必報！」

「不用客氣，你已經幫我很多了。不過有一個條件。」

「你說，十個都可。」

「我一位朋友正打算告一隻淫蟲企圖性侵未成年少女，我希望你能免費提供服務。」

「沒問題，交給我。」

「但是要低調，你能做到嗎？」

「低調，保證low profile。」

我給了他陳婕如的電話號碼。

「就這麼一言為定了，吳兄。下次有事情找我，一定免費為你服務！」

「不必了，先管好你的小弟弟再說吧。」

梳洗完畢後，我坐在沙發上喝酒，聽音樂，隨意想著案子和這幾天發生的事。音響傳來巴西Virginia Rodrigues和她身材同樣渾厚的歌聲，當她唱著輕快的「Oju Oba」時，我不自覺地站起來，拿著啤酒杯，跟著節拍舞動。身體旋轉，杯裡的啤酒濺出，不好不壞的心情跟著漂蕩起來。突然，我注意到那本礙眼的書，那本離牆面約十公分的《金剛經講錄》。我邊搖晃著身子邊蹲下取書，翻到有摺角那頁，扳回摺角，把書推進去。

到此為止，我說。

隔天，七月二十六日，醒來的第一個意識竟然是那句話：心若有住，即為非住。雲散日出般，我終於了悟蘇宏志藉這個提示想要跟我說什麼了。他對於我放下一切、搬來死區這些舉措嗤之以鼻；換言之，他看穿了其中放不下的一面，藉著這句話來揶揄我、諷刺我，對我開示。我不致說他錯，也不會說他對。我懶得理會他對我的看法，但不免感覺荒謬：一個偏激的殺手竟然認為我的舉措偏激。

或是，他認為我的放下還不夠徹底？

然而真正困擾我的不是那句箴言，而是蘇宏志如何混過兩架監視器而不露形跡。即使有死角，蘇如何判斷？我不相信光是目測便足以確定。

下午兩點多，我撥電話給小胖。

「小胖，你人在哪？」

「臥龍派出所。」

「我現在就去找你。」

一名警員護送我來到派出所。途中，他對我說，舞跳得不錯。我隨口說聲謝謝後方意識到警方在我家裝的監視器還沒拆呢，昨晚穿內褲，拿著酒杯，隨著拉丁節奏舞動的糗樣全給條子們看光了。

小胖站在門口等我。

「什麼事？我剛要去分局報到。」小胖說。

「去之前幫我一個忙，找個人陪我看看我家巷口前臥龍街上的兩支監視器。」

「怎麼啦？」

「我要看蘇宏志闖進我家那天的帶子。」

「不用看了，有死角。王組長當初會懷疑你是兇手，就是因為那兩支監視器有死角，他研判你就是趁夜間視線模糊時躲過監視器、出入巷口而不被照到。要是沒有死角，你早就不在懷疑之列了。除非你會飛。」

「我還是要確認死角在哪。」

「幹嘛，你想偷溜嗎？」

「偷溜個屁，巷口一直有兩名警察守候，我怎麼偷溜？」

「你最好乖乖待在家裡。」

「你放心，我只在巷口活動。」

小胖找來綽號大熊的同事。

「大熊，你好。能不能請你在監控室看著臥龍街和一九七巷交口那兩支監視器的螢幕？我人在外面走走看，我需要知道死角在哪裡。」

「好，我們用對講機聯絡。」

他搞來兩支對講機，給我一支後，教我怎麼用。我覺得新鮮，把它當成玩具。

「我講完需不需要說Over and out?」

大熊冷冷的看著我，「我們通常只講『完畢』。」

我拿著對講機走回一九七巷口，向駐守的兩名警員說明原委。

「大熊，我現在從一九七巷走出。走到巷口時會右拐往派出所的方向，在螢幕上看到我的時候請告訴我。完畢。」

「好。」

這傢伙不夠專業，沒講「完畢」。

「看到你了。」

才走出巷口沒兩步便傳來大熊的聲音。我停住腳步，看看所處位置：我站在巷子正中央，離右邊的建築物約有兩公尺之距。

「我現在往右移動，等你看不到我時說一聲。完畢。」

「好。」

我慢慢往右移動，離建物將近一公尺半時，大熊有反應了。

「還看得到你的身體，但是頭不見了。」

一公尺時，畫面只有下半身。當我整個人貼近建物時，我的身影才完全脫離監視器的範圍。換言之，蘇宏志進出巷口時必須一直循牆而行才能完全躲過監視器。

之後，我換個方向，於巷口左轉，朝富陽公園那邊走去。得到的結論是，無論我身體多麼貼近建物，大熊仍然看得到我。

實驗完畢，面向臥龍派出所的監視器確實有死角，蘇或許就是從這個動線出入而不至留下身影。我折返，走向派出所，經過一九一巷時我注意到午后的陽光把我的身影灑在左側地面上。

「大熊，最後一個問題。我現在人在一九一巷口，你看得到我，對不對。完畢。」

「對。」

我把身體往右移動。

「現在呢？」

「看不到，但是有影子。」

「太棒了。」

回家前，我向大熊借了七月二十三日蘇宏志在我家留下記號那天巷口兩支監視器的帶子。這兩張光碟我在分局已經看過了，但需要重新過濾，搞清楚蘇宏志如何神出鬼沒地進出一九七巷口。我先過濾往富陽公園方向照的那支監視器。如果蘇走這條路線，他躲不過監視器。看完後，查無所獲，沒有可疑人士，更沒蘇裝成老人打扮的身形。我確定，蘇沒往左走。

接著，我過濾另一架監視器的光碟。這一邊確實有死角，蘇可以全然躲過，但是當他走到一九一巷口時，他有兩個選擇：直走，前往臥龍派出所的方向或右轉拐進一九一巷。無論他多麼小心翼翼，他的身影躲不過陽光的照射。看不到人，至少看得到西晒打出的身影。

上網查了七月二十三日的天氣：豔陽高照。那天下午我兩點半出門，近七點回家，蘇就是在這段時間闖進我家的。因為蘇懂得易容變裝，出入巷口的路人我都仔細打量，無一錯過。出乎我意料之外，毫無蘇的形跡，都是我見過的鄰居。於是我把注意力集中於一九一巷口。兩點半和七點之間，螢幕出現四個影子。光從影子，看不出端倪。有些影子糾成一團，有些則拉得老長，根本看不出主人的身體特徵，甚至性別。

西元前希臘天文學家埃拉托色曾於同一地點測量物體的影子，每年記錄同一天、同一時間影子的變化，從而得計算出地球的圓周。要是我懂天文和幾何，也可以從日照時間和身影的長度推測主人的身高，可惜我一竅不通，縱使找人幫忙量出身高又能獲得什麼確切的科學證據？

蘇很可能利用死角進出一九七巷。當天我人已不在家中，平常負責守候於巷口的警員早已撤離，他如入無人之境。但是，回到老問題：他如何確知哪一支監視器有死角以及死角在哪？

我打電話給翟佐，告訴她我想到的疑點。

「很簡單，」翟想了半晌，說：「如果我要躲監視器，我根本用不著目測，只要走最靠邊的路線不就可以躲過了？何況蘇入侵你家那時，我們還不知道『老翁』就是他，當時沒有警員守在巷口，他根本用不著找什麼死角。」

「你的推論有瑕疵。」我質疑道：「照你所說，蘇不用找死角、可大方進出，那為什麼沒有在錄影帶上留下紀錄？而且，他如何確定我們還不知道『老翁』的真實身分？」

「他不確定，但是，別忘了，蘇也可能扮成另一個人。縱使當時有警員守在巷口也不一定認得出是他。」

「問題是，我仔細看了錄影帶，那天從下午兩點半到七點之間，經過巷口的人沒有可疑人士，都是我見過的鄰居。」

「可見他真的躲過了監視器。」

講完電話後，我覺得我和翟佐都沒抓到重點，兩人似乎被同一個假設框限了推理路徑，但一時也搞不懂我們到底忽略了哪個關鍵細節。

3.

七月二十九日。三天過了，蘇宏志尚未落網。

我無所事事，除了在死巷裡活動筋骨外，大多時在家看書。最大的收穫是終於一口氣讀完數度讓我拿起又放下，俟再次拿起已忘了之前所讀，只好重新來過的《戰爭與和平》。時間多的是。持續這樣，我打算再造佳績一口氣讀完《追憶似水年華》。

這期間有個插曲值得一提。

雖然我這裡靜悄悄，王組長那邊可是熱鬧得很，大夥忙得像蛋似地滾著。小胖每天向我通報緝兇進度。據他說，前天傍晚，七月二十七日，有人在富陽公園西側看到疑似蘇的蹤影。蘇打扮成登山客，混在一支隊伍當中，其中一名機警的老人發現他們的隊伍似乎多了一個人。他當機立斷，佯裝走累了，請大家停下來休息一會兒。趁那個機會，老人掃描隊伍的成員，並在心中數人頭，十二、十三、十四、十五，確實多出一人，正欲發難時，隊伍中一名看似中年男子的登山客遽然推倒身旁的婦人，往上坡的草叢裡鑽去。眾人大喊，埋伏於近處的便衣不多時便趕來。警方連夜搜山，可惜範圍過大，一無所獲。

「大家不要灰心，至少咱們有效的阻止了兇嫌再度行兇。」王組長如此激勵辛苦的同仁。

今天早上接到涂律師來電。他再次謝謝我，並說媒體那邊解決了。

「陳婕如的事呢？」我問。

「台北地檢處已經主動偵辦，那傢伙也被收押了。你放心，我會一路幫到底，而且確保這件事不讓媒體得到任何風聲。」

「謝啦。」

「我打電話來主要是要問你，我這邊有一堆關於你的新聞的影像光碟，我想把它們註銷，但是說不定你想要留著。」

「我要那些垃圾幹嘛？」

「說的也是，我把它們delete了吧。」

一個念頭閃過腦際，我改變了主意。「等一下，還是送給我吧。」

「你確定？」

「確定。」

下午三點時，裝滿了光碟的包裹由快遞送來。每片光碟都有標號，上面註明日期、地點和電視台。我從裡面找出我要的：記者在命案現場的採訪報導。

據說有些連續殺人兇手會重返命案現場，一方面就近回味或欣賞自己的傑作，另一方面則帶著向警方挑釁的意味；有些甚至會在媒體於命案現場連線報導時，躲在圍觀的群眾裡，暗藏著冷笑看熱鬧。根據統計，大部分的連續殺人犯對於大眾反應和媒體報導非常著迷。

我用電腦細看每片光碟。攝影機大都照著記者，但有時會掃到圍觀的群眾，遇到這種情況，我便按暫停鍵，就身高和臉部特色研判。之前，我先行進入小張異色劇團的網站，研究《井中影》宣傳照裡蘇宏志的五官和身高。長臉、一雙細狹的眼睛、略微塌陷的鼻梁、一米七多。鼻梁可以改裝，但無論技術多好，臉不能縮短，眼睛不可能變大變圓吧。

兩三個小時之後，確定沒有蘇的蹤影。

其實即使找到他的身影也無濟於事。這些都是之前的報導，無論他出現在哪個命案現場，這並不代表他藏匿的地方就在近處——想到這才猛然察覺，我幹了一樁刻舟求劍的傻事。

我決定放棄。收拾光碟片時，發覺還有一些我沒機會過目的錄影帶，它們是我被羈留期間，電子媒體在一九七巷、我家門口前拍的影像紀錄。

吃完泡麵解決晚餐後，在電腦前有一搭沒一搭地看著那些光碟。看著記者和主播煞有其事地說著「吳嫌」，我不再氣憤，反而覺得好笑。但是當他們提到我的精神病歷，心裡仍會一陣悸痛。最讓我覺得有趣的是記者和攝影師不斷地拿私家偵探的招牌大做文章，向觀眾暗示我是個神經病。還有，在他們身後或旁邊總是站著巷子裡的鄰居。有的很樂意接受訪問，針對「吳嫌」肆無忌憚地發表意見（沒一個說好話）；有的只想上電視，不願被採訪，記者問話時紛紛走避。

我認出很多人來，但仍有不少生面孔。

我觀察這些陌生臉孔。看完一片再換一片，看到第十一片光碟時，有個發現。

記者正訪問一名男子時，男子後面圍著五個人，兩名是成人，三名是一直對著鏡頭作鬼臉的小鬼。螢幕右上角，有一名女子站在二十四號大門前——就在我家斜對面——倚著門柱對著鏡頭這邊瞄來。

她只停留數秒便轉身走入大門。

奇怪，我從沒見過此人。我倒帶，再看一遍，等她出現時，按暫停。長髮及肩，穿著長袖襯衫與長裙，雙手環抱胸前，遮住胸部。

會不會是他？

「即便是女角也難不倒他，」翟佐引用蘇同居女友的話語猶言在耳。

依門柱判斷，這女子長得很高，一七〇公分以上。

我端詳她的臉孔。

會是他嗎？可能性極低。警方早就查過戶口，沒發現可疑人士。

我打電話到派出所找大熊。

「大熊，不好意思，再問一個問題。是誰負責調查一九七巷戶口的？」

「是小郭，你等一下，我把電話轉給他。」

未幾，小郭接起電話。

「郭警員，你好，我是吳誠。」

「你好，吳先生。什麼事？」

「請問你是哪一天查訪一九七巷的戶口的？」

「等一下。呃，我查過兩次。第一次是七月十五號，那天我們全面調查六張犁一帶的戶口。第二次是七月二十四日，也就是當你發現兇嫌可能潛入你家的第二天。」

「據小胖陳耀宗跟我說，巷子住的大都是老住戶，只有兩家是最近才搬來。」

「沒錯，一家姓王，兩個大人，兩個小孩。三十五號四樓。」

「你見過王先生嗎？」

「見過，而且印象深刻。他一直發牢騷，說，為了孩子的教育從新竹搬到台北，沒想到才剛搬來就遇到兇殺案。他四十出頭，不是我們要找的人。」

「另外一家呢？」

「單身女子，二十四號三樓。」

二十四號？錄影帶上的陌生女子就站在二十四號的門口。

「你見過她嗎？」

「見過，人長得不錯，不過很害羞，講話輕聲細語的。她說她是Soho族，從事翻譯工作。」

「她幾歲？」

「三十左右。」

「叫什麼名字？」

「姓王。」

「全名是？」

「王嘉瑩。嘉義的嘉，晶瑩剔透的瑩。她沒問題的啦，我在電腦上查驗了她的身分證，老家在高雄，而且她四月二十四日就搬來了，比你早了一個禮拜。」

郭警員再三向我保證，蘇不可能混在其他住戶裡。三年來調查一九七巷戶口一直是他的責任，每家的情況和成員他都熟悉。

無解。

4.

但我仍不死心。

我先縮小疑似「王嘉瑩」的畫面，接著進入小張劇團的網站，找到《井中影》的宣傳照。兩相對照之下，我幾乎可以確定那名自稱Soho族的女子就是蘇宏志。雖然蘇已剃掉濃眉且上了脂粉，但兩人的臉部特徵——長臉、塌鼻、瞇瞇眼——完全吻合，而且兩人冷冷的眼神都透著一道寒光。

她比你早一個禮拜搬來，郭警員這麼說。

要是蘇宏志早在我沒搬來這兒前便跟蹤我，我和房東約好來看一樓公寓時，他說不定也知道了。他大可以租屋名義找上房東，得知我哪時搬進來後，早我一個禮拜、以女子身分搬到對面三樓便可掩人耳目了。沒錯，蘇宏志就住在我對面！怪不得對我的行蹤瞭若指掌，怪不得能潛入我家而不在監視器留下身影。我打電話給小胖，才按鍵便馬上掛掉。不對。郭警員查過她的身分證，確有此人。王嘉瑩，來自高雄。蘇不像是電腦高手，沒有駭進警方資料庫竄改身分資料的能耐。

王嘉瑩……我倏忽想到一個細節，撥電話給翟佐。

「翟佐，是我吳誠。」

「吳先生，你還好吧？」

「沒事。請教妳一件事。」

「你要快說，我急著去富陽公園那。」

「妳提到蘇宏志大學時期交了一個女朋友，她叫什麼名字？」

「姓王。名字忘了，我得查一下。」

「她逃走時，有沒有帶身分證？」

「我不確定。有什麼問題嗎？」

「沒有，只是好奇。」

「我找人查一下，有消息馬上傳簡訊給你。對不起，我要掛了。」

等候期間，我思考下一步該怎麼做。

如果蘇前女友名叫王嘉瑩，則百分之百確定蘇用了她的身分證騙過了郭警員。台灣固然有戶口調查，但不夠精密，電腦只能查驗有沒有王嘉瑩這個人或身分證字號是否吻合，無法斷定她住在哪裡，只要蘇模擬前女友的扮相，郭警員沒理由懷疑。

該有所行動。我該打電話給翟佐告訴她我已找到蘇的藏身處，但我有點遲疑。尚未確定蘇在公寓裡前，不想打電話，深怕如此一來警方總動員包圍一九七巷時卻讓他跑了。

不可打草驚蛇。

我穿好衣服，戴上帽子，檢查背包，裡面有記事本和手電筒。我把兩支手機放進背包：一支自己的，另一支是小趙給我的。剛才和翟佐聯絡用的就是警方提供的那支手機。

穿上休閒鞋後，走到前院。不得不佩服房東，他加蓋的遮雨棚彷彿天羅地網，找不到足以偷窺二十四號那棟公寓的角度。我只好走出門外，一邊等簡訊一邊在巷子裡來回走著，快到巷口前便回轉，才不致驚動駐守的員警。

二十四號三樓一片漆黑，看不見任何動靜。

背包裡的手機傳來鏗鏘聲。我拿出手機查看。不對，我自己那支沒新訊息。我把它放進背包，拿出另一支。有一則訊息：「名叫王嘉瑩。她說當時只想逃走，沒有帶走身分證。有問題嗎？翟。」

千真萬確！我正要打電話給翟時，突然注意到二十四號三樓左側臥室裡的燈亮了。我走近一點，看個究竟。一個長髮黑影立於窗前，我彷彿看到一個女鬼。影子凝固也似地不動，而我則是因膽驚心顫也僵住了。

「你終於悟出來了，」黑影說話了，聲音透過紗窗刺耳地傳來。

我正要撥電話時，影子又開口了。「你要是打電話給警察，我立刻消失。」

他在唬我，他要消失也得先經過我吧？不對，還有屋頂。要是被他跑掉，將來更難找了。機不可失，我得鎮靜。

盯著黑影，我慢慢把電話塞進背包裡，塞進去時偷偷按了撥號鍵。我下意識地看了一眼背包後抬頭，發覺鬼影忽地不見了。

難道他飄走了？

嘎吱一聲，二十四號樓下的鐵鋁門開了。

他想幹嘛？他想下來，跟我拚命？

我等了十幾秒，聽不到腳步聲，只聽到自己怦怦的心跳。

他要我上去？我不作多想，拿出唯一的武器——手電筒，往上走，來到了三樓。左邊公寓的大門虛掩著，一時不知該不該進入。

「我在上面，」樓梯間傳來蘇的聲音。

果不出所料，他想從屋頂逃逸，但是往哪逃呢？

我追到樓頂，樓頂的鐵鋁門半開著。我推開鐵鋁門，步上屋頂，但沒走幾步便頓感昏厥，懼高症猛然來襲，兩腳發瘆，趕緊蹲下。

「怎麼啦？不會是懼高症吧？」

我抬頭尋聲找人，但見他面對著我，站在屋頂邊緣，再往後一步便會跌得粉身碎骨。

他往後移了一小步。

「不要！」

我倒不是怕他跳樓，當時只想到自己的恐慌，把自己投射在他身上，總覺得稍有不慎，掉下去的是我，不是他。

「你怎麼知道我有懼高症？」

「你的事我什麼不知道？」

烏雲遮住了月亮，我得用手電筒才能辨識。他戴著假髮，上身穿著寬鬆的長袖白襯衫，下身則是暗色長裙。髮絲和裙襬隨風飄蕩，簡直活見鬼。

「你到底想幹嘛？」我勉強站起，扶著水塔下的牆面。

「我要你來抓我。」

蘇伸展雙臂，右手勾著一只背包，左右搖晃。我整個人暈眩，動彈不得。

「來吧。」

說完，他背起背包，往屋頂的左側走去，故意沿著邊緣，而我只能平行地跟著他，盡量走在屋頂中央。當我以為他已經走到盡頭時，他突然往下一跳。我驚呼一聲。正踟躕間，聽到他的聲音。

「來啊！」

我半蹲半走地往他消失的地方前進，快到邊緣時探頭一瞧，才發覺一九七巷左側那頭和另一幢連棟公寓是緊鄰的，只不過我們這邊比另一棟高出一米多。

「你不會連這點高度也怕吧？」

經他一再挑釁，我的情緒由懼怕轉為憤怒，二話不說便縱身一躍。等我跳下時，他人已經走到水塔下通往樓梯的鐵鋁門。蘇俯身在鐵門右側地上撿起預先藏好的鑰匙，開起鐵鋁門。等我衝到那時，他已經往樓下竄了。我緊跟其後，兩人只差兩層樓梯的距離。到了一樓，他打開大門，往外衝出。我也跟著往外衝出，完全忘了提防他的突襲。等我衝出去後，才發覺我們不在一九七巷了，一時不知身在何處，而且也不見他的蹤跡。我在附近快速梭巡，看到有一扇鐵鋁門是敞開著的，心想，他一定是從這邊消失的，也跟著走進去，爬上樓梯。結果，我一路跟到屋頂，回頭一望，已經離一九七巷有兩條街道之遠了。同一場噩夢再度上演，他又站在屋頂邊緣等我出現，但這一回他的右手多了一樣東西——從我家竊取的手電筒。

闃暗的黑夜裡，兩支手電筒隔空交火。我照著他，他照著我。

「那是不是我的手電筒？」我蹲著說話。

「沒錯。」

「你為什麼要偷走它？」

「我本來是要用它來陷害你。」

「但是？」

「我只打算擊昏看護，沒想到下手太重，導致她昏迷不醒，要是她就此一命嗚呼，我的計畫就被攪亂了。但是，我不怕，我還有這支上面沾滿你的指紋的手電筒。後來看護奇蹟般醒來，手電筒就派不上用場了。我只好把它當作紀念品，因為你很依賴它。」

「我依賴一支手電筒幹嘛？」

「記得你為我的劇本下的評語嗎？」

「我寫了很多。」

「你說象徵是三流作家的拐杖。你就是三流作家，你沒拐杖不能活。」

「你他媽在胡扯什麼？」

「我問你，為何搬來這後就隨身攜帶手電筒？你以為它的意義只是拿來敲打一個下三濫的後腦嗎？」

「手電筒只是手電筒。」

「這就是我想告訴你的：手電筒只是手電筒。對一個沒有任何意義的東西的盲目依賴是可悲的。可惜你悟性太低卻自以為是塊私家偵探的料。一個對自己行為，例如買一支手電筒，都無法理解的人有什麼能耐為別人揭開謎底？你這可憐的傢伙！」

聽到這，我忘了懼高症，全身散發著怒氣，恨不得將他推下。我大喊一聲，往前衝，他往左走，就在我以為他沒處躲時，他又消失了。我緊急煞車，差點沒掉下去。原來，他縱身一跳，跳到距離只有一公尺多的另一棟公寓。終於明白，他一直用這種方式來去自如，躲過警方的部署。

我沿著屋頂邊緣往下看，一時頭昏，一股酸楚從腳底竄到鼠蹊部。

「行嗎？」蘇再度挑釁，「就把它當作克服懼高症的魔鬼訓練吧。」

一定要逮著他，可不想讓他跑了之後一直過著提心吊膽、隨時得回頭察看有沒有人跟蹤的日子。

我半睜著眼，奮力一躍，安全著地後左膝一陣刺痛，翻滾數次，待站起時，蘇又不見了。這時，我已忘了懼高症，在屋頂來回找尋蘇的下落，走到對面邊緣時，發覺這棟建築的右側牆面有一個用鐵條和木板搭成的Z形迴旋梯。

我知道我在哪了。我正站在樂安街上搞拉皮搞得鄰居怨聲載道的那棟獨棟公寓的屋頂上。足音嘎嘎，蘇宏志正往下走，我跟著往下走。途中，我停下腳步，抓住欄杆往迴旋梯底下望去，用手電筒找尋他的蹤跡。此時，他正好朝上看，也用手電筒照著我。心頭一陣凜慄，一時以為看到自己的倒影。

到了下邊，他又不見了。正找不著時，聽到工地右側一個聲響。我尋音辨位，掀開藍油布，走進拉皮公寓。他又走上樓梯了嗎？我開始覺得這個遊戲有點無聊。

突然，有聲響發自樓梯間的左側。手電筒一照之下，發覺裡面另有玄機，有樓梯通往地下室。我走下去，裡面一片漆黑，光是手電筒無法看見全貌，俟察覺危機四伏、應該撤退時，咚的一聲，熄燈了。

5.

醒來時頭痛欲裂，發覺自己被捆綁在一張木椅上，手腳和上身被銀灰膠帶緊緊纏繞。

蘇宏志就坐在我對面。

透過兩支置於地面、交叉打光的手電筒，我看得到他半邊臉，另一半則躲在陰影裡。令我驚訝的是，他已換了裝扮。眼前的他宛如我的分身。

蘇宏志頭戴漁夫帽，下巴貼著假落腮鬍，上身著深藍T恤，下身著卡其粗棉布料的長褲，腳底踩的是褐色休閒皮鞋——正是我平日散步的全副行頭。

「像不像？」蘇說。

「像。」

我看看四周。一個狹小陰溼、空氣稀薄的貯藏空間，但裡面空無他物，除了他右腳前的鐵棍和背包。

「你終於看見我了。」他說。

「我沒看見你，我看到的是一個打扮成別人的可憐蟲。」

他衝過來，狠狠甩我一巴掌。我大聲哀號，左臉頰又麻又痛。我需要製造噪音，我得大吼大叫吵醒鄰居。

「我還是沒看見你！」

他甩我一個右耳光。這下子平衡點了，臉頰兩邊同時疼痛發麻。

「你終於看見你自己了吧！」他如野獸般嚎嘯。

「我看到一個小丑！」我亦不示弱地嘶吼。

他用拳頭正面打我一拳，擊中了鼻梁。我哀鳴一聲，人往後倒，椅子也跟著倒下，後腦撞到地面。忍住疼痛，破口大罵。

「你盡量叫。這裡是廢棄地下停車場的貯藏室，沒有人會聽到的。」他邊說邊把我連人帶椅地扶正。

「我們可以好好說話了麼？」他坐回原位。

人中處涼颼颼的，應是流鼻血了。

「你為什麼一直對我那麼有興趣？」

「被我看上你應該感到榮幸。我從小就有一份能耐，可以在意識上輕易轉換成讓我好奇的那個人。我進入他的心思，過著他的生活，到了忘我境界時，甚至以為連我的身體也住在那個人的家裡。為了這件事我曾被老師糾正，被父親毒打，被庸醫貼上標籤。他們懂什麼！你可能不知道，我阿公是個鎖匠，很小的時候他就教我打造鑰匙，他當時只想傳授給我一項賴以維生的技藝，但我另有算盤。阿公過世後，我偷偷繼續研究，沒多久技術便超越了阿公，打造出很多把足以應付各式門鎖的萬能鑰匙。從此我來去自如，不再需要按電鈴，趁主人不在的時候進入他家，穿他的拖鞋、看他的報紙。我還沒親眼見到你這個人之前就徹底瞭解你了。第一次看過你的劇本時，我就完全進入你的意識，可以透過劇本強烈感應到你的憤怒。我聽見你的吶喊，你的求救訊號。我決定救你一命。」

「你殺那些人跟救我有什麼關係？」

「為了給你教訓。」

「教什麼訓？」

「故事得從龜山島講起。那天你對著眾人說出真話，利如鋒刃，尖如匕首，直指事物核心。當那些虛偽的人們對你咆哮時，我是唯一站在你這邊、暗自為你鼓掌的人。你不懂嗎？你是強者，你是我的英雄；你做到我做不到的事。當眾人棄你而去時，只有我留下來陪你，送你回家。在計程車上，你根本認不出我是誰，當我提到《井中影》，你完全沒反應，但我不在乎。我對你說，讓我們聯合起來打敗這腐爛的世界。你說，好！天生萬物與人，人無一物與天，殺殺殺殺殺殺殺！」

「我不記得。若我真說了，也只是醉過頭的鬼話。」

「錯！你是當真的。當時我表示願意跟隨你，你還滿心感動的和我擁抱，只是你事後全忘了。之後在你家附近，我故意從你面前走過，你居然認不出我來，我對你好像空氣一樣。」

「你為何不叫我一聲？」

啪！他用掌心打我額頭。

「咱們有革命契約的兄弟還需要叫你一聲才會認出我來？那時我才知道，你比被你指責為虛偽的人更加虛偽。當我讀到你寫給大家的道歉信函，我確定這是一個弱者搞出來的鬧劇。我以為找到了同志，沒想到我心目中的戰友卻是個意志薄弱的小丑。我厭惡沒有意志的人，對我來說，這些人生不如死。」

「你為何不乾脆把我殺了，而殺了無辜的人？」

「這就是我說的教訓。你在悔過信函裡提到，你從此要潛心修行，為自己的行為贖罪。我剛開始以為這是你慣有的自嘲和幽默，沒想到你來真的，沒想到你真的誤入歧途。」

「我以為你是佛教徒。」

他狠狠甩我耳光，大聲吼叫。

「我不是佛教徒！我曾經是，但我早就覺醒了。所謂功德、造業、因果都是佛教拿來愚弄信眾的說詞，所謂地獄只是自身瞋恨的覺受這概念更是荒唐。我們只有地獄，只有瞋恨！其他都是假象。什麼博愛、憐憫、仁慈，都是空話。你口口聲聲要找到心安，我告訴你，接受與生俱來的瞋恨自然得到心安。你總是一副清高的模樣，自以為是個追求真理的人。跟我比起來，你不過是玩票的探索家，我才是真正的追尋者。我更是實踐者。我曾經有出家的打算，我曾經吸毒，說戒就戒，甚至幫助別人戒毒。我曾在軍中拒絕拿槍而被關禁閉長達數天，我曾苦勸同袍遠離酒色、不造口業而被眾人戲弄毒打。你知道我為何提早退伍嗎？退伍令上寫著『因公受傷』，那其實是謊言。我為了佛法被長官視為怪物，被同袍排擠。有一天，我親愛的、理應生死與共的同袍趁我不注意時從後面把我抬起，那些禽獸把我兩腳扒開，抓著我去撞電線桿。我一再哀號，他們一次又一次地撞，直到我的睪丸破裂流出血來才停止。事後，沒有人受到懲罰，沒有人關禁閉。我的長官睜一隻眼閉一隻眼把我當垃圾似的送走。那時的我慈悲為懷，心中無恨，曾經打算出家的人少了一粒睪丸算得了什麼。之後，受你感召，我試著透過藝術的形式闡揚佛法，但是你的回信有如醍醐灌頂般——」

「那是我的錯，我不應該——」

「你沒有錯。你懂嗎？你一點也沒錯！你的回信點醒了我，把我從宗教的幻覺拉回殘酷的現實。世界就是這麼狠，人就是這麼惡毒，這才是本質。你是我的英雄，我崇拜你，但我萬沒想到就在我終於清醒的時候，你卻反而一步步陷入宗教的爛泥。我的英雄原來是懦夫！你原本與世界為敵，現在反而搖尾乞憐地巴望世界原諒你。當我知道你決定走上所謂救贖之路一個人跑來這隱居的時候，我決定給你一個永生難忘的教訓。」

「所以你殺了那些人？」

「記得你寫給我的金玉良言吧？個人造業個人擔。這種一般無知信眾掛在嘴上的蠢話你居然說得出口。如果你真懂佛法，因緣果債會那麼簡單麼？我殺了他們就是要讓你覺悟，你個人的行為所造成的波動，永遠不只涉及你自己而已。因為誤信佛教，因為你的魯鈍，一個在公園和你不期而遇，應該說，隨緣而遇的人被殺了。」

「你是指第一個和第二個被害人？」

「第二個？」他似乎聽不懂我在講什麼。

「死於犁弘公園。警方找到我和他同時坐在捷運旁小亭裡的照片。」

「果然有緣。你還搞不懂嗎？只有第一個叫鍾崇獻的傢伙是我精挑細選的，其他人都只是因為他們出現在萬字圖形上。」

「為什麼是鍾崇獻？」

「他跟你一樣，每天必定出現在嘉興公園。有一天我心血來潮，決定跟蹤他，調查他的底細，後來發覺他幾乎是你的翻版。他曾經是老師，他和妻子離異，他獨居在陋巷裡，他沒有朋友。於是，他成了我第一個目標。他的死就是你的死。」

這些人因我而死，我感覺一陣噁心。

隱約聽到來自外面的窸窣聲。

「我不懂你的邏輯。」我說，意在拖延時間。

「我沒有邏輯。」他拾起地上的鐵棍。

「你既然已經不相信佛法，為何還要搞出萬字形？」

「你還不懂嗎？我殺人不是為了向你傳教，而是為了讓你看清這一切的虛妄，包括佛法，包括所有的宗教。所謂輪迴、來生，都是騙人的概念。我們只有今生，只有這個世界。我們只有地獄。」

門外的窸窣聲愈來愈近，但蘇似乎聽而不聞，完全沉溺於自己瘋狂的意識裡。

「你聽過一句話嗎？」我大聲說話，企圖蓋住外面聲響。

「什麼話？」

「除了自己的無明外並沒有地獄道。」

「你閉嘴！少在我面前賣弄佛教！」

「除了自己的無明外並沒有地獄道！」我力竭聲嘶的大喊。

「我叫你閉嘴！」

蘇宏志氣憤地整張臉紅得像赤鬼似的，揚起鐵棍，往我這邊衝來。

「別動！」

門被撞開，小胖半蹲，兩手舉著手槍。蘇一時愣住。小胖先看蘇一眼，再看我一眼，那神情好似一時不知誰是誰。

「小胖！」我大叫一聲。

蘇揚起鐵棍，往小胖的方向衝去。

小胖及時開槍。

砰！

槍聲在牆上來回撞擊。
蘇應聲倒下，壓在小胖身上。
我只看到小胖吶喊、張得像鴨蛋的嘴形。
什麼都沒聽見。

18 將來總是會渴的所以我喝是為了預防未來

1.

我和王組長都猜錯了。蘇宏志不是要度我，他意在「反度」，企圖把我從宗教的渡口拖進無善無惡、無明無暗的虛無深淵。

警方在蘇的住處找到一堆證物，包括變裝用具（乳膠、矽膠、假髮、假睫毛、特製胸罩）、筆電、GPS、以血紅色畫出萬字的地圖、我的作息表和散步路線圖。警方還找到一具專業鎖匠必備的儀器和一串串各式各樣的鑰匙。

整起事件在媒體上沸騰了兩禮拜不到旋即被一則政壇明日之星搞性愛派對的新聞取代了。關於蘇宏志的行兇動機警方透露不多，對於萬字形更隻字不提。警方不想造成佛教界的困擾，更不希望輿論再度把焦點放在我身上。信義分局接受王組長提議，將蘇定位為反社會連續殺人犯，他的瘋狂導致五名善良老百姓的死亡，至於為何挑選這五人行兇，因蘇於追緝中死於槍下無法進一步了解。

法醫檢查遺體時發現蘇的左睪丸確實破裂，但無法辨認因何造成。翟巡佐屢次要求軍方提供蘇提早退伍的真相，軍方先不予回應，繼而只以一紙公文寫著「因公受傷」的官方說法。翟鍥而不捨，持續追問，最後軍方高層來了一紙密文，直接送到警方高層。翟被迫停止調查。

我不完全贊同王組長的做法。整件事會不會對佛教界造成困擾不是我考量重點；他們自有應變之道，自有「官方反應」。蘇的案例不致阻礙佛教的發展，亦不致讓人對佛法心生芥蒂。蘇犯案時已是反佛教狂徒，以萬字作為殺人圖案只是他變態意識的產物。毫無疑問，蘇宏志是新品種。關於他的心路歷程，他的反社會傾向，他的所作所為，台灣社會有進一步了解的必要。不過一旦把實情曝光在媒體之下，八卦式的胡扯勢必淹沒理性探索。從這角度看，王組長的考量並非全無道理。

2.

死區逐漸被淡忘在繁華台北的邊陲。我重返爬山、散步、喝茶、坐公園、看報讀書的規律。偶爾和妻通越洋電話。想念，但不特別思念，我終於明白妻早已明白的事實，這段婚姻已走到盡頭。

精神狀態仍是老樣子，照三餐吃藥，仍每天攜帶手電筒。

整件事沒帶給我多大啟示，若真要說有什麼啟示，不外是不要輕易相信啟示。搬來死區、掙脫一切束縛或許正是一連串錯誤啟示的惡果，但我不想走回頭路。我不會搬走，也不想回到學術界，更無意回到戲劇圈，只想安分的做個私家偵探。一個單純的私家偵探，不再帶著懺悔的動機，不再奢望救贖。

母親要我搬到民生社區和她同住，我不肯答應。她甚至發揮演技，對我哭訴她年紀越來越大需要兒子照顧，但她其實是想照顧我。她發覺我意志堅決，反過來給我建議：「你如果真的要當私家偵探，一定要有扮相。過幾天我到日本買一件卡其風衣和一頂西洋帽給你，這樣穿人家才會知道你是正牌的私家偵探。」母親電視看太多了。

心若有住，即為無住。這道理我愈來愈有感觸，但關於佛教或生活的沉思我不再掉落似是而非的玄想，但望從規律的日子裡一點一滴體會。

3.

我思念陳婕如，渴望見到她。某日終於破例打了電話。

「可以見面嗎？」我問。

「我們去爬山。」她答應得很爽快。

兩人從福州山走到中埔山東峰，來到我曾向她道出一生故事的涼亭下。途中步道上，我想牽她的手，但是不敢，她意識到我的猶豫，主動牽著我的手。她告訴我控告那隻淫蟲的案子進行順利，涂律師出了不少力氣。還有，她已經搬離通化街，目前住在大直。

「大直有山也有街道，你可以做我的嚮導。」我半開玩笑地說。

她轉頭看著我。

「吳誠，我喜歡你，也很喜歡有你作伴。但我必須想到其他，為了女兒，為了自己，我必須想到其他。我對未來還懷抱希望，但是你——我不知怎麼說，我不至於說你對未來充滿幻滅，但是你對它沒有期望。」

我默認不語。她提起右手，撫摸我的臉頰，以一種情人永別的款款深情、但更像是摯友間珍重憐惜的眼神凝視我。

「不要再憎恨自己了。」

剎那間，就在我即將失去她的時候，就在我意識到從來就不想擁有她的時候，我終於看見了陳婕如。她不再是髻著馬尾的委託人，不再是被丈夫背叛的女人。她是陳婕如。我看見她了，也同時在她的眼睛裡看見了自己，正如父親正襟危坐在書桌前教我識字，我抬頭望他那刻，或是母親告訴我她曾於日據時代為了報考蘭陽女中瞞著家人獨自搭火車從八堵坐到宜蘭那刻，或妻子臨去的前晚和我在客廳懇談那刻，我都曾清楚看見他們，看見了自己。

4.

我回到了龜山島海鮮店。

邀了很多人；阿鑫全家、添來夫婦、小胖、小趙、翟佐。

大家圍坐一桌，吃喝說笑。有太多值得慶祝的事了。我們還能談笑，我們還能喝酒。

——倒啊！

——喝啊！

——乾啊！

拉伯雷《巨人傳》裡一個醉鬼曾說：「我是個罪人，不渴我不喝。不過現在不渴，將來總是會渴的，所以我喝是為了預防未來，這個你可以明白。我為未來而喝，我要永恆地喝下去。永恆地喝下去，就是為永恆而喝呀。」另一位醉鬼大聲嚷嚷地附和：「乾的地方，靈魂是待不住的。」

再度於向晚時分和阿鑫坐在修車廠門口，喝著啤酒，斜眼監視著來來往往的俗辣，像兩隻看門土狗。小型英文補習班重新開張，我以英文漫畫為教材，頗得小慧和阿哲的讚許。

添來妻子小德在鑫嫂家的火鍋店越做越順手，和鑫嫂更是無話不說。添來正式成為我的搭檔，加入私家偵探的行列。為了惡補這行業的常識，他把我家的推理小說全搬走，下班後一本一本苦讀，還記下重點。以前毫無興趣的CSI系列影集，現在從未錯過。

「DNA的中文學名是什麼你知道嗎？」他有次滿臉神祕的問我。

「我怎麼知道？」

「脫氧核糖核酸。」

我帶著崇拜的眼神看著他。

小胖並沒受傷。蘇宏志倒下時，鐵棍順勢從他的右耳邊呼咻飛過。小胖之所以哀鳴驚叫除了因為他第一次開槍被槍響驚嚇過度，蘇整個人倒在他身上更讓他魂飛膽喪。

那天我在一九七巷和蘇的黑影對峙時，趁著把手機放進背包的時機，偷偷按下了撥號鍵，可惜按錯了，沒成功撥出。當時的翟佐正忙著富陽公園西側部署警力的細節，因此不覺有何異狀。倒是小胖最先察覺，我人不在家裡，而且離開了一九七巷。原來，小趙交給我的手機裡面早已裝了小型發報器，小胖就是藉著訊號追蹤及時找到那棟拉皮公寓。他試圖打電話給我時，我已被擊昏，而兩支手機呈關機狀態，應是蘇聽到鈴聲後便關閉電源。

或許思慮縝密的王組長從未全然相信我的無辜，才會瞞著我在手機裡暗藏了發報器，果真如此還得感謝他多疑的職業病救了我這條小命。

小胖破案有功，不但擊斃兇手並救出人質，被上級擢升為一線四星，現在可是名副其實的陳Sir，但他並未接受調派，仍選擇任職臥龍派出所。

「為什麼不去？」我問。

「有明文規定，同一單位的警員不准談戀愛。」

站在騎樓抽菸，透過窗戶看著他們。阿鑫跟小趙大談恢復「守望相助」的必要性，鑫嫂和小德有說有笑，添來用筷子和兩個小鬼玩著貓吃老虎、雞吃蟲的遊戲，陳佐為翟佐夾菜剝蝦殼。

我的意識固然有時跳脫，卻迫不及待地想加入他們。

香菸一口接一口抽著。迫不及待。

手機乍響。

「喂？」

「請問是吳誠，私家偵探嗎？」

文學叢書 295

私家偵探

作　　者　紀蔚然
總 編 輯　初安民
責任編輯　陳健瑜
美術編輯　黃昶憲
校　　對　謝惠鈴

發 行 人　張書銘
出　　版　INK 印刻文學生活雜誌出版有限公司
新北市中和區建一路 249 號 8 樓
電話：02-22281626
傳眞：02-22281598
e-mail : ink.book@msa.hinet.net
網　　址　舒讀網 http : //www.sudu.cc

法律顧問　巨鼎博達法律事務所
施竣中律師
總 代 理　成陽出版股份有限公司
電話：03-3589000（代表號）
傳眞：03-3556521
郵政劃撥　19000691 成陽出版股份有限公司
印　　刷　海王印刷事業股份有限公司

港澳總經銷　泛華發行代理有限公司
地　　址　香港新界將軍澳工業邨駿昌街 7 號 2 樓
電　　話　852-27982220
傳　　眞　852-27965471
網　　址　www.gccd.com.hk

出版日期　2011年 8 月　初版
2022年 7 月 15 日　初版八刷
ISBN　978-986-6135-38-5

定價　350元

國家圖書館出版品預行編目資料

私家偵探／紀蔚然著 .--
初版 .　--新北市中和區：
INK印刻文學，2011.08
面；　公分. --（文學叢書；295）
ISBN 978-986-6135-38-5（平裝）

857.7　　100011744